陕西省汉中市2023年度重点文艺创作资助项目

草帽上的陽光

王印明◎著

花山文艺出版社

河北·石家庄

图书在版编目（CIP）数据

草帽上的阳光 / 王印明著. -- 石家庄 ：花山文艺
出版社，2024. 12. -- ISBN 978-7-5511-7677-4

Ⅰ. I267

中国国家版本馆CIP数据核字第2024SH4785号

书　　名：**草帽上的阳光**
　　　　　CAOMAO SHANG DE YANGGUANG

著　　者：王印明

责任编辑：王李子
美术编辑：王爱芹
封面设计：燕　子
出版发行：花山文艺出版社（邮政编码：050061）
　　　　　（河北省石家庄市友谊北大街330号）

销售热线：0311-88643299 / 96 / 17
印　　刷：成都市兴雅致印务有限责任公司
经　　销：新华书店
开　　本：880毫米×1230毫米　1/32
印　　张：9.75
字　　数：230千字
版　　次：2024年12月第1版
　　　　　2024年12月第1次印刷
书　　号：ISBN 978-7-5511-7677-4
定　　价：78.00元

诚实的文字，朴素的文心

——序王印明散文集《草帽上的阳光》

◇丁小村

王印明称得上是一位极勤奋的作家。二十多年来，他一直笔耕不辍，写下了几百篇散文，在各种报刊发表了许多佳作，前几年他结集出版了散文集《乡村秘语》。如今他的第二本散文集《草帽上的阳光》也将出版——所谓天道酬勤，对于一个作家来说，不断地有文章发表，然后有自己的作品集问世，就是上天对耕作者的回报、是勤劳者该得到的奖励。

多年来，印明一直坚持他自己的写作题材：这既是单纯的，又是多样化的。说单纯，是因为他一直以乡村和乡土为视角，目光专注地守望着家园与故土；说多样化，是因为他从多个侧面书写农耕生活记忆，比如乡野、民俗、山水、故园与亲情……

他记录逐渐消失的乡村生活。土灶烧菜，槐花做饼，修房造屋，植树种稻……这些乡村生活场景，充溢着人间烟火气，经常把读者的视线拉回到20世纪六七十年代，也就是他这一代人的童年和少年时代。一方面是在贫困线上挣扎的农村和农民，一方面却是正在消失的乡村生活方式——前者充满了辛劳和心酸，也铭刻着父辈艰难奋斗改变生活面貌的不断努力；后者则承载着几千年中国农耕生活的变迁，给我们留下珍贵的回想。这种写作，本身也是文明传承的一种方式，它把绵延不绝的乡愁记忆，留给读者、留给后人，也留给将来的时光。

他叙说朴素的家族传承和亲情记忆。写父亲祖父，写母亲兄长，也写自己的下一代更下一代人……一方面，是父辈祖父辈带给自己的亲切记忆，既有他们身为农民的艰辛人生和质朴的情感，也有对于他们亲情的回忆，有亲长之爱、有朴素的家风，还有用姓氏传递的家族情怀。另一方面，在半世纪的人生经历中，自己也从一个青春少年变成了爷爷——正在把这份朴素的家族记忆、这份血脉的亲情，也用温暖的书写，传递给下一代。他用了好几篇文字，来写孙女满满，就如同自己的祖父祖母和父亲母亲当年慈爱地看着自己，他用同样的目光亲热打量自己的孙辈。不同的是，父辈祖父辈自己并没有书写的能力，而他作为一个作家，有了书写的可能——这让家族的记忆和传承，多了一种形式，也让这份亲情和家风记忆，传递得更宽广更长久。

他用质朴的文笔书写故乡的山水自然。老家门前的一棵核桃树，少年时代的一次行走，乡野故园的四季植物，汉中山水和乡村风物……都在他的文笔中一一呈现。他的文字不炫技、不浮华、不张扬，却如同瓜棚菜地边的闲话家常，如同茶余饭后的恬淡叙说，在本色质朴的文字中，让自然山水与乡土风物呈现出原生色彩，像粗朴的油画、像淡彩的素描，在不加修饰的写实中，寄托了最质朴的情怀——既是人文的，也是自然的。就如同他笔下的一棵粗大的香樟树，不合时宜地站在城市的小区里，避免不了被移栽甚至被砍削的命运，却依然努力变成一树风景——这是纯粹的乡野味，是最具鲜活气息的自然色。

对于多数人来说，写作是一种灵魂的漫游——有时候回首往事，如同深入遥远的乡野；有时候想起细节，就如同停歇在某个路边的观景台；有时候凝视生活，则如同在一条丰盈的大河边张望……在这种灵魂的漫游中，打理人生、思考现实，静心回想、默默张望——形诸文字，则呈现出许多个人化的色彩，写作的风格由此形成。印明写散文多年，他不追求时尚的表达，没有刻意去适应浮泛的文学潮流，这本身是一种坚守。质朴的书写，可能会显得有些土气，但朴素的文字，也有可能成为最具有原生态的文学品质。相信读者能从这本书中读出这些。

我和印明相识多年，他做人不事张扬，善良本分；他作文则朴素本色，体现出诚实的品格——无论寄情山水，还是书写自然，无论回顾亲情，还是记忆乡土，读他的文字，都能感受到一颗朴素的心灵。诚实的人是清澈的，诚实的文字是有质地的——这样的人值得与之为友，这样的文字则值得欣赏品味。

2024年5月于汉中

丁小村，本名丁德文，陕西西乡人，中国作协会员。出版有小说集《玻璃店》、长篇非虚构作品《秦岭南坡考察手记》等。

目　录

时光总多情

故园风也亲

山水含神韵

草木皆可爱

乡村正振兴

笑容慰我心

世间有温情

时光总多情

心有一方田

　　我的老家位于秦岭南麓，七沟八梁一面坡，是典型的二级坡梯地。坡上随心所欲地种着大豆、玉米、红苕、高粱，基本上都是耐旱农作物。我的父老乡亲们，正像一粒粒种子似的散落在沟沟坎坎里，哪怕是一块贫瘠的土地，也能生根发芽，繁衍生息。

　　我家门前有一块"自留田"，历经几十年的春秋，紧紧与我们相随。它就像一个命运多舛的人，饱受人间炎凉，一波三折几度荒芜，却始终坚守着土地的初心，在我们身后长出一片绿荫，让人心生温暖。

　　20世纪六七十年代，广大的丘陵地区，农户都住在山腰，我家也毫不例外。三间瓦房，依山傍水，屋后就是陈仓古道，直通苍茫如海的秦岭之中。随着时代的变迁，狭窄的古道变成宽敞的新云公路。门前有一座水库，面积有二三十亩，修建于一九五八年，主要是用于沿途农田的灌溉。我家院坎下面是一块水田，即是我家的"自留田"，面积不大，大约半亩，呈长方形，与水库紧挨在一起。在那个坡地多、水田少的年代，不知让乡亲们有多羡慕。那时为了给乡亲们应有的粮食补充，村上给每家每户留有一些"自留田"，农民拥有自主权，喜欢种啥就种啥，不需要上交任何税费，所有的收获都是自己的。

　　由于离家近，我家门前那块"自留田"，就像贴上了商标，进一步明确了自己的"身份"。不过土地可不讲究这些，不论是

"大集体"时代，还是包产到户，自留田才是真正意义上属于农民的一亩三分地，有了自主权就用心去经营。过去家里养了猪，要交给公家；队里收了粮，要交给公家；就连猪圈里的粪，也要交给生产队。自古以来，农民就没有真正当过土地的主人，自留田算是对生产能力的解放。当时，父亲当了多年的队长，吃苦耐劳，热爱集体，在村里是出了名的。那块自留田划给我家时，乡亲们毫无怨言，都很理解。

物资匮乏的年代，村里分得粮食，家家户户基本上都不够吃。正因为那时的粮食紧张，所有的缺口就寄托在"自留田"里。父亲更是视它为命根子。打我懂事起，还没有化肥，但他懂得庄稼一枝花，全靠肥当家。这就像《平凡的世界》里所说，庄稼人在地里种庄稼，像是抚育自己的娃娃。因此，秧苗刚插到田里，父亲便打些树的嫩芽，然后沃成绿肥，适时施在自留田里。自留田是一家人一年生活里的憧憬。春华秋实，稻谷飘香，丰收在望，一家人心里便乐开了花。

20世纪80年代，我高考落榜回乡。农村实行土地联产承包责任制，逐渐落实包产到户。我家门前水库被承包养鱼，父亲参与了入股分红，也获得了一些收益。眼见为实，给我很大的启发。由于那块自留田离农户较近，鸡刨狗挖，糟害很大，加之院坎上的树木成林，遮挡了田里的阳光，于是，我征求家里人的意见，决定把那块自留田改为养鱼池塘。说干就干，秋收之后，一家人齐动手，经过一个多月的努力建成了一口鱼塘，放上了鱼苗。我记得十分清楚，当时还特意买了不少小小的红鲤鱼，一尾尾游动的样子很可爱。第二年春天，我割草喂鱼，精心管护，到了夏天，鱼就长到了半尺左右。清晨或黄昏，鱼儿悠闲自在浮在水面，不停地变换队形，有时呈"一"字形，有时呈扇形，或像大雁掠过，或像士兵队列表演，十分引人注目。时间长了，乡亲们跑来看鱼，鱼塘成了村里的一抹亮丽风景。

心中有念想，人生有希望。眼看快到年底了，我一直期盼着能早点起网收鱼。然而，生活并没有如我所愿。一天清晨，早起的父亲急吼吼地把我喊起来，说是鱼塘的鱼被人偷了。我飞快地跑过去，眼前的一切，顿时让我傻眼了——池塘里的水被放得干干净净，鱼儿自然不见了踪影。等我缓过神来，打算立即报警。父亲却说，这是知道咱家底细的人干的，说白了，就是附近人弄的。不知为什么，父亲硬是阻止了我报警。多年以后，一个同学告诉我，说是咱们村里广某所为。说实在的，这件事尽管过去了许多年，但我依然佩服父亲的智慧和宽容。本来想兴致勃勃地搞投资，改变自己的生活，可是一夜之间血本无归，让我彻底泄了气，于是就放弃了养鱼。

树挪一步死，人挪一步活。恰在这时，偶然的机遇，我走出了村庄，走出了生我养我的故乡，到了陌生的城市去开创新的生活。那块"自留田"也因父母无力经营，像一个没娘的孩子，开始干涸、荒芜，在风雨飘摇中自生自灭。

到了退耕还林的年代，单位倡导植树造林。我忽然想起了那块荒废多年的池塘。于是，我和妻子割去了里面的杂草，栽植上了速生杨，让土地重新焕发了活力，招来了百灵鸟儿在树林里唱歌，引来了乡亲们来树荫下乘凉聊天，它又成为村子里一道靓丽的风景线。

短短的几十年间，那块半亩自留田，曾经养活着我们一家三代人，也留给我们许多美好的回忆。但时代的洪流一遍遍地涌来，掩过了我们曾经热爱的土地，带走了我们的青春年华，带走了年轻的一代，带走了乡村的希望。现在，我们随处可见，那些曾被视为命根子的土地，甚至是好田好地，像被遗弃的棋子，变成了不毛之地，甚至变成了飘着灰霾的工厂。曾几何时，土地上的人们流向了城市，有相当一部分人成为无根之人。而且，随着城镇化的推进，有些村庄甚至成了"空壳"村，土地荒芜，房屋颓废。看到这里，不由得让人惋惜。

白落梅说："无论我们被世俗烟火熏染多久，被浑浊的世态浸泡多深，心灵深处始终有一处最洁净的角落，永远如初时美好。"对于我来说，这个角落，便是心中独属的那块"自留田"，播撒下梦想的种子，细心地呵护成长。这就像乡愁，一对隐形的翅膀在牵引着，飘啊飘，最后落地生根，深深地在心底埋藏。每年清明前，只要有时间，我就回到故乡，看看阴阳相隔的父母，还有我始终牵挂的乡亲们。我也常常去看那块自留田，看那一片茂盛的白杨林，还有秦岭之巅那一朵朵洁白的云，如我之心悠悠飘荡。

在那个缺粮少食的年代，自留田带给无数个家庭无尽的希望。谁心中没有一块责任田呢！这个心灵空间中，不需要很大，它能盛下我们心里的一片绿荫，成为我们寻找精神原乡的标记。它就像母亲，滋养我们成长；它就像一束阳光，照亮四季流转；它就像记忆，让人魂牵梦绕。心有一方田，把生命的根，深深埋进去。用我们的温暖和真情，让它萌发新芽，开花结果……

草帽上的阳光

　　初夏，微风孕育出麦浪，俨然一幅天然的画卷。

　　在鸟儿"算黄算割"的催促下，农人在把黄澄澄的小麦收回家的同时，也把新鲜的麦秸秆带回了院坝，让它成为夏日的主角。

　　夏忙终于结束了，在下午的安静里，抽空挑选些小麦秸秆，慢条斯理地编织成草帽，唤醒传统节日的"仪式感"，就成了夏日乡村里的一道风景线。

　　我婆婆就是村里出了名的"巧娘"，有一手编织草帽的好手艺。她只要有空闲，就像我现在热爱文字一样，喜欢把草帽打扮得有模有样。往往这时，婆婆挑选出一捆捆粗细匀称、色泽鲜亮的小麦秸秆，编织成规格不同、造型各异的草帽。有时，还因人而异，编织出精美的图案，涂上颜料，甚至配有艾草和菖蒲，既有点缀装饰之美，又有驱瘴辟邪之意。无数次在油灯下，我看到那种孜孜不倦的神态，极像是在精雕细作一件件艺术品。因此，婆婆得了一个巧娘的好名声，直到现在，一说出她的名字，全村人都很敬重她。

　　许多年里，我目睹过父母戴着草帽收麦、插秧、点豆、种菜，为的是能养家糊口。回到家里，他们就把草帽挂起来，既像是彼此敬重，又生怕把它弄脏了。正如《人间草木》中写道："世界先爱了我，我不能不爱它。"这样想，人与人，人与物，抑或人与草帽，都互相尊重，互相理解，难怪村民和谐得像一家人似的。

那时我还小，最让我高兴的是，端午节这天，准能收到婆婆赠送的礼物——一顶精致的小草帽，上面还系有铃铛，随着走路发出有节奏的声响，让小朋友羡慕不已。不过，遗憾的是，我却没有珍藏过婆婆编织的草帽。

"大集体"的年代，不论是春耕秋播，还是施肥浇水，都得戴一顶草帽。乡亲们把草帽视为"宝贝"，一旦喜欢上了它，就形影不离。但没有太阳时，怎么也舍不得戴它。田家少闲月，五月人倍忙。尤其是五黄六月，出行时需戴一顶草帽来遮阳防晒，否则，太阳会"伤人"。但我们小孩子习惯在夜晚的麦香里逮萤火虫、听故事、看星月，甚至安然入梦。

有一年，雨水较多，无法锄地，好不容易遇到了大晴天，但等到玉米地里的草除了，晚上一场大雨，小草又返青了。父亲凭经验说，只能连根拔掉。于是，我闹着要去拔草。尽管父亲教过我拔草的技巧，但看起来容易做起来难，况且，小孩子没耐性，干不了多久，就气喘吁吁，不得不坐在地边歇气。

然而，我清楚地看到，太阳照在父亲头顶的草帽上，洁白的草帽像微风中的花儿一样耀眼，恰似他质朴而宽厚的秉性。随着父亲身体高度的降低，草帽与大地更接近了，人如在草木间。父亲这哪像拔草，分明是在与大地紧紧地握手，感悟着对这片土地的一片深情。但蹲久了，腿肚子易发麻，过一会儿，就得站起来伸伸腰。每当父亲弓下身子时，就像虔诚的信徒，向大地深深地鞠躬，感谢它的养育之恩。

十里不同风，百里不同俗。不知何时起，一顶草帽却成了定情礼物。小伙子与姑娘谈恋爱，是不是你情我愿，端午节拜节，就是试金石了。这天一大早，小伙子提上礼物，去给姑娘拜节，只要收到一顶草帽，八成就是被相中了。姑娘给小伙子回节，小伙子能收到同样的礼物，这便算处对象成功了。在我二十多岁时，和许许多多小伙子一样，也曾收到这样的礼物，更好地体会和感受到端午节的温馨气息，让传统节日的仪式感照亮生活。

时光飞逝，社会发展。然而，不论岁月如何变幻，有一点是可以肯定的，即使是老女婿了，依然要在端午给丈母娘拜节。其实，老人啥都不缺，哪怕是一筐桃儿、一壶菜油，只要人到了，心意就到了。

现在，日子富裕了，机械化程度高了，顶烈日冒酷暑种田的机会越来越少，戴草帽的概率就越来越低。更何况有了机制草帽，人们失去了对手工编织的感知，节日中草帽带来的那份仪式感也逐渐淡化了。

或许是日有所思，昨晚我做了个梦，太阳明晃晃的，我独自一人插秧，编织着绿色的田畴。突然，妻子送来一顶草帽，为我戴到头上，阳光落在草帽上，我就有了一处阴凉。

仲夏之月，端午时节，清风拂过，芳香四溢。远处是一望无际的金色麦浪，阳光铺天盖地洒在上面，影影绰绰，像是那些曾经熟悉的身影穿梭在时光深处。我仿佛看见一团淡淡的光晕盘旋在父亲头顶的草帽上，他正满心欢喜地品尝着丰收的滋味。

敢问路在何方

（一）

凭自己过去的印象，一直步行到三楼，标识却很清楚：属县审计局机关。我突然意识到，是自己走错了地方。正这么想的时候，迎面走来一个小伙子，我急忙上前打听。小伙子约三十岁，中等个子，有点偏瘦，戴一副眼镜，文质彬彬，态度和蔼。他本想用手指一下我要去的地方，无奈茂密的香樟树遮挡了视线。小伙子主动陪我走下一楼，告诉我要找的部门在斜对面的那幢楼上。

事情办完后，我忽然发现，县政府大院干净卫生，环境优雅，绿树成荫，鸟语花香，舒适宜人，只是我许久没有来过的缘故，有些生疏。

这是一个早上，我的一次偶遇。遗憾的是，我们挥手告别，竟不知他姓啥。

时隔多日，一想起那个问路的情景，像春天的季节一样，让人顿时心生温暖。

（二）

人这一生，少不了要外出奔波，奔波在外，少不了会遇到迷路的情况，于是，问路就成了生活中时常出现的场景，而问路过程中遇到的那些人那些事就成了一生经历里必不可少的插曲，为平淡的日子增添了多姿多彩的旋律，总是在不经意间就忆起。

小时候，家在农村，很少出远门，也用不着问路。到了上高中时，要去十几公里的襄城读书。由于父母永远有干不完的农活，我和几个同学只好骑上自行车，一边走一边问路，用了大半天时间，才找到了勉七中。

上学时，读《西游记》，感到人世复杂，连问路也会惹出麻烦。我曾天真地想，那就待在家里种庄稼好了。

然而，我就属"菜籽命"，四处播撒四处扎根。

在我的人生经历中，父母是农民，没人给我"引路"，甚至规划未来，说直白一些，就是摸着石头过河，自己寻找探索生存的方向，这便应了那句：天生一人，必有一路。因而，我曾教过书，当过农技员，还在乡企办待过一年。后来，好不容易进了城，刚熟悉都市的生活，又远离家乡远离亲人，奔赴千里之外，先是去了河西走廊，再到华北地区，在那里临时安营扎寨从事销售工作。面对一座座陌生的城市，犹如步入山野的层峦叠嶂，又似涌入大海波涛起起伏伏。赢家有赢家的风光，输家有输家的难言之隐。

在家千日好，出门事事难。尤其在外奔波的七八年里，人生地不熟，走的路多，问的路也多，听说江湖险恶，但所幸我问路时遇到的人都善良，故而很少上当受骗。

（三）

人生如梦，岁月无情。蓦然回首，才发现我们已逐渐走向成熟，但回过头来想想，人生的路已度过了一大半。然而，中国人很有人情味，又大都是操心的命，既希望自己过得好，还要考虑让子女更舒坦些，甚至还惦记着孙子辈的前程。从情理上讲，当然无可厚非，但人生在世，要懂得放下，顺其自然。很欣赏这段话：人活在这个世上，很多事我们无法掌控，很多情我们无法挽留，很多人我们捉摸不透，太纠结，心烦；计较了，心累。如果可以看淡，就不会心烦意乱；如果可以放下，就不会难过心寒。

佛教禅语：人生路上，请随缘。

此时，脑海中不由浮现出《西游记》：妖孽何其多，处处设"陷阱"，让人防不胜防。唐僧师徒一路徒步向西，跋山涉水，成功抵达灵山大雷音寺取得真经，少不了一路问询。试想，他们跨越了十万八千里的路程，历经了九九八十一难，耗时十余年，可谓征途漫漫，险阻重重。每每行至一处，便需得了解到了何地、下一个目的地当是哪条路哪个方向，于是他们问路人、村民、神仙、妖怪……从而探得正确的道路，取回真经。

在我漂泊的那些年，尽管困难重重，但我勤奋学习，积极上进，苦心经营，在市场占有一席之地，也体现了自己的人生价值。

（四）

被称为"亚洲魅力之都"的香港回归不久后，我有幸去了一趟东方之珠购物天堂。但在自由活动的那天，我们乘公交去逛街，出于好奇，越走越偏僻，到了黄昏，准备返回酒店时，却迷了路，一同三四个人，找不到来时下车的站台，好不容易碰上了一位老人，却由于语言不通，而急得团团转。幸好巧遇一位"的士"师傅，才把我们送到了住处。

多年以后，这几乎成了笑话，却时时提醒着我，摸不清方向的时候，还得去问路，那只是开口而已，就能问到对的路，找到对的人，抵达要去的地方。

问路这件事，似乎微不足道。是啊！时移世易，社会在变。现在科技这么发达，有导航带你去大千世界，有手机为你准确定位，根本用不着提心吊胆找不着北。

然而，智能产品固然能帮你到达目的地，但人生之路呢？它却不能成为人生的坐标和航向。

"敢问路在何方，路在脚下……"这是电视剧《西游记》的片尾曲（阎肃作词），更是对这部作品的诠释。在人生的道路上，我也悟了几十年——不必担心路在何方，要懂得享受生活的过程，该开口问路时就开口去问，总能为脚找到路。

山重水复疑无路，柳暗花明又一村。该问路时就问路吧，找到路了就前进吧，路一直都在，在等着脚！其实，不是路在脚下，而是脚一定要找到自己应该踏上的路，有路前行，人生就会有更多的乐趣不断涌来。

天凉好个秋

清晨起床，习惯性走到阳台，忽然感觉一股凉意。虽说节令不饶人，但没想到立秋才十来天，怎么就明显有了一股秋的味道。这才想起来那句俗话：早秋凉飕飕，晚秋热死牛。

今年属于早秋，阳气渐去，阴气渐长，天气一天比一天凉快。阳台上，妻子在花盆栽的黄瓜，瓜秧已经泛黄，茼蒿菜已经抽薹结籽，标志着夏季作物完全"成熟"。转身眺望太阳，虽然红彤彤的，却并不刺眼，像褪了火的铁饼，没有了往日那种火辣辣的味道。楼下院子里的花草树木错落有致，绿中泛黄，红黄交织，一幅秋日的样子。游乐场三三两两的老人，穿着外套，悠闲地晨练。知了知道要换季了，不再有一声没一声地吟唱，似乎是为了配合季节的到来。眼前这些景象，让人能感觉到秋天真的到了。

此时，我站在阳台上，迎着初秋凉爽的风，尽情地享受着舒适与惬意，心也随之起伏追忆到童年时期。

那时，家住农村。农谚说：立秋十八天，寸草结籽。这像大自然的有意提醒——秋收季节到啦！农不误时，每到这个时候，大人们翻腾出农具，擦洗干净拌桶，镰刀磨得锃亮，架子车修复一新，一切准备妥当，开始收获成熟的稻谷，收获一年一季的希望。那时，我们还小，既不会割水稻，又不会打谷子，只能跟在大人屁股后面，干些捡稻谷穗等力所能及的活路。但更多的时候，由于放学回家后，没有家庭作业，没有学习压力，像无人看管的羔羊四处疯玩。我们打老鼠、网蜻蜓、捉蚂蚱，田野成了我们童年的伊甸园……或许是为了应景，狗尾巴草伸出了长长的尾巴，也成了我们喜爱的玩伴。

小时候淘气，柿子即将成熟，会偷偷摘一些带回家，然后捂成炕柿子，满足我们的贪吃欲。有时，我们在田间地头，摘点黄豆角或玉米棒，在草木灰里烧烤，老远能闻到一股清香味，惹得小伙伴跑来争着吃，个个弄得花猫似的，欢笑声传遍了沟沟坎坎。

然而，我最感兴趣的是放牛。尤其是初秋，不热不冷，我喜欢骑在牛背上，一边津津有味地看连环画，一边欣赏牛儿悠闲地吃草。有时，还会哼儿句：蓝天配朵夕阳在胸膛，缤纷的云彩是晚霞的衣裳……不知不觉，笑意就写在了脸上。那时，经常下雨，但我毫不畏惧，戴上斗笠，披上蓑衣，一边放牛，一边听蟋蟀弹琴，看鸟儿在枝头筑巢。天气晴朗时，小伙伴们三三两两把牛撵到山坡上，像进入了天然的牧场，无忧无虑地尽情玩耍，比如做游戏、学打仗。还可以讲故事说笑话聊趣闻海阔天空地吹牛，说些没有边际的话题。玩累了，干脆躺在毛毯般的草地上，看蓝天白云，观云卷云舒。有大雁掠过，唱着悠远而古老的歌谣。当然，可以打个盹，抑或做个梦，连同空气中浮动的大自然暗香，夹杂着太阳甜蜜的味道，都丰盈着我幼稚的心房，甚至成了一生的诗和远方。

人生一世，草木一秋。屈指算来，我已在城里居住三十余年，就如同走过一个又一个春夏，不由得感叹年华似水的匆匆。这更像秋风伴着秋雨，一点点蚕食夏的燥热，然后才会变成金黄的秋色。然而，人生并非四季轮回，逝去的不会复返，还得珍惜当今追梦未来。尽管我乃普通百姓，但传承了先辈的精神血脉，艰苦奋斗，勤劳勇敢，从不甘愿落伍。都说儿孙自有儿孙福。再说儿子，先参加工作，后成家立业。眼下，小孙女走出了幼儿园，跨入了小学的门槛。这一路走来，虽说还算平坦，但我们这一代人都是操心的命，依然惦记着他们能像自然界一样，春华秋实硕果累累。那样，才是人间美满佳节！

天凉好个秋。逛了一圈，返回家里，独自到阳台上，或许是触景生情，我沏一壶清茶，沐浴着阳光，任轻风拂面，写下这点文字，触动一下心灵深处的宁静，延绵时光深处静谧的清香，盛放在这个温暖的季节里，美丽妖娆。

"朋友圈"里趣味浓

（一）

科技的飞速发展，必将催生新的力量。短短二三十年间，从固定电话到大哥大，从数字手机到智能手机，可以说是日新月异发展迅猛。特别是智能手机的诞生，使我们拥有了"朋友圈"，丰富并改善着我们的生活。

众所周知，微信"朋友圈"指的是腾讯微信上的一个社交功能，用户可以通过朋友圈发表文字和图片，同时可通过其他软件将文章或者信息分享到朋友圈，使人们之间的交流、沟通、联络、信息传递变得更加迅捷、轻松、方便。当然，用户还可以看到朋友圈好友的点赞或评论。因而，由于血缘亲情，由于相识相知，由于工作关系，由于共同经历，由于彼此欣赏，亲戚、朋友、同事、同学、家族，通过各种渠道认识的人都可形成一个圈子，少则三五人，多则几百数千人，但无论圈子大还是小，都因了密切的关联，多多少少有共同点，或者在一个层次上，那些熟悉的面孔、熟悉的语调，感觉都很温暖，也很亲切。毕竟有了圈子的陪伴，就不会再感到孤独。

微信"朋友圈"是一个汇集圈内朋友状态、各类文章信息，提供交流沟通的平台，显然是一个属于圈内人的"公共场所"，看似是开放的，却又是私密的，因为，公开的范围仅限于圈内人，既方便又安全，何乐不为呢！

我有一位年轻朋友，曾与我交谈，毫不隐讳地说，手机如同情人，越是离不开，越是舍不得。正如一句广告词：一机在手，天下我有。不是吗？在车站码头、高铁公交、街头巷尾、超市商场，只要有空闲，都要挤出时间，手指飞快地点击屏幕，不论是新闻还是八卦，不论是文学还是野史，不论是照片还是视频……萝卜青菜各有所爱，个个都玩得津津有味。

（二）

诚然，在百花齐放百家争鸣的年代，朋友圈更需要的是积极向上乐观上进，弘扬主旋律正能量的内容。回顾过往，强大的中国，什么样的灾难没有经历过！

担当就是力量，有爱就有希望。鼠年这个年节，国家遇到了前所未有的灾难，但我们的朋友圈像一面面旗帜，激励着我们抗疫的斗志，坚定了我们获胜的信心，举国上下都在为武汉加油！为中国加油！

没有翻不过的山，没有过不去的"坎"。只要我们镇定自若，无所畏惧，万众一心，共克时艰，就一定会迎来明媚的春天，拥抱往日的宁静与温暖。

（三）

有人说，朋友圈的水平，决定人生的"高度"，这话一点不假。后来，走进了"读书村"微信群，这是著名作家丁小村老师主办的平台，不为功利，只管耕耘不问收获，无疑为文学爱好者带来了契机。对我个人来说，更多的时候，是学习优秀的作品，从中汲取知识和营养，滋补自己瘦弱的文字之躯，唤起创作灵感和兴趣。我左手捧着岁月，右手握着文字，通过文字表达自己的心情，将浮躁的心绪在文字中淡然，让温软的絮语在指尖轻盈，感受淡如清风静若幽兰的唯美。

我的地盘我做主。每当作品出炉后，就发在朋友圈，但我绝对没有炫耀自己的意思。只是觉得，我尽力写出世间最美的真情，写出灵魂深处的感动，对于读者，或多或少有些益处。我这个人比较自信，感到圈子里的人走到一起就是缘分，如果把我当成真正的朋友，就像如今那些"铁杆"一样，毫不犹豫地为我点赞分享，至少对我的作品是一种肯定。

有言道：分享是一种美德，转发是一种境界。我同样会转发一些优秀的文章，当然包括中兴人的文章，以及"读书村"文友的作品，依然希望点赞分享，可由于兴趣不同，爱好各异，选择也不同，好在效果还比较满意。不过，如若"扰"了朋友，甚至引起反感，可置之不理，也无伤大雅和气。

（四）

大多时候，朋友圈就像是方便的快餐，我们可以汲取营养，在工作中增长才干；我们可以云游四海，了解世界各地风情；我们可以海阔天空，自由自在抒发情感。总之，是一种快乐，更是一种享受。

然而，事物的两面性从来体现在任何地方，朋友圈也毫不例外，在获得更多福利的同时，也隐藏了更多的风险，比如散布虚假信息，比如擅自发别人的隐私等，既殃及他人，还祸害着社会，朋友圈有着不可逾越的红线，好在政府有相关的管控措施。另外，还有一些不和谐的音符，如不转发就如何如何，还有标题党的订阅号、搞笑的娱乐群不断涌现。不过，朋友圈进退自由，与其伤了感情不如早点"逃离"。要说明的是，我退出某某"朋友圈"，也请"朋友"能够理解。对于名目繁多的广告，我依然保持我的个性，不但不会转发，而且会直接拒绝进群，也请朋友另寻出路吧！

其实，朋友圈如同人生，同样需要考量。经过大浪淘沙，优胜劣汰，离去的是风景，留下的是真诚。历经时光淬炼，我粗略地算了一下，自己"朋友圈"不过千人，但几乎是靠谱的朋友，比那些已经失去的更宝贵，更值得去珍惜和经营。或许，这就是我自己所喜欢的朋友圈！

别样端午风情

"粽"有万种风情，偏爱家的味道。

岁岁端午，今又端午，依然是家的味道。不同以往的是，这个端午节里，"家"扩大了，扩大到了一座城。

就在这个端午节，当代·中兴悦城，成了一个大家庭，百名客户在这个大家庭里，欢聚一堂，共庆端午。

包粽子、话家常，端午时节，当代·中兴悦城里一片欢声笑语，别具一番风味。望着那散发着悠悠清香的粽子，我的思绪渐飘渐远，恍惚间又回到了过去……

小时候在农村，日子虽然穷苦，但一到端午节，节日气氛很浓，整个村子里像准备过年一样，家家都包粽子、煮粽子，处处弥漫着浓浓的粽叶香甜，小孩子们更是异常欢乐。

"粽子香，香厨房；艾叶香，香满堂。桃枝插在大门上，出门一望麦儿黄……"在欢快的童谣声里，在端午前两三天里，母亲便开始浸泡糯米、花生等，还要挑选一大筐绿油油的粽叶，为我们包粽子吃。

家乡的粽子比较小，一般是两片叶子包一个，呈圆锥形，糯米中也掺别的东西，为的是美观好看。粽叶是刚摘的，泡在清水里，糯米洗净滤干，再找些麻绳，材料备齐了，就可以包了。

端午前一天傍晚，母亲娴熟地把粽叶放平，在左手的掌心，折成圆锥状，然后用右手抓一把浸泡后的糯米，慢慢地投放进去，再放几颗花生米，最奢侈的时候，还会再放进一枚红枣。粽叶在母亲的手里折来折去，就出现了一个三角锥的形状，然后用麻绳子一扎，一个漂亮的粽子就做好了。那时，我们兄弟姊妹还小，像燕子似的围在母亲身旁，看着母亲像变魔术似的变出一个个棱角分明的粽子，心里别提多高兴啦。

包好的粽子，一般是一次性煮好，分几顿吃完，每顿热一下就可以了。不过，刚出锅的粽子最好吃，取一个粽子，热气腾腾，解开麻绳，展开粽叶，洁白的糯米露出来了，晶莹剔透，像一件精美的艺术品。尤其是粽子角上的枣，格外地光彩夺目，像闪闪发光的小红星。糯米已被粽叶熏染上大自然的清香，枣的浓甜也混在其中。那个香啊，真是馋人。如果再蘸点自家产的蜂蜜，吃在嘴里甜在心里。

"一糯隐于一苇，至朴至素至简。"这端午的粽子，香甜的味道，温馨的时刻，曾经一直伴随着我成长的岁月……因为母亲包的粽子，有爱的味道、童年的味道、幸福的味道。

"清明插柳，端午插艾。"端午节一大早，母亲还会把亲自采的艾蒿插于门楣，用以驱除蚊蝇、虫蚁。也有大人给孩子们手腕、脖项拴五彩线的，并嘱咐不要随便弄断或丢弃，只能在端午节后第一场雨时才能扔掉。据说，五彩线象征着五色龙，可以降伏鬼怪，带走一切疾病，保佑孩子的平安。同时给穿上绣着花、鸟、鱼、虫之类的花裹肚，可以驱避毒虫。

时光总多情

时光匆匆忙忙到了现在，人们的生活水平得到了提升，每年端午前，商场里、网店上，粽子品种多样，包装精美，琳琅满目，让人目不暇接。但吃过后，要么腻得受不了，要么口感不行，总觉得缺点什么。

　　是啊！曾几何时，包粽子、吃粽子就代表度过了端午节，而今却忽视了这一传统节日的精神内涵。于是，在这个端午佳节，当代·中兴悦城满怀情谊地组织了这场活动，别出心裁地进行了一场包粽子活动，只为让大家感受到温馨的亲情和浓浓的端午佳节气氛。

　　在端午节活动现场，有准备好的糯米、粽叶、细线等包粽子材料，有老大爷、大妈、年轻小伙、姑娘，还有夫妻俩带着孩子，一家三口围在一起包粽子。大家拿起手边早已摆好的粽叶，将其卷成锥形，向里面加入适量的糯米、绿豆，再放一颗红枣，然后，把竖起的粽叶向下弯曲，用粽叶包住敞口，拿起细线慢慢地捆扎，这样，一个粽子就包好了。此时，工作人员热情地拿出精心定制的编织袋，小心翼翼地把他们包的粽子放进去……

　　"我挺喜欢这次的端午节活动，不光感受到了热热闹闹的节日气氛，还学会了传统的包粽子手艺，很有成就感。"一位年轻姑娘开心地说，"过去年年都去超市买粽子，根本没有什么意思，倒觉得自己包的粽子才正宗呢！"

　　年年端午又今朝，年年端午吃粽子。当代·中兴悦城通过这种感恩回馈活动，既传承了传统技艺，又让大家感受到端午节浓浓的节日氛围。

　　粽子的美味无法言喻，没有品尝过它的人，是无法知道的。

它那独特的清香，真的无人可拒。

粽子包裹着美味，也包裹了中国文化和中国古代人民的智慧。就让我们在粽香里，细细品味民风民俗，细细品味岁月里流淌的世间情、中国风！

剩饭里的深情

　　吃饭本是一件平常的事情，谁都喜欢吃刚刚出锅的新鲜饭。然而，在我懵懂时，不知为什么，我妈却常常争着吃剩饭。时光是最好的老师，长大了才明白这剩饭里的深情。

　　那个年代，我妈既要忙着挣工分，还要操持一家人的生活，有时，她把饭做好了，大大（父亲）因为忙生产队的事情，顾不上回家吃饭，就把饭剩下了。出生在贫穷年代的人，度过了艰难的岁月，深知一粥一饭来之不易，咋舍得把剩饭糟蹋了呢！到了下一顿，我妈照样热着吃。

　　饭热三遍比肉香，这似乎是我妈的口头禅。从小到大，我妈说过不计其数的话，而喜欢吃剩饭的絮语，虽然朴实无华，却像故乡的一缕炊烟，始终萦绕在我的心头，挥之不去终生难忘。

　　缺油少盐的年代，热剩饭时为了利锅，就得先放点油，若连续两次热剩饭，油盐易入味，虽然闻起来香，但黏乎乎的，看起来就缺少食欲。况且，大多时候，我妈为了省油，就放很少的油，锅里的饭癣里咕啦，散发出一种焦煳味，即使这样，我妈依然吃得津津有味。当时，心里就认定，我妈真的喜欢吃剩饭。

　　20世纪60年代，日子过得清苦，但我妈总是想方设法改善生活。印象中，荠荠菜、羊蹄甲、茵陈、蒲公英、蕨菜、扫帚菜、车前草、刺儿菜、鱼腥草、椿芽、槐花，只要经过我妈的手，就会变成美味的菜肴，连红薯茎叶都是菜，嫩茎做泡菜，叶子做浆水菜，尽量改善我们的口味。而小时候，我不懂事，吃饭总是挑剔，要是有自己不喜欢的饭菜，就搁到我妈碗里，要是把饭菜剩下了，我妈二话不说，毫不犹豫地吃掉了。后来，我有了弟弟妹妹，我妈依然沿袭着吃剩饭的习惯。

一人嘴动，十人嘴香。到了吃饭的时间，要是有邻居家的孩子，我妈会优先让他们吃饭。这时，做的饭不够吃了，我妈只好等别人吃完，看着锅里有饭，我妈就吃，如果饭少了，便用汤来凑。记忆里，我妈从来无怨无悔，还尽量省吃俭用，供我们兄弟姐妹四个读书，希望能长大了有出息。

年岁渐长后我才知道，热剩饭破坏了它本身的模样，再说干饭还可以，稀饭就糊咕隆咚，恰如敞了气的蒸馍，丢失了当初清香的味道，也少了养分。俗话说：宁吃鲜桃一口，不吃苦李子半背篓。都情愿吃新鲜可口的饭菜，没有人喜欢吃剩饭。在历经岁月的洗礼后，我才真正理解我妈的良苦用心，明白了这剩饭里的深情。

随着时代的发展，家里生活条件好了，但我妈勤俭节约的习惯，到去世都没有改变。她曾对我们说：吃上白米细面，日子胜似过年。我爷爷也讲，解放前的大财主，也只不过能享受白米细面罢了。遥想当年我妈说这话时知足和高兴的表情，我心里却是另一番滋味。因为我妈走的时候，才年过半百，还没有真正享受到时代带来的"红利"。因而，"树欲静而风不止，子欲养而亲不待"的疼痛刻骨铭心。其实，人生在世，活的是一个过程，其中的滋味，只有慢慢品尝，方可明白些许。

时代在变，人也在变，但人世间许多事情像重复着同一首歌，如昨天和今天，现在和未来，很多人很多事都在不断地复制着曾经发生的故事。在我融入城市的二十年后，儿子成家立业了，我妻子像我妈过去一样，依然打理着家里的内务。我们有应酬，剩饭就成为常事。好在这个时代，粮食充足，也明白"饭热三遍比肉香"是善意的谎言，于是，我对妻子说，现在日子好过了，剩饭不新鲜，也缺少营养，能不吃尽量不吃，倒掉咱也不心痛。

妻子勤劳善良，吃苦耐劳，也是从农村走出来的，养成了勤俭节约的传统美德，她和我妈一样，觉得粒粒皆辛苦，不忍心将剩饭倒掉。有言道：说得了嘴，说不了心。表面上妻子答应了，但她依然是经常吃剩饭。我们无话可说，权当是继承了我妈的"座右铭"。也难怪，现代人都难忘乡愁，惦记故乡的一草一木，怀念父老乡亲的善良品格。

常将有日思无日，莫待无时思有时。朱熹有句名言：一粥一饭，当思来之不易。因而，无论岁月怎样流淌，我妈默默吃着剩饭的情景，始终让我记忆犹新。

此刻，面对一桌子丰盛的饭菜，我又仿佛看到了我妈，听到了她那句喜欢吃剩饭的絮语，而这剩饭里的深情，又越过长长的光阴显现在了我的面前，让我懂得生活的不易，更让我忍不住落泪。

书声荡漾老祠堂

多年以前，老家有一座祠堂，叫王氏宗祠。据记载，王氏宗祠始建于清道光十年（1830），是典型的清代建筑。

王氏宗祠是一个坐北朝南的四合院，占地一亩有余，雕梁画栋，规模恢宏，非常壮观，墙体镶着方砖，房面盖着青瓦，做工细腻，也很讲究。大门两边有厢房，中间是通道。大殿最有气势，正对着大门，布局紧凑，气势非凡，内有一棵古柏，枝叶繁茂。门上的柱顶石有五六十公分高，下面是四方形，中间为八菱形，上方为圆柱形，皆为一个整体，支撑着立柱。别的不说，仅房屋横梁直径就达七十公分。

早先时候，建房筑屋讲究风水。老家的祠堂也毫不例外，就建在石拱桥与排洪沟以北，不远处有药王庙。既没有遮拦又十分安全，护佑着王家自然村几十户人家的平安。

这座祠堂历经百余年风雨，依然庄重大气，古色古香，飞檐翘角，气势恢宏，依次供奉着先人的牌位，充分说明了王氏是一个名门望族，注重仁义礼智信。

20世纪70年代，我到了上学读书的年龄时，历经时光浸染的王氏宗祠已经演变成了村里的小学堂，我的小学生涯就是从那里开始的。

其实，说是学校，除了拆除"先人牌牌"外，别的几乎没有动，还是老样子，在明媚阳光的照耀下，显得古朴自然，极像朴实的乡亲，见谁都是和善的面孔，给人一种亲切感。宗祠周边是朴素的土地，一年四季种着庄稼，春华秋实，稻麦两熟。景色最美的是春天。一望无际的麦田，绿油油地洒满山坡；那些早开的黄花，像是大地的眼神，闪烁着天地的灵性。渠边零星地长着柳树，夏天时郁郁葱葱，像大地上撑起的大伞，有意让农人歇气乘凉，也引逗我们折取柳条编成凉帽，遮挡明晃晃的阳光。我们伴随着蛙声和鸟鸣，感受万物的勃勃生机，被丰润的土地滋养着长大。最显眼的是一棵高大的檬子树，要两人才能合围，枝条婆娑柔曼，看那古意不知道是不是当初修建祠堂时所栽植。它位于校门口东侧，足足营造出一间房大小的阴凉，夏日里便成了师生纳凉的好地方，也形成了一个地方坐标。

那个年代，家家户户兄弟姐妹多，父母要忙着挣工分，家里都是大带小。我是老大，自然得承担带弟弟妹妹的责任。那时，生活条件落后，没有现在的人金贵，既皮实又好养，就像宽厚的大地，即使是坡坡岭岭，随意撒下种子，就能生根发芽长成庄稼。我清楚地记得，上小学时，家住阳坡，房子是土坯房，但更能凸显出冬暖夏凉的优势，睡得舒坦，人也精爽，早上一起床，同学们一约合，有说有笑，不到十分钟便到学校了。

学校房子很紧张，教室再简陋不过了。一张讲桌，一个黑板，简易的课桌——两边用胡基砌成土台，中间搭一块长木板，通常是两三排，可坐十来个人。一年级、二年级共用一个教室。老师给一年级讲课，二年级学生做作业；老师给二年级讲课，一年级学生做作业。苏轼说："不一于汝，而二于物。"我们从小就适应了那种环境，各干其事，互不影响，也磨炼了意志。因而，即使现在写作，不论周围有啥噪声，也会"两耳不闻窗外事"。或许，这种专心致志的习惯就是那时养成的。有时，我就想，苦难中能磨砺出"真经"。靠的是自觉，培养的是专心，也足让人受益终身。

草 帽 上 的 阳 光

学校不大，操场也小。当时，条件比较差，虽是泥土地，但一直有着上早操的习惯。不管春夏秋冬，严寒酷暑，每天除了天气的原因，都雷打不动地上早操。老师喊着"一二一"的口令在前面跑，学生排队紧跟其后，像玩着老鹰抓小鸡的游戏。尽管经常身后尘土飞扬，但从来没有人退缩。遇到数九寒天，跑上三五圈，身子便暖乎乎的，返回坐在教室里，自然不会感到寒冷。椭圆形的操场上，只有一副篮球架子，不论季节如何变换，依然坚守"阵地"，但它不缺少热闹，常常被当成"战场"，你争我斗，喊声不断，好不活跃。当然，操场也有冷场的时候。学校放寒暑假，操场一片寂静。尤其是暑假，操场趁没有干扰，仿佛打了个盹，便回到几年几十年前，甚至更为遥远的时光。阳光和风声依旧，小草开始苏醒，拼命地疯长，甚至盖住了操场。有时，人和草命运相似，都会被有意捉弄，或许是生不逢时，或许是昙花一现，或许是回光返照，或许……但学校收假，第一件事就是平整操场，老师身先士卒，学生照样学样，拔草的拔草，运输的运输，大家七手八脚，用不了两天，操场便平整如初，恢复了从前的样子。天长日久，我养成了热爱劳动的习惯，喜欢亲自动手干活，在家里树立了榜样。

学校除了语文、算术，很少有副课。不过，学校会上体育课，项目非常少，无非学打陀螺、滚铁环，还做一些游戏，比如拔河什么的。那时生活不富裕，但日子很轻松。下午放学了，没有家庭作业，学习没有压力，只知道疯玩，很快活很开心。而现在虽说吃喝不愁，但人人都有压力，父母更是心事重重，为了不让孩子输在起跑线上，从幼儿园就开始报补习班，比如舞蹈、书法、绘画、钢琴等，孩子们没有玩耍的时间，都在拼命地为父母表现，俨然一副满负荷学习的样子。因而，我常常怀念童年的那段快活时光。

学校不大，老师也少。一所小学，只有三五个老师，基本上都是本村的。我们一入学，乡里乡亲的，没有哪个老师不认识，因而，没有生疏感，见面很随和。不经意间，家长在路头路尾，时常能碰到老师，学生有啥问题，面对面聊上几句就行了，根本用不着请家长，更不需要图形式搞家访。

说直白些，老师都是"泥腿子"。"三夏"和"三秋"大忙季节，是龙口夺食的时候，学校要为支援农忙而放几天假，老师就能回家收庄稼。在这节骨眼上，经常是加班加点，为的是颗粒归仓。小孩子也不闲着，干些力所能及的活路，比如拾麦穗、捡稻穗，胆大的还抓老鼠（属于除"四害"）。尽管都是小事情，但传到老师耳朵里，常常会受到表扬，心里感到比蜜还甜。

小时候，不懂事，要调皮。明知道上学是天经地义的事情，但有时总要编谎言逃学。爷爷是个"文化人"，懂得我的小心思，示意让奶奶塞给我一颗水果糖。于是，我就蹦蹦跳跳上学去了。

爷爷是村里有名的秀才，一生除了种庄稼，还喜欢读书。记忆里，爷爷高高的个头，穿一身合体的长褂子，一看就文绉绉的，有点儿像鲁迅的模样。空闲时间，在春光里，在大树下，在火炉旁，他都手不离书，看得津津有味。读到高兴处，还独自发笑，他笑的样子，满是慈祥。可在他年轻时，上面的人做工作，让他到学校当校长，不知什么原因，始终未能答应。或许是经历的事情太多，或许是他固执的性格所定，当然，我们不得而知。

爷爷性格耿直，勤劳朴实。那会儿，尽管大都读不起书，但爷爷省吃俭用，硬是供父亲读完了小学。到我这一代，更不用说，一直鼓励我把书读下去。遗憾的是，在我刚读高中时，爷爷便离我们而去了，只留下了一些古书，希望我们继续读下去。

爷爷不光有文化，还写一手好毛笔字。可这种本事不遗传，我爷爷手把手教过我，父亲让我衬着白纸照着描，结果依然没有太多的改变。爷爷可能是袒护我，说这样不行，那样却准行，也就不再强求了。然而，那一幕幕画面，始终在我眼前浮现，后来，我一边写作，一边练字，虽说字写得不漂亮，但总算不是太难看。

世事无常，说变就变。三年级最后一学期刚结束，也就是一九七四年，大队要扩建学校，缺乏木料，要把祠堂拆除了，把学校建到骆家坪。很快，大队便组织劳力把祠堂拆了，木料自然派上了用场，除了几块沧桑古老的石碑外，其余荡然无存，当然，也包括那棵檬子树。时代的风云变幻，历史的一页就这样在地理意义上翻过去了。我上四年级时，开始搬到新学校上学了，教室焕然一新，宽敞明亮。后来，上面派了公办老师，我一直读到初中毕业。

山不转水转，水不转人转。想起来有些巧合，我在外面跑了一圈，却被安排到家乡的学校，与教过我的老师为伍。匆匆几年之后，我便另做打算，踏上了寻觅生命意义的新旅程，走进了企业爱上了文学，并对走过的路有了重新的认识，但常常回想起在祠堂读书的那段时光。

青山遮不住，毕竟东流去。不管是祠堂也好，还是学校也罢，那里是文化的灵魂，是文化辐射源的核心，是我们学习的启蒙地，正是曾经祠堂里的琅琅读书声，开启了我们的智慧和心灵，给我们童年带来了幸福和欢乐，正是曾经祠堂里的琅琅读书声，让我们感受到学习的乐趣，更成了滋养一生的力量源泉——让生命的河流奔涌不息，生活就会更加美好！

世事变迁，多少旧事已如云烟消散，而那些在祠堂里度过的小学时光，那些在祠堂里学习生活的童年岁月，还一直铭刻在我的记忆深处，那些在祠堂里响彻村庄的琅琅读书声，还一直回荡在我的生命里，久久不肯消散！

开往春天的绿皮车

绿皮火车，因其外表是绿色，故名为"绿皮车"。

深绿色的车身、低廉的票价、拥挤的车厢、悬着的吊扇、上下开启的窗户，还有缓缓后移的风景，这些都是绿皮火车最显著的标志。

对于绿皮火车，我们这一代人，再熟悉不过了。只因，我们很多人对火车的认识正是起源于绿皮火车。

谁能想到，曾经被冷落的绿皮车，如今摇身一变，成为旅游专线，正驶向春天，再次博得了人们的喜欢。

于是，一个周末，我们一家五口，来了一场说走就走的旅行，伴随着绿皮车，驶向明媚的春天……

阳春三月，草长莺飞，桃红柳绿，生机盎然，正值踏青旅游的好时节，我们依次排队，通过安检，很快就到了站台。或许乘客都是同样的心愿，没有过去那种拥挤的场面，人人都显得悠闲自在。

有人说："如果没有文化的含义，火车只是一种交通工具，但是一旦赋予文化，火车就成了一种情怀，便成了诗和远方。"而现在，绿皮车已成为我们的情怀，正载着我们驶向春天，驶向我们一直向往的诗和远方。

一路上，车厢内充满了欢声笑语，大家其乐融融，那种乘坐绿皮车的感觉，足以让人终生难忘。

春天是播种希望的季节，更是诞生梦想的季节。三岁半的小孙女,看着车厢内一张张陌生的面孔,还有窗外流动着的风景,眼神不停地循环往复地交替,像在观察两个不同的世界,心中充满了神秘和好奇,极像我第一次坐火车的样子,一会儿观察乘客的一举一动,一会儿欣赏窗外绿色的长廊,若有所思,想着世界的一切美好。

小孙女临窗而坐,虽然对环境陌生,却是喜悦与安然的。当我给她拍照时,立即手扶着茶几,做出"比心""剪刀手"的样子,完全是一副欢乐开怀的表情,留下人生第一张在绿皮火车上的倩影。

我们的目的地很明确,不用着急赶路,更不担心时速的快慢,然而,当绿皮火车徐徐起动,小孙女却找不到自己要的那种"感觉",笑嘻嘻地说:"这速度有点慢,还不如我的滑板车。"

显然,小孙女似乎有些失望,这可能不是她想要的境况。

此时,正值中午,阳光明媚,风和日丽。远处的山野,浓墨重彩,郁郁葱葱,风景如画;近处的田地,庄稼成片,小麦泛黄,油菜飘香。

小时候,每当这个时候,大人们总是说,用不了多久,生活就有了指望。而城镇化的今天,几乎没了那种向往和期盼。至于小孙女,更无法体会我们小时候的生活,因为生活在衣食无忧的年代,怎会有那种缺吃少穿的感受呢!更不会体会到过去那种挤绿皮火车的艰辛和不易。

回想起20世纪八九十年代,站在铁路小站,放眼望去一片"绿",我们从勉西前往宝鸡,再转乘到兰州或石家庄,清一色全是绿色长龙。

那个时代,生产力相对落后,条件也很艰苦,但车厢内市井气息很重,有紧张激烈的牌局,还有操着各种口音热火朝天的对话。尽管大家来自天南海北，但一会儿的工夫，就似曾相识，然后，相互打听去向，掏出小零食，关系很快就融洽起来，不像现在有些人，眼里只有手机，耳朵塞着耳机，心里装满了提防——不要和陌生人说话。

随着时代的飞速发展，真的是日新月异。进入千禧之年，随着特快列车"蓝皮车"的生产，淘汰绿皮车的步调开始加快，尤其在公路、铁路、航空高速发展，生活节奏不断提速的当下，出行一般都会优先选择高铁和动车，却无视火车，因为高铁和动车价格合理，行驶速度很快，成了最大的优势。

回忆总是十分美好。渐渐远去的似水年华，像乡愁似的如梦如幻，在心中永远挥之不去，为了体验一次乘"绿皮车"的乐趣，于是，才有了这次出门的计划。

绿皮火车速度慢，这是旅游的需要，列车几乎站站都停，这些地方大都是我比较熟悉的地方了，不时勾起我的一些念想——

20世纪80年代初，我正在褒城读高中。学校位于县里的最东边，阳安铁路擦肩而过，穿过原褒联区一直向西，自然也是我们的必经之路。说实在的，那时道路大都是土路，铁路比较直且干净卫生，更主要的是节省了乘班车的费用。

那个年代，不兴双休日，只休星期天。星期六下午放学，为了省两三毛钱的车费，一大帮学生凭两条腿走铁路，大家有说有笑，其乐融融。越往前走，大家像被散开的棋子，队伍人越稀少，但怎么也不感到累。星期天下午，我们又像聚会似的，铁路上汇集的学生越来越多，快到学校时，铁路上排起了长龙，像一支浩浩荡荡的队伍，要奔向梦想的明天。

芸芸众生，一切皆如日常。长大工作后，乘坐绿皮火车，在河西走廊、华北一带搞销售，纯粹是工作的需要，而如今，乘坐绿皮火车，却为的是一场怀旧之旅。

如沐春风，遇见美好。

这是一趟去汉中的旅游专线，是典型的绿皮火车，它顶着"最便宜火车"的头衔，可让人享受一程怀旧的绿皮火车之旅。或许就在于缓慢吧，踏上一列陈旧的老火车，带上一颗走走停停的心，去邂逅沿途变化的风景，有更多的时间去和邻座交流，专注那些路上发生的故事，这就是绿皮火车的魅力所在吧。

不知不觉，几十公里的路程结束了，四五十分钟的时间，我们便到了目的地汉中，一家人满怀喜悦，按照事先的约定，带着小孙女去中心广场喂鸽子，还去了新建的汉山植物园。

偶遇朋友款待，更是一种惊喜。席间，小孙女念念不忘，回去还要坐绿皮火车。看来，政府的一个小小的惠民举措，像开启了春天的大门，温暖了一代又一代人的心扉。

人生何尝不是一场旅行，我们每个人就像一列奔驰的列车，每一天都是一个新的起点，每一年都是一个新的驿站。

与春天同行，与梦想相伴，经历一处处风景，就会拥有一份宝贵的阅历，人生将会多一份精彩。

故园风也亲

CAOMAO

SHANG

DE

YANGGUANG

夏雨润新绿

被哗啦啦的雨声吵醒，在黎明时分。

倚窗而立，但见雨骤风急，院子里明显有了积水，豆大的雨点打在上面，泛起密麻麻的水泡，像小孩子吹着泡泡。树叶漂浮在水面，像无数悠闲的小舟，沐浴着夏雨的洗礼。花园里一道道裂缝，像张开饥渴的大嘴，把雨水不停地往肚里灌，滋润久旱的尘世岁月……

雨应该下一阵子了，只是由于自己睡得过沉，并不知道这雨起于何时，而空气中已充满了潮湿，朦胧得看不透远方，像我们有时看不清身边的一些人一样，只能是雾里看花水中望月……

此刻，依然是大雨如注，雨点洒在树上，沙沙作响，树叶经过一番洗刷，显得更加新绿。

这是今年以来最大的一场雨。雨虽然哗啦啦地下着，但仍感到热烘烘的，这才想起已经进入盛夏。看着这些大自然的景观，有意无意制造着夏日的风情，不由得让人感叹，引来无限思绪。

早在多年前，听老人讲，春天干旱，夏雨就会补上。这话不管有没有道理，反正今年却灵验了。前不久，太阳不眨眼地晒了些日子，就连老天爷也难以忍受。而今天却像孩子的脸，说变就变，一个闪电扯开久违的城池，龙王调兵遣将恩泽干涩的人间。

一阵淅淅沥沥、噼噼啪啪、叮叮咚咚和碗倒瓢泼，夏雨就给天空洗个澡，清理了杂质，让人们酣畅淋漓，感受清凉，自由畅快地呼吸，让干渴的世界享受这雨露的滋润，让葳蕤的稼禾拔节抽穗，让万物充电蓄能。

其实，夏天人易出汗，和庄稼一样，需要补充的水分也就多了。这样说来，人和植物，都有了相似之处。因而，夏天下大雨，就属于理所当然了。

想起刚参加工作时，隔壁就是农械厂，工人师傅把废铁在炉火中熔化，趁热锻造成各种形状的农具，如锄头、镢头、镰刀、铡刀、斧子、瓦刀等，待成型后，要迅速放进池水中，在发出"呲呲"的响声，并冒过一阵白烟后，捞出来就是铁青的成品。我有空时，常去围观，但不明白其中的道理，只听师傅说是为了增加钢火。

"春梢长旧林，夏雨湿新绿。"这夏天的雨，不仅是季节的需要，也是人们的期盼。不然，三四十摄氏度的高温，持续时间长了，会把人憋坏的。因此，大自然便有阴有阳，有晴天，有阴天，有太阳，有降水。

毕竟，大自然没有人类复杂，依然坚守着自己的规矩，也讲究天地的轮回，难怪《道德经》里有道法自然一说。农谚说："不冷不热，五谷不结。"试想，如果没有夏天，哪有植物疯长，哪有水稻包胎，哪有玉米挂须，哪有豆苗发芽，哪有核桃结果……是啊，没有四季轮回，哪有春夏秋冬，哪有春华秋实，哪有人类的繁衍生息。

看来，大自然是有规律可循的。早年间，农人讲究出门看天气，还总结了"白雨连三场"的谚语。出门时，尽量戴上斗篷，既可遮太阳，又能避淋雨，基本上不影响农活。

老家门前有一个水库，面积只有二十来亩，盛夏季节，村子里的人都喜欢泡在水里，同样是为了降温，让身体舒服些。这就好比夏天太热，下一场大雨，气温降下来，舒适度便提高了。更让人开心的是，大雨来临，水库水源入口处，有鲤鱼、鲫鱼、花白鲢鱼逆水游动，由于水浅且急，便用筐子打捞，成了我们的美餐。

小时候，家里养有一头大水牛，即使下雨天，我也会戴上斗篷，骑在牛背上去放牛，自己无忧无虑，牛也悠闲自在。偶尔，白鹭成群结队，闹于水面之上，时而迎风，时而逆风。或许是白鹭灵巧的缘故，不时地展翅腾飞。有时，象征性地扇几下白羽，便开始缓慢地滑行，像杂技团的表演似的，飞行的方向更是随心所欲，一会儿向东，一会儿向西，还能听到几声欢快的呢喃声。然后，落到不远处的稻田里，那幕典型的田园景象，让人记忆犹新逸兴飞扬。

夏季的雨，底气十足，既无春雨之步履蹒跚，又无秋雨之淅沥惆怅，好不痛快。夏天的雨，一不留神就制造出风景。

有一年，我冒雨站在北京的一座立交桥上，那是城乡接合部，或许正是上下班时间，行人都打着花花绿绿的雨伞，有红的、黄的、绿的，像五彩的花朵，又似七彩的流云。在我的眼里，那是带露的花放，尽情展示着美丽。这是我第一次看到阵容壮观的雨中花，就像多彩的人生，确实令人震撼。

"夏雨万壑凑，沣涨暮浑浑。"当然，夏天的雨，有时也会制造意外，成为人类的灾难，许多人都目睹过，但凡事应该一分为二地看待，倘若只追求"人定胜天"，而忽视大自然的呵护，那人类应痛定思痛，引以为戒，深刻反思，避免灾难。

"骤雨不终日"。我站在窗前，伫立了很久。大雨作罢，天空明亮，草坪清新，树木清爽，一群小鸟在低空飞翔盘旋，享受着栉风沐雨后的快感，我顿时感到了丝丝凉意，正欲转身，远处的一道彩虹隐约可见，给村庄披上了美丽的纱衣。

不经历风雨怎么能见彩虹，大自然有它的套路，这是道法自然，更是人类遵循的规则。

于自然而言，每一个夏天都会如约而至；于夏雨而言，每一个降临都饱含情意；于人生而言，每一个幸福都是奋斗的结果。

就在这一场声势浩大的夏雨里，我看到了大自然的规则，看到雨送清凉的情怀，看到雨后的彩虹绚丽，更看到了雨润之后的稼禾葳蕤！

夏雨有情，弥足珍贵。

木盆时光

　　一直都喜欢木质器物给人的那种手感，喜欢那种手感里一个时代的风情。这其中，要说最喜欢的，当然还是木盆。木盆里曾荡漾着我无尽的美好时光。

　　喜欢木盆，源自童年。可以说我从小是在木盆里长大的。盛夏时节，母亲将烧好的热水倒进木盆，试好水温，将我抱进去。刚开始，有些胆怯，但天长日久，不洗还不习惯。数九寒冬，我们满世界疯跑，常常是一身的臭汗味。因此，傍晚时分，母亲提前在屋里生一盆火，再依然兑好温水倒进木盆，给我把浑身擦洗一遍，让我舒舒服服地进入梦乡。后来上学了，个子也长高了，父亲做了一个长远计划，请木匠做了一个大木盆，有七八十公分高，同时可容纳两个人洗澡。倘若一个人的话，可在里面学着游泳。有了弟弟妹妹，我们就轮换着洗澡。也许是我在木盆里练就了"功夫"，在学校组织的游泳比赛中，经常能拿回奖状。现在想想，这里面无不包含着母亲的功劳。这看似是一件普遍的小事，一般人也不会太在意，但身为人父，才体会到生儿育女用心之良苦。

　　小时候，家在农村，家家户户都喜欢木质的物件，如门窗、家具、风车、拌桶、木锨、桌椅、板凳、锅盖、案板、水桶，还有木盆。因而，几乎村村都有木匠，选用松木、刺槐、杉木等木料，根据用途，尽量满足各家各户的要求。当然，修房造屋用的是大木料，制作家具也要用大木料，而制作一个木盆，却用的是下脚料，得巧手匠心精制而成。

木盆是家家户户的必需品，就像现在的脸盆一样大小。我清楚地记得，木盆高不过二三十公分，每一块木板都刨得光滑，各守本分紧密团结在一起，站立成圆柱形，底部和口沿由铁丝箍好，不必经过油漆刷过，就像朴素厚道的乡下人，始终保持着自己纯正的本色。我由小到大，用了好几个木盆。早上洗脸，晚上洗脚，还能洗衣裳。农忙时，还能装些五谷杂粮什么的，极像忙忙碌碌的庄户人，永远都没有闲的时候。

然而，社会发展，时代进步。如今木盆和别的木质物件一样，渐渐被塑料制品取代，即使在农村，现在也难觅其踪了。而城里足浴城的木盆，虽然只是时光中的一瞥，但正好满足了人们回归自然的心理。这样看来，人们绕了一大圈，最终念念不忘的，不过是当初远离的大自然，还有难舍的缕缕乡愁。正如故乡始终是我魂牵梦绕之地，它的发展变迁时刻牵动着我的心。

现在，身处城市，四处奔波，每当工作压力大的时候，或者是遇到挫折的时候，就把双脚放进兑好水的木盆里，静静回想儿时那木盆里的快乐时光，希望还能感受到那份温暖的情趣，消除浑身的疲惫、愈合心灵的创伤。

我喜欢木盆，怀念那个木质时代，更怀念那段温暖的时光。

故乡永远在心中

（一）

七沟八梁一面坡，我的故乡，是秦岭南麓一个小小的褶皱，与著名作家丁小村在《秦岭南坡考察手记》中描写的地理条件大致相同。

由于地方比较封闭，至今进村仍是一条单行道。说具体一些，是在一个叫蔡家坪的地方，新云公路像树干分了叉，靠左手进去就是村庄。其实，丘陵地区几乎都一样，在主干道的沿途都会发些"侧枝"，像美术家的素描，构成了大地的自然风景。

转过一道弯，便是豁然开朗的一块平地，两面皆高，围而成坪，就是一个小小盆地。进村的道路呈"S"形，要跨过一条排洪沟。排洪沟足有两米宽，水常年流淌。如果把村口比作一个瓶口，那么，水像是从平放着的瓶子侧面流出来的，先流入汉江后汇入长江。

至于排洪沟水的形成，是因为村子上面有两个面积几十亩的水库。一座叫李家沟水库，另一座叫王家沟水库，水库都是以自然村落命名的。

我的故乡就叫王家沟。至今，我闭上眼睛还能想象出它的模样。

（二）

故乡有十二个村民小组，人口不过两千余。

农村人勤劳朴实，善良热情。由于村子土地连片，村民大都互相认识，相处得很融洽。不论是上街赶集，走亲访友，出门劳作，抑或个别人走向外面的世界，路上遇见了，乡里乡亲的，像城里人见面握手一样，互相打个招呼，算是最起码的礼节，尤其是寒冬腊月的问候，更让人心里暖乎乎的。

在故乡，我亲眼见证了乡亲们地里刨食的生活。实质上，乡亲们一直在努力改变着现实，但直至改革开放前，并没有使生活有多少改善。当然，也包括我的父辈在内，他们靠使牛打耙，肩挑背扛，从事着日复一日简单而笨重的劳作。尽管早出晚归，两头不见亮，把太阳从东背到西，恨不得把泥土翻了一遍又一遍，但年底一结算，家里劳力少的，依然是缺粮户。好在故乡坡坡岭岭，空闲地多，可种杂粮，作些补充。

那时，民风质朴，为人淳厚。尽管杂粮依然直接关系到解决肚子温饱的问题，但队里要分配给各家各户，根本不用秤称，只需找两个人根据人口多少，在场院里刨成大小不等的堆就行了，从来没有人斤斤计较，更没人给队长提意见。

逢年过节，看起来各忙各的，但谁家有事，如杀猪宰羊，不用打招呼，左邻右舍都会主动去帮忙。家里劳力多的，主动去帮缺劳力的，如挑水、劈柴，像是在干自家的活，从来没有人偷懒，都是实打实地帮忙。这阵子，碾子、手磨是最忙碌的，大多数都在磨面粉和元宵面。乡亲们自发组织，有序排队，遇到鳏寡孤独者，或是家里有小娃的，宁愿熬个通宵，也要让他们"插队"，更没有人说半句怨言。可要是放在现在，有些人就争得脖子脸通红，甚至还会拳脚相加。那样的日子，能不让人怀念吗！

（三）

在我懵懂时，家里房子有了改善，住上了三间土坯房，比原来挤在一间老屋宽敞多了。房子虽然矮小，但冬暖夏凉，站在屋后的公路上往下看，青色瓦屋依山傍水，层层梯田环绕身旁，树木参天风景如画，不仔细看，很难相信这里有户人家，养育着一家三代七八口人。

老屋坐东朝西，门口朝着桃儿山。据风水先生说，这样会吃喝不愁。但实践证明，我们历经了多年打拼，才实现了这个愿望。其实，生活咋说都离不开努力。按现在的话说就是：幸福是奋斗出来的。

老屋门前是一片茂盛的树林，有刺楸、香椿、核桃树、枇杷树，它们一天天在长大。当我读小学的时候，树林已密密实实，仿佛是一堵墙，绿树成荫，鸟语花香，不亚于现代人刻意打造的农家乐，简直就是一道迷人的风景线。

父亲和千千万万的农民一样，一生惜土如金。尽管林子很密实，还要见缝插针，栽植一些杜仲树。他说，杜仲是中药材，等树长大了，树干可以做材料，树皮还可卖钱，我倒是羡慕他的远见卓识，实践也确实证明了这一点。

老屋对面是缓坡，我们称之为阳坡。坡地种有庄稼蔬菜，一年四季都不闲着。春有小麦拔节，油菜花黄；夏有麦浪滚滚，豌豆结荚；秋有苞谷成林，红薯满坡；冬有萝卜白菜，蒜苗泛青。让季节换上新装，养育着一代又一代乡亲。

山坡顶部虽然平坦，但大部分是石子，没人开荒种地，我们便三五成群，去那里放牛玩耍。大自然总是很有意思，这道梁与我家屋后的山梁遥遥相对，连同北面东西走向的秦岭山脉，构成了一个"U"字形，阻隔着狂风的侵袭，故乡多年一直风调雨顺。

老屋门前不远处与对面缓坡之间，是一座面积大约有二十亩的水库，春水澄碧，平静如镜，像镶嵌在故乡的一颗明珠，格外耀眼，也映照着祖祖辈辈朴实厚道的乡民生活。

水库的主要功能是蓄水灌溉。其坝子下面，是一片宽阔的平地，过去怕发生水灾，住的农户不多，大都像我家一样，选择居住在半坡上。或许是因为祖先都姓王，一两百年前，地名就叫王家沟。准确地说，这就是一个远离尘嚣的小山村，就是我们真正意义上的故乡。

故乡人口不多，只有两三百人，加之相处也融洽，几十户人家组成了第六生产队。20世纪80年代，随着人口不断增加，就分成了两个队，随后生产队也改为村民小组，我们就成了第十二村民小组。

（四）

在老屋没有拆除前，房后是一片槐树林。我懂事的时候，大部分都成材了，长势很旺盛。村里人都知道，这里有一条小径，通往新云公路，但一般不会引起人的注意，倒是那片槐树林，时常吸引着众人的目光。每逢四五月，槐花雪白，芬芳清香，逗得蜜蜂嗡嗡窜，母亲则把它做成美食，如槐花拌汤、槐花蒸饭，还会油炸果果，尽量变着花样，改善一家人的胃口。

贫穷的年代，槐花变成了美食，槐籽丰富了生活。秋天，在左等右盼中，槐籽成熟了，我们像猴子一样爬上树，一手提着筐子，一手摘槐角，待筐子满了，就用提前系在腰里的绳子吊下去，再经由母亲晒干筛簸干净，便换成现钱。我们不仅可攒下一年的学费，还有不少零花钱，许多小朋友都羡慕不已。记得有一年，槐籽收成好，我们打了一二百斤，不仅得到了父母的表扬，每人还添了一双新黄胶鞋。

槐树一身都是宝。不仅可防止水土流失，还因为槐木坚硬，韧性好，是当地制作车架子的首选材料。当时，人力车是农村最有效的运输工具，左邻右舍要做车架子，需找父亲购买才行。父亲平时看起来严肃，但是个重情重义的人，若有人做车架子，即使舍不得，凡是找到自己，也要忍痛割爱，满足别人的意愿。

当然，槐树还有遮阴的作用。下午两三点，太阳稍微偏西，成片的槐树，遮成了阴面，正好成了赶集者歇脚的地方。走累了，随便往草地上一坐，就觉得可缓口气。有闲谈的，有抽烟的，还有打牌的。闲着也是闲着，只是找点乐子而已。

故乡受惠于秦岭，气候湿润，宛如江南。房屋的西边是一片梯田，过去叫"自留地"，可栽水稻，也可种小麦。为了方便，父母总要留一二分地出来，一年四季种些时令蔬菜，如常见的萝卜白菜，也可种西红柿豆角，还种少量的韭菜菠菜，它们沐浴着阳光，接受着雨露，没有一点污染，吃起来也放心。

通常情况下，家里由母亲做饭。有时，米都下到锅里了，才想起没有准备菜，但去地里拔菜都来得及。这阵子，我们兄妹四个陆续放学了，肚子也饿得咕咕叫。为了早点填饱肚子，就尽量给母亲搭把手，帮着烧火淘菜。小鸡窜来窜去，像我们一样，也在寻吃的。但母亲感到碍手碍脚，不停地往外撵，我也照样学样，但小鸡没耳性，一不留神，又溜进了厨房。唯独小猫履职尽责，不声不响，摇着尾巴，像串门子似的，从这屋到那屋，寻找着"猎物"。

对于这些细节，父亲似乎没有看到，也没有时间去理会，因为他是队长，有空就独自坐在堂屋里，琢磨生产队里的事情，让家家户户不缺粮。穷则思变。大约20世纪70年代后期，父亲想千方设百计，基本实现了这一愿望，队里时常有余粮。每逢青黄不接，还接济过邻村不少人。

爷爷是个读书人，到老依然爱看书。只要有空，就躺在阳光下看书，看入神了，就抿着嘴笑。当时，我不解其意，硬让他给我讲故事听。有时，听入迷了，竟忘记肚子饿了。于是，隐隐约约理解为书是精神食粮。然而，当我初中毕业时，爷爷却不幸因病离开了我们。从此，再听不到他讲《三国演义》《水浒传》，还有《三滴血》《红灯记》《白毛女》……

生活是一种积累，爷爷丰富了我的生活，为我积累了写作的素材，我至今忘不了爷爷的音容笑貌，还有那些记忆犹新的一个个传奇故事。

（五）

有人说，每个人的童年都有讲不完的故事，我也怀念童年那无忧无虑的生活。

清晨或黄昏，有鸟儿鸣唱，有狗儿陪伴，即使是节假日，大人们忙队里的农活，我们依然感到很开心很快乐。

山村的任何地方，都是我们的乐园。

在墙根下、草垛旁、大树下，甚至在刺架里，到处都有我们的身影。我们滚铁环、跳沙包、荡秋千、放风筝、捉迷藏、学打仗，爬上高高的大树掏鸟窝，骑在院墙上看电影，生活充满了无限的童趣和欢乐。在山坡上，可以做游戏，在地里，可以用水灌老鼠，在田里，可以捉泥鳅逮黄鳝，在学校里，可以"挤油"取暖。当然，还搞些恶作剧，如在路上"挖坑"，用树叶或杂草作掩护，让路人一不小心就踩一脚牛粪，而我们躲在一旁，忍不住偷偷地发笑。

童年像是展示自己的舞台，最令人高兴的是骑牛戏水。戏水，又叫"打水仗"。盛夏季节，天空湛蓝，池水清清。小伙伴常常把水牛撵到池塘里，争先恐后地骑在牛背上，把水当作攻击的"武器"，互相追赶，溅打水花，戏水取乐。有时，为了阻止他人，趴在牛背上，双脚飞快地拍打水面，用浪花迷住对方的方向。要是谁打赢了，别的小伙伴们便联合起来，对付那"冠军"。这时候最热闹，只见水中牛来人往，水花四溅，喊声、闹声、笑声连成一片。岸上的姑娘们则拍手鼓劲，那场面十分壮观，远比现在中了奖、加了薪要高兴。这种自编自演的游戏，既丰富了童年的生活，又磨炼了自己的意志，以至于进城后也不再胆怯。

农村孩子的生活其实很单纯。那时，每逢"三夏""三秋"大忙季节，学校都要放假，让学生支援"三农"。我们常做些力所能及的活儿，如拾麦穗、拣谷子，但更多时候是寻猪草、放牛，偶尔和父母到坡上锄地。空闲的时候，琢磨着制造大刀和手枪，虽然都是木制品，但心里想着练就一身武艺，能消灭敌人保家卫国。不过，等我长大了，却改变了我当时的想法。大约在上初中时，我发现洋芋开花，也能结果，于是，便想采些果实，第二年种在地里，不是可以节省点种洋芋的成本吗？现在看来，这些事做得很傻，但有时候做成功就很得意。如时兴扦插花卉时，就买来书籍，按部就班，竟然扦插成功了。实践出真知。幼时放飞着对未来的遐想，在后来逐渐成熟的岁月里，我的许多思路的形成，就雏形于此，让那些遥远的想法就变成了现实——育白杨苗，育核桃苗，甚至栽天麻，都大获全胜，增加不少收益。我感恩这个让我成熟和明白了许多人生真谛的地方！

"每当我孤独的时候，就想起家乡的一草一木。"是啊！家乡的一草一木都值得珍惜，如车前草、蒲公英、茵陈、羊蹄甲……平时，看起来是猪草，没有啥特别，还比如竹叶、柴胡、艾蒿、鱼腥草……虽然母亲大字一个不识，却像读过《本草纲目》似的，把它们统统当成了苦口良药。我们哪里不舒服，母亲会对症下药，几乎都能"药到病除"。我们不是中医世家，不知母亲从哪里学来的知识。我曾问过母亲，她说是前辈遗留下来的"单方"。因而，在我的神经元素里开始发酵，并幻化成一缕缕无法挥去的乡愁。

情是故乡暖，念是故乡深。

<h1 style="text-align:center">（六）</h1>

实行生产承包责任制后，农村生活条件确实得到了改善，然而，中华民族五千多年的传统血脉，依然滋养着乡亲们的灵魂，他们的本质始终没有改变。

1983年，我家修了三间两层小楼，虽然不是很气派，可是村里为数不多的楼房。再看看左邻右舍的房舍，大都很有些年代了，因为房顶的瓦片上有青苔，瓦缝里长着一些植物，如狗尾巴草，它们像长了腿，在屋面上摇曳，不由得让人有几许伤感。岁月蹉跎，那些远去的老屋，那些消失的记忆，都成了过眼云烟。

记忆里，我家修房子时，历时一个多月，完全靠的是乡亲们主动帮忙。除了购买材料，就没有付过一分工钱，难怪人人都愿留住记忆，难忘乡愁。

长相思自难忘，总是一辈子魂牵梦萦。于是，我写过不少作品，都与故乡有关，还出版了散文集《乡村秘语》，怀念那些暖心的岁月，还有善良厚道的故乡人民。

故乡是一种记忆的符号。我清楚地记得，从我们老屋后的那条新云公路出发，走三四公里就与国道108相交了，东可去汉中，西可去勉县，乘公共汽车，车票都是三四毛钱，但没要紧的事，谁也舍不得坐车，因为往返要七八毛钱哩。那时，一个劳力才一毛钱，出一趟门，就相当于干了一周的活。或许，这就是乡亲们未能走出故土的主要原因。然而，我却偏偏例外，上高中就开始挤公共汽车，以至于后来在县城谋了一份工作，不再过泥腿子的生活。这不是我嫌弃故乡，是乡村的路带我走出了山乡。

时代在变，故乡在变，现在很少有人步行，出门就是摩托车、三轮车，有的还开的是小轿车。但即使在路上遇见了，像互相没看见一样，都不咋打招呼，好像生怕说话影响赶路或者挣钱的时间。

"读书村"里说，每个人都走不出自己的故乡，即使到了天涯海角，故乡也永远是内心的牵挂。于我亦然，每当夜深人静的时候，故乡就会如同放电影般浮现在眼前。

我一直坚信，故乡是永远的，是永不消逝的根脉！

如果有一天，故乡消失了，漂泊在外的游子，又该回到哪里？

儿时年味最浓郁

"迎新年，新年到，穿新衣，戴新帽；包元宵、吃水饺，家家户户放鞭炮，花灯社火真热闹。"那熟悉的童谣里，曾有我无穷的遐想和乐趣，让人留恋、痴迷、怀想。

小时候，家在农村。刚进入腊月，嗅嗅乡间清新的空气，到处都弥漫着一股浓郁的年味。因此，恨不得日子跑着走，盼望一步跨进年里。

过年在农人们眼里很神圣，平日里生活不易，日子紧巴，省吃俭用，但再难，年前都得大大方方地花几个。此时，地里的活该放下的都放下，天天往集市上跑，兴高采烈地购买年货，给大人小孩置办衣裳。车铃声、叫卖声、讨价还价声，弥漫在古镇的大街小巷，喊声、闹声、笑声，荡漾在凛冽的寒风中，到处充满了浓浓的年味。

过了腊月初八，村子里办置年事已有紧锣密鼓的味道，男人做米酒、挂粉条，女人压面条、点豆腐。地里的白菜萝卜大葱蒜苗弄了不少，平时吃不到的草果、大香、荜茇、良姜一应俱全，吃的一切准备就绪，就开始打扫庭院灰尘，扫地得从大门口向里，堆在柴门后，由于"柴"和"财"谐音，因此，过了破五才能倒掉。遇上走村串乡打爆米花的，铲一瓢苞谷，爆两锅，色泽光亮，香脆可口。这阵子，敲丁丁糖的货郎总是忙得不亦乐乎，走了这村串那村。我们拿出平时积攒的旧书纸、废塑料换来了像泡泡糖一样大小的糖块，含在嘴里，喜在心头，像蜜一般甜。

宰猪是腊月里农家的盛事。那时，农人们养猪图过年有个欢喜，谁家杀的年猪越大就越有脸面。一大篮子白浪浪的肉衬着主人的笑脸，腌熏吊挂在宽宽大大的屋梁上煞是喜人。再下来就是把猪头及小件做成一大锅菜，请亲朋好友都来吃，这样轮着请，吃了东家吃西家，一直吃到年跟前。锅里的油爆出一串串欢笑，锅里的肉溢出四季清香。

在忙忙碌碌中，年，很快就到了。

春节的前一天，村子里第一件事就是写"对子"（春联）。家门户族事先要推荐一个有点儿文化的人，备足笔墨，摆好架势，给左邻右舍写对子。天一擦黑，家家户户喜气洋洋在门上贴出了红对子，年夜饭就从巧妇们的手中和心中散发着浓浓的香味。其实，年夜饭就是一家人高高兴兴地吃一顿饺子，那时，能吃到饺子已是很满足的事了。由于饺子形似元宝，吃饺子意寓钱财广进。所以，就连游子也尽可能地千里迢迢风风火火赶回家，团团年，吃个饭，享受年的气氛，体会年的味道。每逢这时，农人们绝不会忘记给先辈们烧纸钱、放鞭炮。祭祀故人不仅是对故人的尊敬，也表达出对在世老人的敬重。

吃过年夜饭，随便走进哪一家，屋里都坐满了人，围在红红的火塘边，全在喝茶嗑瓜子，说着祝福的话。话语在腊月和正月都是新的。尤其忌讳"死呀、活呀"，即便是平日里脾气不好的家长，此时也是柔声细语。至于孩子，童年无忌，脱口而出，大人会拍拍肩，孩子知错伸伸舌头也就没事了。小孩子欢天喜地，大人们其乐融融。我们跟在大人后面串了东家串西家，每个孩子兜里都装满了花生、糖果，无不沉浸在童年的欢乐之中。

随着午夜零点钟声的敲响，孩子们找来竹竿，高高地挑着放鞭炮，顿时，千家万户的鞭炮骤然响起，此起彼伏，连成一片。对于孩子们来说，只有亲自放完鞭炮，才算年过得很开心很有意义。

正月初一，对于孩子们来说，是再高兴不过的一天。这一天，都不走亲戚，仿佛是把时间专门留给孩子们似的。小孩子早早起床，穿上盼了一年的新衣裳，笑嘻嘻地把小拳头一抱，见到长辈就磕头拜年了。给长辈们磕了头，就能得到"压岁钱"，虽然是毛毛钱，足以让我们雀跃。磕的头越多，得到的压岁钱就越多。因此，这也是一年中唯一能积攒零花钱的机会，能不高兴吗？

吃过早饭，爆竹声声，锣鼓喧天，狮子灯笼采莲船便在公场里开演了，演的人乐，看的人也乐，一演就是一天，一乐也是一天。

正月初二开始走亲戚、访朋友，连续几天，呼吸着清新的空气，行走在田野间，穿梭在古镇上，相互问候，相互祝福，每个人的心情都是悠闲的，都是愉快的。

正月初五吃过元宵，就算"圆年"了。然而，童年的岁月，像睡梦双翼下甜蜜的幻想，觉得过年的时间太短，心里琢磨着，假若天天过年，那该多好啊！

岁月不居，时光如流，转眼离开故乡三十多年了，那些关于过年的记忆，仿佛是一枚枚发光的贝壳，留在我记忆的海滩上，永远闪烁着动人的色彩。

苕窖通向时光深处

连绵的阴雨天终于放晴，久违的太阳照得人暖暖的。离开人潮湍涌的城市，走在秋天的路上，顿感自己像一只长久桎梏于笼子里的小鸟，突然被放回大自然，一种返璞归真的感觉便涌上心头，心情随落叶在风中飘动。

绕过连绵的山岭，来到离县城不足十里的乡村，俗世慢了下来。白杨、柳树已落光了叶子，洁净无忧地站在风中。几户人家散落其间，鸡鸣狗吠声隐隐约约，整个山脉虚幻起来，偶尔有鸟儿栖息对话，述说着前世的愁肠今生的缠绵。远处田野里稻谷已经收获完毕，只有稻草散落其间，像刚刚忙完农活的农人，自然显得有些懒散。不远处有一老农吆赶着黄牛，犁着一块不规则的板田，准备安顿下一季庄稼。排水沟里积攒的雨水，在阳光的斜照下闪着宁静安详的光泽，使秋天显得更为幽深和美丽。我们悠闲地走着，不经意间惊奇地发现了久违的苕窖。

苕窖因储存红苕而得名。儿时的家乡，薄坡瘦岭，种啥不成，栽苕都行。苕秧子栽到地里，有点湿气或落几点雨，红苕都能成活，一亩地可收两三千斤。在那个缺吃少穿的年代，乡亲们把红苕当作救命粮，为了能储存好红苕使其过冬不坏，家家户户都挖有苕窖。但打记事起，我几乎没有看见过挖苕窖，感到村子里的苕窖像远古就有似的，让农人度过了恓惶的岁月。

对于苕窖，我再熟悉不过了。苕窖为酒瓶形状，窖口直径为两尺，深度三四米，直径二三米。爷爷讲，挖的苕窖土质要硬，地势要高，这样，才牢靠。为了近便，挖苕窖时通常要考虑离家近些的地方，有的挖在院坝，有的挖在屋后。我家的苕窖完全具备了这些条件，离房屋不足十米，足足用了几十年。但直到我长大成人，并没有发现谁家红苕被盗的现象。只是我们在懵懂时，做过一些偷偷摸摸的"把戏"——

那时，生活清苦，缺吃少穿，肚子时常饿得咕咕叫。大人们忙着挣工分，常常不在家。每次放学，我们几个小朋友一约，便砍一根竹竿，把一端削尖，在自家的苕窖里"吊"红苕，以满足肠胃的饥荒。尽管这是常事，却没有被发现过。

俗话说：胆子是练出来的。有一天，为了搞个大动作，几个小朋友商议，多弄些红苕到坡上去烤着吃。可谁料，烤红苕没吃成，却差点闯下大祸。

那是一个星期天，天高气爽，阳光明媚。几个小朋友经过充分的酝酿，决定拿筐子偷红苕。于是，我们用稻草绳把一个小伙伴"吊"到苕窖里，再把筐子放下去。红苕是吊上来了，可没有料想，那个小伙伴只有三四岁，不会把绳子往腰里系，时间一长就有点儿憋气，急得又哭又闹，我们干着急没办法。正在危难时刻，幸亏隔壁大叔回家取农具，才想法把他救上来了。为此，我差点挨一顿打。

长大了才明白，苕窖里缺氧气，时间要是长了，二氧化碳会使人窒息。现在每逢想起这件事，心里都发怵。

时光匆匆，岁月蹉跎。20世纪80年代，我进了城，就很少再见到苕窖了。老家人说，随着农村坡地改梯地，特别是产业结构的优化，地里大都栽了经济作物，种红苕的自然逐渐越少，苕窖也渐渐弃置。

深秋时节的乡村，驳杂中透露着活力，清幽中夹杂着生机。

一阵秋风将我从记忆中牵引出来，不禁惊讶苕窖咋还保存完好，这更让人想去弄个究竟。在几经周折后，我们找到了苕窖的主人。主家很热情，带我们实地查看。苕窖像被刚刚打扮过一番，上面盖了一顶旧斗笠，和儿时的一模一样。主人坦然：时代在变，今非昔比，现在物质丰富，吃的是新鲜，吃的是健康。如今，苕窖除了冬天储存少量的红苕外，主要用于储存蔬菜和瓜果。显然，农人的思想观念在不断地发生变化。但在我眼里，苕窖更是一种乡愁的延续，它虽然原始、粗糙、简陋，却形若圣地。我以感恩的心在记录它，也以真挚的情怀来追忆它。

端午记忆　一方裹肚

　　家乡的端午，很多风俗和外地一样，如赛龙舟、吃粽子、插艾叶、喝雄黄酒等，然而，由始至终不会忘记的、回味无穷的还是家乡的裹肚，一想起它，内心油然而生一种兴奋。

　　家乡地处秦岭南麓脚下，气候湿润，民情淳厚。由于端阳节以后，天气逐渐炎热，孩子晚上睡觉时，常将被子蹬开，戴上裹肚可以免受感冒，这种习俗一直延续至今。

　　裹肚，古称肚兜，亦称"兜兜"，椭圆形，包围着胸部和腹部，具有保暖护腑的功能。

　　"祇候不系只孙裹肚"。裹肚似乎是小孩的专利，一般用红布制作，里外两层，大小是刚能护住小孩的肚腹。上有带子系于脖上，左右带子绑在腰间，是我国传统服饰中护胸腹的贴身内衣，至今已有二千多年的历史。

　　家乡人重视节气，尊重习俗。端午前夕，妇女们像置办年货似的，有一趟没一趟地往集市上跑，买线扯布，挑灯精绣裹肚，展示她们的精湛绣艺，也平添了节日的喜气。

　　裹肚面料虽然单一，但制作却十分讲究，多绣花鸟鱼虫、飞禽走兽，寓意孩子一生平安吉祥如意。当然，更讲究一些的人家，给裹肚绣上蟾蜍、蝎子、蜈蚣、虎、蛇的图案，叫作"五毒裹肚"。据说戴上它可以避邪气，排毒害。

　　对于做裹肚，母亲是行家里手。据说是传承了我婆婆的手艺，在村里无人不知无人不晓。

母亲做的裹肚最漂亮，一个个小巧精致，一个个活灵活现。但裹肚做好了，平时都不愿拿出来，只有等到端午节晚上，母亲才舍得给我们兄弟姊妹戴上。随后的日子，我天天穿着裹肚，领上弟弟妹妹，村前村后走动显摆，和同样装扮的小伙伴们媲美。在我们的耳朵里，常常灌满了乡亲们的赞叹。

因此，小时候，我对端午节如此渴望，不仅是因为可以吃到粽子，更重要的是能戴上母亲缝制的裹肚，生活由此变得生动鲜活起来，也让我的童年，有了斑斓的色彩，有了无穷的喜悦。然而，母亲为了满足我们的愿望，不知熬了多少个夜晚，付出了多少艰辛。记忆里，在那个年代，农村总有干不完的农活，母亲做这些家务，大多是在晚上，晚上才能抽出时间来。有时候，半夜醒来，透过那道微弱的油灯，仍看到母亲忙碌的身影。一年又一年，裹肚传递着千古习俗，传递着母亲无私的爱。

时光荏苒，岁月如歌。我已不再是那个戴上裹肚，就会心满意足的小孩。然而，不知是年龄还是怀旧的缘故，时光却似乎在刻意的让我们铭记着什么，因此，每当端午来临时，我依然想念儿时那种用五彩丝线精绣出来的色彩艳丽、图案精美、可盛物的裹肚，因为它不仅盛有浓浓的端午味道，还有我母亲的味道。

六月六

六月六本是一个古老而又传统的日子，看起来没有其他节日来得隆重，但它有着悠久的历史和深厚的文化底蕴。相传当年清朝乾隆皇帝下江南，在扬州城遇上大雨，倾盆大雨把乾隆浇成了个落汤鸡，碍于尊严，不好向他人借用衣服，只好将自己的龙袍脱下来，让太阳晒干后再走，这一天正好是六月六，因而有了"晒龙衣"的说法。

汉代刘熙曰："暑，煮也，热如煮物也。"进入数伏，和民间一样，寺院里老道、和尚以农历六月初六为中心，把藏经阁里的经书，小心翼翼地拿出来，亲近阳光，以防虫蛀霉变，同时会进行诵经大会，求佛祖保佑苍生。于是，人们云集佛门前，观看佛事、烧香许愿等，以期佛光加身，前途顺利。

许是光年之外的苍穹怜悯与厚爱老百姓吧，记忆里，六月初六给人的第一印象是火红与热闹。六月六是入伏的第一天，气温升高，太阳似火，大地被晒得滚烫，老槐树上的蝉儿扯开嗓门唱"知了——知了"，一声接着一声，像有意提醒乡亲们翻箱倒柜，拿出衣物、鞋帽、被褥晾晒。

当然，母亲也不例外，在门前绷起晒衣绳——绷着的全是母亲的心事，晾晒的全是贫苦日子里的温暖——有被子、打补丁的衣服，还有孩子的尿布等。于是，家中橱柜里的东西都展现在阳光下，满院子就是"晒伏"了。此时，那藏在木箱底的蠹鱼、绵虫（一种能够像蚕一样吐丝把自身紧紧包裹起来，牢牢地粘在木缝、衣服里的小虫）是一定抵不住火一般烈日的，因而，有民谚云："六月六日晒衣物，不怕虫咬不怕蛀。"

岁月如烟，往事如昨。童年的"六月六"，不仅奇特有趣，而且意蕴深沉。有一年，遭遇了久旱。太阳把滚烫的热浪肆意抛洒，玉米叶拧成了筒，红苕秧耷拉着耳朵，花生苗渐渐发黄，豆角秧像开水锅里余了一样蔫不溜秋，就连坡上生命力极强的小草，也蔫头耷脑，期待雨露的滋润。乡亲们急了，村子里有威信的长者终于忍不住出面了。于是，农历六月六那天，村里就组织几十个人举行了盛大的求雨仪式，乡亲们情绪高昂，场面宏大而热闹。至今还清楚地记得，大家七手八脚用竹竿旧布制成像结婚用的花轿那样的轿子，里面放一只温驯的小狗。年轻人敲锣打鼓，后面跟着一条长长的队伍，把式们将轿子抬到各家各户门前，早有准备的媳妇姑娘争先恐后地你一瓢、我一盆地往那轿子泼水，好像下雨似的，以感动老天爷。那阵势不亚于现在人工降雨的场面。抬轿的把式怕把衣服浇湿了，拔腿就跑，小狗被惊吓得汪汪直叫。一会儿的工夫，抬轿的人和围观的人身上还是全部被淋湿，可他们却从没怨言，也没有任何不高兴的表情。相反，但凡参与者和围观的人都乐此不疲，并不时传来一阵阵轻松愉快的笑声。这种求雨的方式有无道理，是否灵验，我们这些小孩子全然不顾，只知道跟在大人们屁股后面撵热闹，那远比现在加了薪、中了奖还高兴。

那时，尽管日子过得紧巴，但母亲看到我们兄弟姐妹听话懂事，脸上总是挂着笑容，仿佛把心中所有的苦闷和不易都融化在骄阳下，留下一身纯粹的轻松和愉快。就这样，平淡的日子，因农历六月六的到来而波澜迭起。

日子流淌着，世事变迁着。时隔多年，我来到了陌生的城市，但每年的六月六，我时常依稀地看到母亲在场院忙碌的身影，她一边翻晒，一边用棍子轻轻地拍打着衣裳、被子、褥子、席子、帽子，还有我们用过的旧书包。其实，现实告诉我，这只是内心隐藏了太多的思念与怀想罢了。如今，尽管物质生活富裕了，但精神压力真是难以言表，梦里母亲坦然的表情，依然能带给我无限的宽慰与恬静。

早在《汉书·王吉传》一书中就有"百里不同风，千里不同俗"的记载。"六月六"这一民间节日的由来，以及节日本身所承载的自然与人文的双重情感意义，更显示出它与众不同的魅力。渐渐地，人们开始喜欢数字"六"，尤其是"六六"，都认为数字"六"与"顺"字难以割舍，无疑就意味着六六大顺、万事顺心，这也体现了善良的人们对平安的渴望，以及对美好生活的追求。

时间在流逝，岁月在更替。随着新农村建设进程加快，农村改天换地日新月异，许多传统文化被颠覆，甚至消逝得无影无踪。可是，我的故乡坚守纯净和悠然，没有被外界污染，留下了生活的本真。我回到故乡，四处走动、聊天谈闲，发现乡亲们仍沿袭着六月六晒衣物的习俗，就如同他们那种纯洁而真挚的秉性，早已根深蒂固深入人心，这让我感到欣慰。

也许是出于巧合，抑或是上天对人类的厚爱，人世间，竟然会有与"六六"有关的机缘：早在三十多年前，有个闰六月，儿子出生了，三十多年后，又一个闰六月，孙女来到人世间，普通的民间节日，却盛着人生"满满"的心情，如同"满满"这个乳名一般顺溜可爱，让人心里温暖又安定。

我想，在我的生命里，能有六月六的经历，有六月六的渲染和熏陶，也算是一笔丰厚的精神财富了。

餐桌的记忆

对于餐桌的记忆，是开始上小学以后的事情。

那时，我刚满七岁，放学回家需要练习写生字。母亲便拾掇了一张方桌上的杂物，耐心细致地用抹布擦洗了很多遍。我趴在桌子上，看着黑乎乎的桌面问母亲："这哪来的桌子？"母亲说："这是你太爷爷留下来的桌子。"并叹了口气继续说："现在哪还用得上饭桌。"是啊，在当时一人一碗里数都数得清的几粒饭食，只需"呲溜呲溜"几大口就底朝天的年代，筷子几乎都用不上，饭桌又有何用，怎能怪我不识饭桌为何物呢！

记忆中第一次在饭桌上吃饭是在我上初中后，也就是改革开放后的第一年，农村刚刚实行了土地承包责任制，农民苦了多年的日子逐渐开始有了转机。那年春天，时逢爷爷六十大寿，为了给爷爷热热闹闹办生日，母亲忙前忙后，启用了那张传承了几代人的饭桌，上面放了几盘炒菜和几碗苞谷酒，长辈们围坐在一起，边吃边喝边聊，感叹这土地承包到户的好时光，每个人的脸上都洋溢着幸福的笑容。记忆中的桌子高度不足一米，桌面大约有现代人家里铺的瓷砖那么大，厚实而沉重，像多年前的供桌，几乎一个人搬不动，也很少去挪动。

日子流淌着，世事变迁着。我家拥有第一张新餐桌是结婚后分家，父亲托人做了一张时兴的松木桌子，轻巧别致，高矮适中，恰似公园里的象棋桌那么大，用土漆刷过，黑黝黝亮晶晶，比起那张古老的饭桌子，当然要体面，看起来心里就舒坦。在随后的日子里，这也成了我家唯一一件值钱的东西。每次吃饭，在桌子上铺一张报纸，生怕汤水污染了桌面。值得一提的是，我曾在桌子前挑灯夜战，潜心苦读，勤奋写作，成就了我步入都市的"梦想"。

时光飞逝，世易时移。后来，随着改革开放的浪潮，我们也拥进了城。1993年，单位领导开明，要给双职工分房子，我们自然也在其中。当时，房子不大，人口又少，因陋就简，买了一张时尚美观的玻璃餐桌。虽然餐桌不大，但上下两层，像一大一小两个圆月，照得人心里亮堂堂的。吃饭时，即使不小心洒点油水，饭后用抹布一擦，依然光亮如初。这便成了儿子学习的"阵地"。

时序更替，梦想前行。单位修建集资楼，又赶上了好时光。那时的房子不像现在的毛坯房，只需添几样家具就可以入住了。为了与新房匹配，2003年，特意买了一张多功能的指接材餐桌，既可餐食时使用，还能打麻将，闲暇之余，成了休闲娱乐的工具。

社会变迁，时代进步。生活像芝麻开花——节节高。我家换了大房子。儿子结了婚，又添了宝宝。于是，家里更换了折叠式的实木餐桌，既美观大方，又气派实用。要是来了客人，餐桌被缓缓拉开，魔术似的变大，可以满足十几个人就餐。餐桌变了，食材也在变。现在的"四菜一汤"替换了过去的"一锅焖"，而且还讲究荤素搭配和膳食平衡。亲戚朋友到我家，不时投来羡慕的目光，我的心里比蜜还甜。

光阴似箭几十年，改革春风细无声。在这个伟大的历史节点上，回首餐桌更新换代，确实是翻天覆地，这不仅改变了我的生活方式，更彰显了新时代带来的新气象，更让我以无比澎湃激越的心情展望令人无比期待的明天！

融融火盆情

初冬的阳光有点寒冷，清清凉凉的风迎面而来，这儿的空气，地里的小麦，屋后的蔬菜，格外的清新，稍不留神，就有一只鸟儿从眼前飞过，心情还是蛮好的。隔壁邻居家过事，我过去凑热闹，看着场边垒起的土灶，噼里啪啦地蹿着火苗，或许是触景生情，又勾起了岁月深处的记忆……

小时候，家在农村。那时，不知为什么，天总是很冷。立冬过后，北风呼啸，寒气袭人，没事就哪儿也不想去。这时，母亲便把家里的烤火盆拿出来，架好柴火，用树叶或粗糠引着，冒一阵烟，不一会儿，烟散尽了，火盆通红，像初升的一轮红日，把屋子照得透亮。一家人聚集在火盆旁，围坐在一转，拉家常、叙来年。烤火的时候，手是闲不住的，母亲纳鞋底、补衣裳；父亲搓草绳、编箩筐……

烤火，一般是从立冬前后开始，到第二年惊蛰前后结束。家里如果有老人和小孩子，时间自然还会更长一些。烤火所用的柴火有别于烧饭的柴火，一般都是取自山野的树蔸、硬杂木等。有的是专程去砍挖，有的是劳作之余顺便带点。

火盆不光取暖，还是一种感情的表达。每当邻里来串门，主家的第一句话就是"快来烤火"，和城里人握手一样，被招呼到火盆跟前，热情劲直暖到心窝。人暖话暖，暖在心坎上话也投机。即使有啥"闲话"，把纠葛说出来，在火盆旁敞一敞，火盆把怨化解，把恩烤暖，让小村庄和谐温馨，古朴之中传情达意。

那些年，每年生产队会分给各家各户很多的红薯，这便成了我们小孩子烤火时的美味零食。我们将红薯洗净，用火钳把它埋在火盆的四周，待红薯散发出淡淡的香甜味，就知道红薯烤好了。刚被剥开皮的红薯，一股清香味扑面而来，味蕾便开始涌动。我狼吞虎咽着，一缕幽香在舌间辗转，胃里也暖暖的，那才叫真正的幸福。

记忆中，小时候，世界还一片黑暗，屋檐下的小喇叭刚刚响起，母亲便习惯性地早早起床，慢慢地刨开头一天晚上烤过木炭被壅住的火盆，轻轻地一吹，炭火像天上的星星闪烁着，母亲迅速添点柴火，把衣服在火盆上烤热乎了，才叫我起床，我穿上热乎乎的衣服，就不感觉屋里冷了。如今想起来，不由得眼睛有些湿热。上学时，我们坐在冰冷的教室里，冻得牙齿直打架。回家后，早已迫不及待，一头扑在火盆旁，将冻得通红的小手放在火苗上烘烤，一下子便从指尖暖到心里，像在母亲怀抱里一样感到特别温暖。然而，现在的孩子们是根本无法体会到这种滋味的。

小孩子爱烤火，更爱玩火。大人们总爱吓唬孩子们："白天玩火，晚上尿床。"其实，长大了才明白，那是时时提醒要注意安全。虽然我们调皮，但懂得听话，照办后没有留下过任何遗憾。

那时的乡村很穷，村里没有电灯，更没有路灯。天一擦黑，整个村子就仿佛进入了原始社会，阒静僻陋，烟火稀疏。这时，"疯"了一天的我们才端个小板凳，借助火盆的亮光练习写生字，做到取暖、作业两不误。有时，还情不自禁地哼起儿歌，其惬意不言而喻，那得意全写在脸上，像火苗一样映红了脸庞。火盆旁蜷着一只猫儿，半眯着眼，一派悠闲的样子。就是这么一个再普通不过的火盆，它盛着温暖，盛着光阴，它知冷知热，有情有义，陪着一家人度过一个个美好的冬天。

家人闲坐，灯火可亲。一家人围在一起烤火，身体暖和了，思想便活跃起来。最惬意的就是一边喝茶，一边聊天。印象中，爷爷坐在火盆旁，一边煨茶，一边看书，这种习惯传承给我的父亲。多年来，我仍牢记清茶氤氲的味道。其实，那就是故乡的味道，如同乡愁一样，扎在心里挥之不去。父亲呷一口茶，激励我们要像疙蔸火一样越燃越旺，越烤越舒畅，我们不住地点头，当着父亲的面立下了铮铮誓言，绝不让他们失望。现在我们可以说是衣食无忧，但这不可或缺的是父辈的功劳。因为，父辈为我们撑起了一方晴天，使我们得以走出艰苦的岁月，于困境中激情满怀走进新的时代。

日子流淌着，世事变迁着。我们渐渐长大，离乡求学，进城工作。20世纪90年代初，为了与城市匹配，我请木匠做了一个马蹄样的圆形火盆，然而，城市的发展日新月异，大环境不允许烟熏火燎，只能买木炭烤火，期望它带着家乡的味道，温暖都市的生活。

时光飞逝，世易时移。后来，由于天然林禁伐，木炭慢慢绝迹，火盆派不上用场了，取而代之的是电热器、空调、油汀、电热毯等等。但只是温暖了表面，不能深入人心。我依然喜欢家乡的生活节奏和生活习惯，还有伴随我们成长的火盆时光，它像生命中一支永远不灭的火把，燃烧了一个个寒冷的冬天，也燃烧着一代代人浓浓的情。

那些年，红薯飘香

　　时光总是在不经意间流转。当乡间的稻谷入仓，稻草被码成山一样的垛子，坡地里的红薯便迫不及待撑破土皮，咧开大嘴露出笑脸。农人懂得节令，更善于观察，几场秋霜过后，大人小孩一齐出动，用不了十天半个月，便三下五除二，把地里的红薯收回了家。然后，趁地里的墒情，安顿栽油菜种小麦。

　　家乡坡地多，适合栽红薯。每到收获季节，家家户户屋里红薯堆得像小山似的，夹裹着泥土的芬芳，满屋子弥漫着淡淡的清香，伴我度过那些难忘的岁月⋯⋯

　　乡亲们勤劳朴实，习惯把红薯叫红苕。红苕可以生吃，更是主食。在那个年代，上顿是红苕，下顿是红苕，似乎顿顿都离不开红苕，虽然清淡寡味，却能填饱肚子。但天长日久，我们这些小孩子吃腻了，肠胃似乎也受不了。

　　知子莫若母。我妈不断推陈出新，变着花样烹饪红薯：煮、蒸、炒、烧、炸，做法不同，风味各异，尽量改善我们的口味。煮红苕是最常见的做法，先把红苕洗净，再放到锅里，添适量的水，盖上锅盖，用柴火煮，煮熟的红苕，剥皮即可食用。每逢这时，我妈总是挑选一些个头小的，用竹签串起来，挂在屋檐下晾干，待到次年农历二月二，趁炒爆米花时，放到石面里炒，脆而不硬，那是我们童年里最美味的零食，那种酥脆、甘甜和清香的味道至今记忆犹新难以忘怀。

　　红苕凉粉更是一绝。我妈将红苕打成浆，提取红苕粉，用它制作凉粉，浇上辣椒、食盐、陈醋等调味料，既当主食，又能当菜，香辣嫩滑，味道别具一格。

记忆里，味道最鲜美的属烤红苕。我妈做饭时，把选好的红苕放进柴火灶的一旁，边烤边翻，烤出的红苕色香味俱全，很有诱惑力。我们这些小孩子，老远嗅到那股红苕飘香的味道，就迫不及待跑回家，拨开蛋黄色的红苕，热气腾腾，看着就诱人，那种香甜的滋味，弥漫全身，令人心醉。

那个年代，农村几乎没有娱乐项目。只要听说放电影，如果不是太远，总会跟在大人屁股后面撵热闹。倘若遇到喜欢的电影，有时顾不上吃饭，顺手拿几个蒸红苕，一边走一边吃，大家兴高采烈无忧无虑，像赶集一样开心快乐。

红苕虽然产量高，但不易储存，好在家家户户挖有苕窖，每到红苕收获的季节，挑选完好无损的红苕储存到苕窖里，再在上面撒上黄沙，起到保温除湿的作用。窖口用稻草遮盖，确保红苕安全过冬。这样，一直可储存到次年。

小时候缺油水，肚子肯饿。尤其是每年的三四月份，时值青黄不接，我们肚子饿了，趁大人不注意，悄悄砍一根竹竿，把一端削尖，像叉子似的，偷偷地在苕窖里扎红苕，再小心翼翼地吊上来。刚削过皮的红苕，便渗出白白的乳汁，露出米黄色的红苕肉，于是，忍不住咬一口，脆脆的，甜甜的，一股淡淡的清香直抵心底……

还有一个储藏的好办法，就是把鲜红苕切成片，放在筛子、簸箕里晾晒干，再装进袋子里，可长期保存。农活忙时，衣兜里装上一把红苕干，饿了就拿一块放嘴里嚼嚼，口舌生津，身体也很自然地受到了濡养。倘若家里来了客人，在油锅里一炸，香香脆脆，成为招待客人的最好美食。

时光如风，流年似水，转眼三十多年过去了。随着时代的变迁，我早已走出了乡村，远离了儿时那种清贫的生活，红苕也不再是我们果腹的食物，但并没有淡出我们的生活。

深秋时节，我回到家乡，田野一片广袤，头顶天高云淡，乡亲们正忙碌地在坡地挖红苕。忽然，一阵微风掠过，甜丝丝的红苕味道，掺杂着泥土的清香，直往鼻子里扑，沁人心脾……

或许是睹物思人，仿佛看到了孩童时来回在红苕地里跑着撒欢的身影，还有与父亲母亲一起挖红苕的温馨情景……多情的土地里孕育的浓浓乡愁，寄托着我的情感，滋养着我的心灵，成为我生命里永远挥之不去的纯美飘香的记忆。

山水含神韵

CAOMAO
SHANG
DE
YANGGUANG

凉水泉

在初夏的风染绿山林的时候，文友相邀去凉水泉，我欣然应允，因为那里曾是我魂牵梦绕的地方。

从县城前往新街子，向北拐入新云公路，再驶过一段缓坡，车子就一头扎进了山里。顿时，山风清爽，树木葱茏，野花飘香，鸟儿欢唱，山野俨然一副风采奕奕的模样。回望身后的坡地里，农人正在收割金黄的小麦。尽管他们汗流浃背，却满脸的喜悦。似乎我们也受到了感染，虽然沿途一路逶迤，但心情好了，车子也快，十几里的路程，不到二十分钟就到了。

我们呼吸着新鲜空气，吹着清凉的山风，顿时浑身自在，尘世的喧嚣和烦恼早早被抛到了九霄云外。太阳像个害羞的姑娘，在云层中躲躲闪闪，忽明忽暗。山野像在变幻着魔术，或清幽或明朗，充满一种神秘之感，让人产生无限的遐想。遥望山顶，树木已由嫩黄变得深绿。繁星点点的淡黄色七里香花朵，像给丛生的灌木披上了漂亮的衣裳。忽然，远处传来了淙淙的流水声，却看不见水的踪影，只听见它在山野中悠扬地吟唱，像古代的隐士深藏在山林之中，融入了天地的悠悠之气，飘逸而超然。此时，我多想变成一座山，或者是一棵树，站立在这旷世的寂静中，看那日月星辰留在山巅的瞬间，领略山野之间四季奇妙的变幻，聆听山野里宛如流云飘散的精彩传奇。

凉水泉位于秦岭南麓石山子与学岭的半山腰。山野有灵气，便增添了一份野趣。就在这山腰之间，突然冒出来这么一眼山泉，泉水甘甜清洌，映着山影和草木。没有人知晓其来源，明晃晃像极了一口乡村里的毛边大锅，安放在路边，供南来北往的人饮用，清心。

凉水泉是大自然的馈赠，静静地依偎在山腰。小碗口粗的一股清水，从石缝中挤出，形成浅滩，清澈见底，昼夜流淌。泉水汩汩地涌出，像个快乐的小孩，吹着气泡哼着歌儿，天真而纯洁。仔细看，四周泛起黄沙，上下翻滚着，沙粒时隐时现，像被反复冲洗着，看上去粒粒晶莹，棱角分明。人生也是如此，只有历经世间的沉浮，大浪淘沙，人生才会通透，才能精彩。

"山是泉之母，泉是山之魂。"夏天，凉水泉甘甜爽口，清凉直达心底，比冰激凌还要舒心。冬天，凉水泉像一口巨大的蒸笼锅，热气腾腾，饮上一口，暖到心里。这山野间的琼浆玉液，滋润人心，更有通灵之性，饮一口让人内心澄净透明，少了浮躁之气。此刻，我忍不住掬一捧水入喉，清澈甘甜，顿时忘记了山野中的颠簸之苦。

顺着干净的砂石路在林中行进，我感到了这山野里的悠远和清寂。其实，脚下这条路就是著名的陈仓古道，经云雾寺，东出马道，北连留坝、凤州（凤县），西北通甘肃两当、天水，是连接关中和四川的一条古蜀道。过去不论是行军远征，商客羁旅，还是山野村夫放牛打柴采药，善男信女朝拜云雾寺，都在这条古道上穿梭不息。山路崎岖坎坷，行走十分艰难，但凡走到凉水泉，人困马乏，少不得喝点泉水吃点干粮以解旅途之劳，补足能量继续放足远行。山里人下坝赶集、看病，或是办事，走到凉水泉，也是饥渴难耐，就迫不及待地喝些泉水。更有山外的人把这清泉看作圣水，老远跑来灌些泉水回去解人间之苦。

那时，山里人虽然缺吃少穿，但心净如水，不掺杂一毫杂质。他们从来不把这泉水当作私产，取水的络绎不绝，他们从不索取分厘，一心一意保护着这一方山泉的纯净，不容亵渎和破坏。

山不在高，有泉则灵。小时候，我家离凉水泉不是太远，经常去那里玩耍，肚子饿了，便去山上摘红果吃，渴了便去凉水泉喝水。上中学时，周末要到山上割柴、割牛草、打板栗，甚至到山里走亲戚，凉水泉就是我们的伙伴，如影随形。有一年秋天，我们随父母到山上割柴，艳阳高照，大汗淋漓，口干舌燥，嘴里像冒烟似的。我们就迫不及待地往前赶，到了凉水泉，顺手摘下一片树叶，舀起来一饮而尽，顿时浑身清爽，人也精神了许多。后来住进城里，条件好了，人却脆弱，每次喝了生水，就会拉肚子，还得吃药。每到此时就想起凉水泉，这山野间的灵水，经过时光的沉淀，沐浴着日月精华，变得柔软澄澈，喝了不会生病。我经常梦到在凉水泉边漫步，饮尽一杯清甜的山泉水，甜透到了心底。或许，这是一种情愫使然。

世事无常。那些年，凉水泉半山腰里住着一些人家。山里人勤劳朴实，更懂得知足，只要有水吃就能生存。他们的房前屋后，大都有一眼泉水，或大或小，或高或低。后来，那些山里人家都搬到平川去了，他们像流云一样飘走了，只有凉水泉依然守着山野的寂静，初心不改，无怨无悔，滋润着这里的山川草木，召唤着山外流浪的山民魂兮归来。

时光易逝，岁月不居。被誉为"陕南九寨"的云雾山被开发后，崎岖的山间古道变成水泥路、柏油路，裁弯取直，急弯也得到了缓冲，于是，凉水泉的路面被抬高了许多。尤其是随着基础条件的改善，日新月异的变化，生活的节奏也变快了，凉水泉几乎被人们所淡忘，谁还会山一程水一程赶来取水！此次出行，也是文友无意中谈起，才让人拾捡起遗落在山中的记忆。记忆就像这陈仓古道，曾经迎来送往，后来湮灭在萋萋的芳草中，却抹不去痕迹，如今又焕发出新生。

凉水泉历经沧桑，现在又恢复了原来的模样，清风明月相伴，烟岚云岫奔腾起伏。人间气象万千，充满炎凉与冷暖，饮过凉水泉之后，心里从此滤去了浮尘，一片清净和坦然。

"泉水叮咚，泉水叮咚，泉水叮咚响，跳下了山岗，走过了草地，来到我身旁，泉水呀泉水，你到哪里你到哪里去。唱着歌儿弹着那琴弦流向远方……"返回的路上，天色已晚，山崖谷深万籁静寂，暮色显得更加浓厚。伴随着轻快的音乐，我仿佛又看到了丰沛和旺盛的泉水，踏浪远行，聚于河沟，流进汉江，汇入长江，朝宗于浩瀚的大海。谁能想到，它的源头幽静而神秘，清纯而禅意！谁能想到，它一路上演绎了多少精彩的传奇！

小城故事多

小城故事多

充满喜和乐

若是你到小城来

收获特别多

看似一幅画

听像一首歌……

早在上世纪七十年代末，一首脍炙人口的《小城故事多》，仿佛一夜之间唱响了大江南北长城内外。

多年之后，这首深情款款的老歌又一次次地在秦岭南麓响起，诉说着一方水土的性情与热情，引得无数过客停留下匆匆的脚步，只为一睹一座小城的故事与风情，这是一种情愫穿过时间与空间相碰撞的火花，还是万种灵动在这一片青山秀水里参禅的顿悟。

这就是留坝县，深居秦岭之中的一卷传奇，正依托优美的生态环境，悠久的历史文化，持之以恒用自己的实际行动，诠释着这首歌的旋律与内涵，演绎了一个又一个精彩的故事。

（一）

一座小小的山城，就像世外桃源。作家贾平凹初到留坝县，他风趣地写道：这座县城只有一条街，从街的那头走到这头，嘴里吸着的烟还没燃完一半；在城里最高的楼房百货大楼里边，只有两个半人：一个售货员、一个妇女和她背上的婴儿。

留坝，深藏于秦岭腹地的一方净土，人口不足五万，拥有一千九百多平方公里的山地，山势峻拔，奇峰林立，谷翠水绿，植被茂密，连续几年荣登"全国百佳深呼吸小城榜"，难怪受尽纷扰的都市人，都驱车前往这片山水，好好享受大自然神圣般的洗礼。

早在两千多年前，张良或许正是看中了这方清幽与纯净的世外桃源，欲做逍遥神仙，才急流勇退，把自己"留"在了这里，与世无争，不染尘埃，修身养性，以至于让其成了自己最后的归宿之地。

史料记载：张良（？—前190或前186），字子房，封为留侯，谥号文成，颍川城父人。张良是秦末汉初谋士、大臣，祖先五代相韩。秦灭韩后，在博浪沙狙击秦始皇未中，为躲避追查而改其名字，逃亡至下邳时遇黄石公，得《太公兵法》，深明韬略，足智多谋。秦末农民战争中，聚众归刘邦，为其主要"智囊"。楚汉战争中，提出不立六国后代，联结英布、彭越，重用韩信等策略，又主张追击项羽，长达四年之久的楚汉战争，以刘邦的彻底胜利而告终结。

张良虽系文弱之士，不曾挥戈迎战，却以军谋家著称。汉元年（前206）七月，张良送刘邦到褒中（今陕西褒城）。此处群山环抱，沿途都是悬崖峭壁，只有栈道凌空高架，以度行人，别无他途。张良观察地势，建议刘邦待汉军过后，全部烧毁入蜀的栈道，表示无东顾之意，以消除项羽的猜忌，同时也可防备他人的袭击。这样，就可以乘机养精蓄锐，等待时机，再展宏图。刘邦依计而行，烧掉了沿途的栈道。张良此计，可谓用心良苦，它为刘邦的巩固发展和日后东进，取得了重要的保证。

刘邦入汉中后，励精图治，积极休整。同年八月，刘邦用大将韩信之谋，避开雍王章邯的正面防御，乘机从故道"暗渡陈仓"（今陕西宝鸡），从侧面出其不意地打败了雍王章邯、塞王司马欣和翟王董翳，一举平定三秦，夺取了关中宝地。略定三秦，刘邦倚据富饶、形胜的关中地区，便可以与项羽逐鹿天下了。一个"明烧"，一个"暗渡"，张、韩携手，珠联璧合，成为历史上一段脍炙人口的佳话。类似这样的典故，史书多有记载，如《史记·留侯世家》《汉书·张良传》，特别受人称道。刘邦曾赞其"运筹于帷幄之中，决胜于千里之外"。

西汉初年，天下已定，论功行封时，按级班爵，汉高祖刘邦让张良自择齐国三万户为食邑。张良看到汉朝政权日益巩固，国家大事有人筹划，自己封"留侯"的个人目标亦已达到，一生的夙愿基本满足，于是，自请告退，避之深山。

"不畏浮云遮望眼，自缘身在最高层。"其实，张良很聪明，表面上看，托词多病，闭门不出。但实质是目睹了彭越、韩信等有功之臣的悲惨结局，又联想范蠡、文种兴越后的或逃或死，深悟"狡兔死，走狗烹；飞鸟尽，良弓藏；敌国破，谋臣亡"的哲理，乃摒弃人间万事，专心修道养精，崇信黄老之学，静居行气，欲轻身成仙。张良在惠帝六年病卒，谥号文成侯。

"事了拂衣去，深藏功与名。"这个故事发生在两千年前，在那个时代背景下，帝王多薄情，能同患难，却不能同富贵，因而，大多功臣都以悲剧而告终。而张良明史知势，把准了帝王将相的脉搏，摸清了他们的脾气秉性，才有自己的明智之举，退隐江湖于留坝。

千秋功业随风去，一世英名永流传。

（二）

溪水缓缓，清澈见底，植被茂密，郁郁葱葱，遥想当年驼铃声声纷至沓来，商贾云集生意红火，或许正是由于历史的积淀，才使眼前一片繁荣。站在樊河桥石碑前留影，仿佛也留住了历史的痕迹，恍惚间，金戈铁马响彻耳际。

韩信，与萧何、张良并称为"汉初三杰"。韩信，江苏淮阴人（今江苏清江）。自幼父母双亡，生计艰难，但习文练剑甚为刻苦，曾牧鹅放羊、分食浣纱老妪饭食，忍辱从屠夫之子的胯下钻过……秦末农民战争中，仗剑投奔项梁军，项梁兵败后归附项羽。他曾多次向项羽献计，始终不被采纳，于是，离开项羽前去投奔了刘邦。

有一天，韩信违反军纪，按规定应当斩首，临刑时看见汉将夏侯婴，就问道："难道汉王不想得到天下吗？为什么要斩杀壮士？"夏侯婴以韩信所说不凡、相貌威武而下令释放，并将韩信推荐给刘邦，但仍未被重用。

刘邦至南郑途中，韩信思量自己难以受到刘邦的重用，中途离去，萧何发现后，迅速追击。在马道樊河，不料，突然乌云密布，河水暴涨，桥被冲断，无法进行。正当韩信不知所措时，萧何朝河边飞奔而来，滚鞍下马，大叫韩将军。韩信看到萧何，又惊又愧，忙说："萧大人，你这是何苦？"萧何一把攥住他的胳臂说："韩将军，亡楚归汉是何等明智的选择，却怎么又要半途易弦改辙呢？"韩信凄楚地摇头不语。萧何向他推心置腹地说："请韩将军此番回去，老夫定拼着性命再行举荐，如汉王仍不愿重用将军，老夫和你一道逃走好了！"韩信深受感动，答应同他返回。

后来，有人就在这条小河北岸竖立一道石碑，上镌"寒溪夜涨"四个大字以志此事，当地还流传下两句俗谚："不是寒溪一夜涨，何来炎汉四百年"。

当地的一个村干部兴趣高涨，浓墨重彩地编纂了一个更精彩的传说：樊河桥被冲断，道路受阻后，忽然头顶飘来一朵浮云，上面站着观音，说刘邦欲夺天下，正需要你扶持，还不赶快回去。但毕竟这只是传说，还是萧何帮了他的忙，才有了刘邦设坛拜韩信为大将的典故。

留坝县作协主席柴秦滇绘声绘色地补充道：韩信沿褒斜道向留坝，应该从北门出，更为便捷，而偏偏却从东门出，这就说明韩信不是真心逃走，是要看十分欣赏他的萧何"追也不追"。这样，从距离上来说，给萧何追上他留有了余地。因而，《追韩信》一剧，再次证明，韩信并不想离开汉中，只是精心策划演了一出戏罢了。

无独有偶。在松树坝村，为什么又有一条古栈道呢？我们通过走访，还挖掘了一段精彩的故事：解放前，有一支红军部队，跋山涉水经过村庄，据上了年纪的人说，因为要过栈道，行军长达三天三夜。经过实地勘察，在绿茵浓密花香四溢的山坳中，文川河边上的石崖上，修栈道时凿下的石孔，确实有明确的痕迹。

据文友刘毅介绍说，文川道建于唐代，是褒斜道的支线，起于眉县，止于城固县文川河与汉江交汇处。根据唐末著名文士孙樵《兴元新路记》，文川道经松树坝、上月儿湾、上南河等地，出江口镇元树沟村，与褒斜道相连。今上南河有一名叫"驿铺"的地方，就是当年文川道"山辉驿"所在地。

至于说红军从这里经过古栈道，并没有史料记载佐证，有关人士对此也深有质疑。

褒斜栈道彪青史，传承尚须后来人。看来，留坝还有更多的历史文化资源像宝藏一样，须下大功夫进一步挖掘整理。

（三）

有言道："成也萧何，败也萧何。"萧何，不得不说是一个能人！

萧何（？—前193），汉族，沛丰人，早年任秦沛县狱吏，秦末辅佐刘邦起义。攻克咸阳后，他接收了秦丞相、御史府所藏的律令、图书，掌握了全国的山川险要、郡县户口，对日后制定政策和取得楚汉战争胜利起了重要作用。

楚汉战争时，萧何留守关中，使关中成为汉军的巩固后方，不断地输送士卒粮饷支援作战，对刘邦战胜项羽，建立汉代起了重要作用。刘邦死后，他辅佐汉惠帝。惠帝二年（前193）七月辛未去世，谥号"文终侯"。

总的来说，萧何是刘邦的大总管，在官场上一路摸爬滚打，颇有心得，再加上他最大的长处就是立场坚定，旗帜鲜明，站得好队，不遗余力表现忠心，因而深得刘邦信任。后韩信多次与萧何谈论，为萧何所赏识，把他推荐给了刘邦。但由于性格的原因，未受到刘邦的重用。后来，继"萧何月下追韩信"的故事，又演绎了刘邦设坛拜韩信为大将的典故。

萧何是何等的聪明，他能猜测刘邦的心思，逐渐扫除障碍，完善整理编制，让上行下效政令畅通。萧何采撷秦六法，重新制定律令制度，是为《九章律》。在法律思想上，主张无为，喜好黄老之术，协助刘邦消灭韩信、英布等异姓诸侯王。

或许，正是这些两汉三国历史故事，让每一位游人的每一次留坝之旅都能找到属于自己的乐趣，全域旅游氛围也越来越浓，逐渐成为大秦岭最佳全域旅游目的地之一。

（四）

　　有传说，才有故事。似乎每个留坝人都能随时随地讲起一段传说，而每段传说都如泣如诉。

　　这不，一路上，松树坝村的席某给我们讲了一段凄美的雷打石故事——

　　在很久很久以前，文川河上游有一个帅哥石头，在下游的河里有一个美女石头，相距四五公里，天长日久，修炼成精。上游的帅哥石头，身材魁梧，性格开朗，十分活跃，下游的美女石头，秀若天仙，长发飘逸，楚楚动人。有一天，在河里玩耍，偶然相遇，一见钟情。帅哥石头按捺不住内心的冲动，想与美女石头谈情说爱，但由于自己体型太胖，又怕传出去影响不好，于是，就做法降雨，使河水暴涨，满足自己的愿望。果然不出所料，帅哥石头在河内游刃有余，但大水漫过河岸，损毁了沿途的庄稼。刚开始，他们隔三岔五幽会一次，后来，随着感情日益加深，约会频率越来越高，大片庄稼颗粒无收，百姓苦不堪言，但也无可奈何。有一次，他们如胶似漆，紧紧地抱在一起，把河道堵住了，祸害了附近的百姓，这事被老天爷知道了，便责令雷神把帅哥石头劈成两半。有一天，帅哥石头又做法降暴雨，准备与美女石头约会，雷神瞅准时机，午时三刻，电闪雷鸣，把帅哥石头劈成了两半，结果了他的性命。下游的美女石头闻讯后，欲哭无泪，一口气没缓过来，气死在河边的草滩上。从此，帅哥石头就不能和美女石头约会了。故事里的主人公已命归黄泉，白白修炼了一场。尽管这是一个美丽动人的传说，但民间善男信女无不为他们的爱情故事感动和惋惜。

　　头一天碧空万里无云，可一大早却下起了小雨。雨不大，也没有雷声，只是偶尔有风陪伴。在那一条河不远处，有一个情人谷，一条狭长的轮廓纵横在群山之中，树木葱茏，河水潺潺，越往里走，路越狭窄，曲径通幽，一片安宁。

心中有梦，忽略烟雨，跨星桥而径渡，涧边滴水的枝叶，水灵着文友匆忙的脚步。高处不胜寒。显然，很难再寻到这样的地方。因为一条茂密的深谷，有一条崖涧相会的索道，不知锁住多少独自廊桥的等候，成全多少俊男靓女的心愿。

人间自有真情在。文友调侃，想起曾经的少年，咋没见到这个诗意的地方，不觉表露出一点遗憾。

（五）

虽为夏日，但在留坝这高山深谷中，满山皆绿，和风徐徐，清清凉凉迎面而来的，都是春的气息，都是诗的韵味，都是歌的旋律。而萦绕于心的，还是故事的精彩与传奇。

不得不承认，留坝山美水美人美，更是个有故事的地方。从小城到城外，生态环境优越，自然风光宜人，两汉三国文化积淀深厚，人文景观与自然景观交相辉映，构成了一幅流光溢彩的画卷，美成了一首荡气回肠的诗篇。难怪著名作家、诗人丁小村在留坝发出这样的感慨：满眼皆自然，随心可得道，此处不留，何处留？

是啊！在无数次梦中，我留在了一个值得留下的地方，一个值得留恋的地方——留坝，甚至从远方又传来一曲耳熟能详的乐曲——

小城故事真不错，

请你的朋友一起来，

小城来做客。

古塔情思

在寒冷的季节，多数时间里，外头要么寒风呼啸，要么风雪漫漫，令人望而生畏，一个劲儿往屋子里缩。可也有例外，就是在阳光亮丽的午后，让人忍不住想要出去晒走一身的寒气。

于是在一个晴朗的午后，我离开楼宇鳞次栉比人潮湍涌的城市，穿过洁净无忧清幽静谧的乡村，来一次说走就走的旅行。

车子沿汉江向西，河水自然没有夏天的旺盛，河床留下一大片细白松软的沙滩，或是一大片密密麻麻的鹅卵石，像裸露着的筋骨，白花花的一片，又像汉江褪去的躯壳，尽显着荒芜与凄凉。越往前走，秦岭和巴山像壶口似的收紧，河谷渐渐变窄，流水聚起，川流不息。不远处的崇山峻岭间，冲出一条咸河，垂直地撞击着汉江。或许正是这种特殊的地理位置，引起世人的关注和重视。早在三国时期，在汉江与咸河交汇处，构筑起了坚不可摧的古阳平关，与定军山、天荡山形成掎角之势，实在易守难攻，成为重要的军事要塞，被称为汉中西部"咽喉"，至今都名声远扬。

要去古阳平关，必须要经过万寿塔。这就是我们要去的地方。抬头看山，奇峰秀丽层林尽染；俯首观水，清清凉凉奔流不息。不经意间，直插云霄的万寿塔便映入视线。

"勉县有座塔，离天一尺八。"小时候，从这句顺口溜中，便可感受到万寿塔在人们心中的高度和分量。确实，这座历史的建筑，结构严谨，层次分明，庄严肃穆，古朴雄峻，以明朝风貌昂然屹立四百余年。据《沔县志》载："万寿塔在县城西5公里的老城乡，古阳平关东门外。"万寿塔于明万历十七年（1589）建，坐东向西，为砖石结构，空心建筑，塔高24.85米，塔基周长17.4米，石条砌成，呈六边形，每边约3米，共有十一层，足有今日十层楼高。由下而上，逐层递减，紧凑收缩。有巍然庄重之感，精致又灵秀，挂云、揽月、看日出、望苍茫。塔下石碑，字迹漫漶，勉强可辨，留下了千古风韵，浓浓地传递着沧桑。各层均有神龛，底层向西有门，塔为楼阁式。西面五层神龛中镶石碑一块，上刻"远善"二字。塔有门可进空心，原有楼梯可登临。

据考，明神宗朱翊钧为给太后祝寿，诏敕全国普建万寿宫，以示祝贺纪念，勉县不仅建了万寿塔，还建了万寿宫。万寿宫有三十六座殿宇，规模宏大气势雄伟。遥想久远的时光，曾经多少鼎盛繁华的岁月蛰伏于这座威武的建筑身旁！又有多少车水马龙的辙印和梵音萦绕其间！或许，正是人们心中有所寄托和期盼，繁华和热闹了这座悠长久远的古塔。

光阴易逝，古塔依旧。只是，清嘉庆七年、同治二年万寿宫两次遭兵焚战火，民国二十四年，国民党在此修碉堡时，彻底将万寿宫拆毁，万寿宫与那年那月的繁盛一同被光阴中腾飞的时代遗忘在这老城边上，独留万寿塔兀自于静寂中细数着荏苒的岁月。

如今望着古朴静美的万寿塔，虽历经风霜雨雪的侵蚀，颜色逐渐变淡，但依然一副淡定模样，不卑不亢，矗立苍穹，鸟瞰汉江，俯视城池，默默见证着岁月更迭，静静细数着潮起潮落，为当地一方百姓避邪赈灾福泽众生。我想，万寿塔不仅是勉县人的骄傲，更是悠久历史的见证和深厚文化的传承。

最美还是日落的时候，当夕阳的余光洒向天边，晚霞尽情地展现着自己的艳丽，倒映在汉江中，河水看起来一片鲜活，这是一天中最壮观的时刻。然而，不知为什么，我还是忍不住回头仰望万寿塔。猛然间，发现塔的北侧有一棵柿子树，亭亭玉立，与古塔遥遥相望。树上叶子早已落完，只剩下黄澄澄的柿子像小灯笼似的挂在树梢。看来，无论山长水阔，还是风云变幻，当地老百姓依然眷恋着古塔，还有生生不息的这片热土，无不让人感到欣慰和安然。

到葱滩去

碧蓝的天空离得很近，大朵的白云浮在山巅，似乎伸手便可触摸。周围是一片浓绿，有暗蓝的冷杉，油绿的云杉，它们连成一片。

这里是秦岭深山里汉西林业局庙坪林场的葱滩湿地公园，虽然夏至已过，葱滩却像刚刚睡醒一样，才开始规划着未来的生活。

葱滩湿地，杂灌或黄或红，夹杂在其间，像没来得及换季一样。不经意间，小鸟轻轻地从眼前划过，像浮在清澈狭长的溪流之上。

遥远的风吹过来，厚实的苔草微微倾斜，野葱顺势露出嫩绿的尖尖角，散发出朴素自然的清香，连同树木、山野以及阳光的味道，迎面扑来直抵心底，让人有一种说不出的舒畅。

（一）

葱滩湿地公园位于勉县城北七十多公里的长沟河镇庙坪村，我们去的时候是初夏，平川的油菜已经成熟，小麦开始泛黄。农人准备着各种农具，开始谋划着收割，期盼着新油新麦的清香。

然而，长沟河的时令似乎还在春天，草长莺飞花香四溢，一派春光明媚的景象。

出县城一路向北，河水缠绕在山脚，或急或缓，或宽或窄，自然而然，似乎被绿色包围，仿佛进入了天然氧吧，五脏六腑受到了洗礼，心里纯净得像山一样清、水一样明。

也难怪，城里人有空就往乡下跑，往山里钻，就是为了更多地接触大自然，释放自我，但更多的可能是寻找儿时的那种记忆。

去葱滩途中，听说有考察队的大巴车通过，只能就近"避让"。于是，友人泽银提议到庙坪乡旧址看看。其实，那里早已看不到乡政府的模样，只是顺路到河边歇息而已。

我们走过列石，河水清澈透明，大部分石头裸露在外，像动物一样伸着脖子。走近一看，河面很窄，河滩深绿，树枝从山上斜伸出来，像有意遮挡和庇护河床。小鱼悠闲地游来游去，有林子的倒影落在水中。恍惚间，鱼像在林中穿梭，无忧无虑悠闲自得。再往前行，有瀑布挂在河中，发出了叮叮咚咚的声音，又像在重复着同一首歌。

不远处，有一块立着的大石头，像栽在沙石之中。时光早已打磨了其棱角，圆润光滑非常耐看。我顺势坐在上面，冰冰的凉凉的，感受着自然，体味着清爽。有鸟儿在盘旋，落在树枝上，发出悦耳的声音。不由得想起了北宋词人苏轼的"起舞弄清影，何似在人间"。甚至想象，多年以前，神仙曾在这里歇脚，享受人间的快活时光。

忽然，有一只色彩鲜明的蝴蝶翩翩起舞，引起了小孙女的注意。于是，她央求帮忙抓一只。说来也巧，又有几只蝴蝶飞来，停在了面前的石头上，很快便成了她的玩物，但小孩子图的是一时稀罕，最终还是放归了大自然。

"河里有美人鱼吗?"到大山里行走，满眼皆是风景，小孙女善于观察，勤于思考，对这里的一切都充满了好奇，她突然神秘兮兮地对我说。

"没有。"我回答说。

"或许，"她停顿了一下继续说，"那这只是个传说。"

小孙女的对答让人既好笑，又不得不陷入了深深的思考。是啊，不深入到实际生活，怎能激发对美好生活的向往。

（二）

过了小狮子河，便是原始森林了。汽车像蜗牛似的颠簸前行，越往前走，道路越窄，是典型的单行道，路况也不好。车在缓慢行驶，人像坐在轿子里，摇摇晃晃。好在没有人晕车，一路还算顺当。

高处不胜寒。尽管我们早有准备，而且穿上了外套，但偶尔有云朵遮住了太阳，身上依然有些凉。

葱滩三面环山，中间是一片开阔地，极像簸箕的模样，长满了密实的苔草，像北方的大草原一般，一望无际非常辽阔，能缓解人们紧张的心情。清新的空气，提神醒脑，让人精神倍增。鸟儿的歌声，悠扬婉转，让焦虑荡然无存。或许，这就是大自然的美丽风姿吧！

远远眺望，天地辽阔，风轻云淡。抬头看天，瓦蓝一片。大朵的白云浮在上面，一边琢磨着季节的心事，一边缓慢移到山巅，顺势牵着树梢的手，静静地酝酿着未来的生活。

或许为了便于行走，用一字形的木棒铺成小路，虽不太好走，但成了前行的标识。低头看脚下，厚实的苔草很细，一丛一丛的，像儿时穿的草鞋，软乎乎的，我喜欢这种感觉，更怀念已故的爷爷为我们编织过的草鞋，包括留给我们的教诲，都让人受益匪浅。

（三）

俗话说：山不转水转，水不转人转。此次出行，我们一路前行，用了三四个小时，终于到了葱滩。

百闻不如一见。越往里走，地势越开阔，苔草越茂密，中间躺着一条小溪，蜿蜒曲折，清澈透明，像是葱滩的装饰品，真不忍心去触摸它。跨过小溪，一脚踩下去，看不到鞋子，那种感觉，像踩到棉花堆里，软绵绵的，舒服极了。我拨开枯草，小草正使劲拱破土皮，期待着阳光的沐浴，极像儿时到刺架捉迷藏的样子。我猛然发现，刚被踩过的小草嫩芽，又伸展了腰，像在水里浸过似的。我下意识抬起脚，鞋底湿漉漉的，地上却不见水。如果不是亲身体验，怎么也不会相信在秦岭深处有这样一处绝美的湿地公园。

阳光忽明忽暗，打在树梢上，投下斑驳的影子，像是画家笔下的素描，让人着迷。我想，要不了多久，各种林木或抽出嫩芽，或绽放花朵，将构造成大山里的独具一格的风景。

文友张泽银介绍说，他已经来过葱滩了，到了盛夏，青山绿水，鸟语花香，不难想象出风吹草低见牛羊的情景；秋天，层林尽染，山花烂漫，是一年之中最浪漫的时节；冬天，白雪皑皑，火树银花，寂静的大山还原了大自然的本真。

"啊！野——葱——"文友晓彬惊讶地喊道。

葱滩，属于一片洼地，苔草整齐划一，很少有杂草，只是，偶有野葱点缀其间，这自然不难想象，葱滩就是因之而得名。

于是，我们立即凑了过去，原来是苔草中的一片绿，面积不大，但是一团，很是惹眼。仔细看，它星罗棋布隐藏在苔草之中，叶子像蒜苗，更像大葱的形状，散发出淡淡的清香。据说可以食用，是山里人做菜的调料，不光丰富着山里人的口味，还是一道独特的自然风景。

人们往往习惯性地追求完美，但山里的美才是实实在在的纯真和美好。大家兴高采烈，或高呼，或奔跑，在手机里留下了精彩的瞬间。忽然，有人提议，躺在草坪上合个影。于是，大家纷纷响应，摆出不同的姿势，像自然界中的小鸟，栖息在偌大的草甸。小孙女很调皮，跷起了二郎腿，摆出独特的造型，留下了瞬间的精彩。

（四）

大自然总是不断给人们意外，葱滩湿地就是这样一块神奇之地，原始的森林遮云蔽日，动植物和水资源丰富，被誉为"秦巴生物多样性生态功能区"，具有极高的科研和科普价值。或许，正是葱滩地处"深闺"，才得到了有效保护。

当我离开葱滩时，忍不住回头一望，圆圆的红彤彤的，夕阳像一盆火，燃烧得正旺，随意撒在葱滩，给枯黄的苔草涂上了一层金色。周围的山林层林尽染，像"U"字形一样，护佑着葱滩的成长。

那一排排红桦林，高大挺拔，巍然屹立，夕阳斜射过来，主干和枝丫像上了色，仿佛装饰的粉红灯带，用"火树银花不夜天"再恰当不过了，最是引人注目。远远看去，错落有致，色彩明亮，像是一幅浓墨重彩的立体油墨画，尽收眼底，让人不得不惊叹大自然的鬼斧神工，感叹造物者的神秘力量。

这葱滩的美，就是山野的美，就是大自然的美，让每一个逃离都市的人，都感受到这份美，从而，洗练出一颗纯洁真诚的心——崇尚自然，回归自然，敬畏生命，回归本真，质朴而豁达。

春暮雷公山

出汉中市勉县城往西，再折向北行驶，青山绿水相连，农户隐藏其间，仿佛世外桃源。尤其是绿树翠蔓，染绿地里的庄稼，向山里延伸。山是雷公山，正在暮春深处等着我们。

"雷公山在县城北二十里，上有元岳观，时闻雷声，殷殷出其间也"。（光绪《新志》）雷公山，位于武侯镇关山梁村，清虚白道人有侯祠"襟军山而带沔水，依天荡而枕雷峰"。此山又名雷峰山，盖其主峰状若鸡冠，有似雷公时闻雷声。古名清凉山，因泉而得名。泉在山腰，明季遭流寇之乱，县人保焉。相传贼来攻之，雷电逼退，因改今名。

山里是另一番景致，七里香捷足先登，漫山遍野一簇一簇，焕发出青春的活力。微风轻拂，七里香的清香，还有山野的味道，一齐钻进了鼻腔，瞬间直抵心房，让人神清气爽。山是清新的，天是清新的，路是清新的，水是清新的，吸进去的空气也是清新的。尽管道路崎岖，又是缓坡，车子像摇筛子似的，但如此接近自然的韵律，心中便有了几分禅意，并不觉得颠簸、困乏。

雷公山有道观，坐北朝南，旁边是一绺小房，与道观形成"L"形，有经营门店、办公场所，还有斋房，高台上是山王殿，下面是一片开阔地，没有被水泥硬化，依然保持着原生态的模样。偌大的院子，很少有人来。

我们刚到，一位身着藏蓝色服饰的中年妇女向我们走来，热情招呼就座。原来，她就是道观的主管。我们一边歇气，一边聊天。房子里有些阴冷，便主动来到院子里。

雷公山道观是一历史久远的古刹，其名声远布。观内的塑像，千姿百态，典雅壮观，气势非凡，令人震撼。更奇怪的是，道观侧面，有一口古井，看来有些年代了，井沿内侧有一棵山海棠树，根部像爪子一样，牢牢地抓住井沿，再朝井口拐个弯，端端立在井口的正中央，向阳而生，极像一把撑开的大伞，遮在井口的上方。至于井有多深多幽，几乎没人说得清楚。无独有偶，往前走几步，还有一口小古井，井并不深，据说遇到大旱，在里面搅动几下，立刻便会下起大雨，有效缓解旱情。这便应了那句：有仙则灵。难怪民间流传着："想要天下雨，雷公山上去请雨。"

雷公山峰峦突兀，巍然屹立，森林葱郁，荆棘丛生。我们在女师傅的陪同下，漫步奇石崖、天眼石、打坐石、水观音殿、神仙修道处……当登到山顶时，有一种"会当凌绝顶，一览众山小"的感觉。举目眺望，四面环山，重峦叠嶂，林海茫茫，漫山遍野被绿色罩着，青葱的树木扑面而来，野草不顾大树遮挡着阳光，倔强地从杂乱的荆棘中探出身来，怒放着鲜艳的花朵儿，展示着自己生命的奇迹。山腰有人家，周围是一片庄稼地，可想而知，这些农户，祖祖辈辈，守候着一方热土，也守候着青山绿水，守候着自己的家园。忽然，袅袅炊烟从屋顶飘过，如那片山地的眼睛，想透过层峦叠嶂，看到山外的世界。

时至暮春，初夏将至，阳光正好，天空像洗过了一样的蓝，空气清新，环境幽静，我们围在一棵树的绿荫下，随心所欲漫无目的闲聊。其实，除了先前招呼我们的那位女师傅走动，这里当天再没有别人。后来才知道，女师傅姓屈，出家到雷公山七年了。虽然年龄不大，只因看破红尘，早忘记了尘世，习惯了清心寡欲的生活。别的不说，那件道装套在身上，显得更加超然物外，给人一种深不可测的神秘之感。我们表示想了解一些关于雷公山的故事，于是，她大大方方取出《勉县志》（一九八七年版）、《勉县志》（新版）、《褒城志》，还有一沓沓复印件，当然，这些自然与雷公山有关。

让人不可思议的是，经营香蜡纸裱及日用品的两间门店竟没有大门，这荒郊野外咋去管理呢。继而一想，在这种神圣的地方，已经成了凛然不可侵犯的禁忌，毕竟，这是一方教化人的净土，相比世俗的人情世故，人应该有敬畏之心，所以没人敢打它的主意，怕受到宗教神灵的惩罚。

雷公山的悠然美丽，不仅有四季之分，还变化多端。晴天光芒四射，绵亘不绝的山峦与天相连，朵朵白云浮在其间，不由让人想起"白云回望合，青霭入看无"；雨天薄雾浓云，层层裹住山顶，恰似"云青青兮欲雨，水澹澹兮生烟"。有资料记载：六月初旬，邑仕女争赴拜，兼避炎暑，至十九日止，辄有滂沱大雨，自昔谓洗山雨；雨停时分，云雾像雷公追赶似的，从山脚席卷而上山顶，像仙姑有意在打扮粉饰；深秋时节，红叶漫山遍野，灿烂夺目，唐代诗人杜牧《山行》的诗句"停车坐爱枫林晚，霜叶红于二月花"会蹦出来；寒冬腊月，银装素裹，白茫茫一片，"雷峰雪霁"为沔邑古八景之一，道光年间武侯祠住持道人李复心有诗曰："玉山环面面，旭日映楼东。渐失群峰紫，遥添一抹红。西湖清梦里，白雪古歌中。解语松林鹤，冲寒舞碧空。"其实，大地是一个巨型的调色板，每一寸土地都孕育着无限美景，每一处美景都焕发着无限生机。但时代是一部历史大剧，总有各种不同的表情。昔日的雷公山人来人往，香火旺盛，可遭遇了"那几年"，它的命运如同有些人一样，终究未能躲过一劫，被统统毁于一旦。后来，民间几经修缮，才恢复了过去的模样。

草 帽 上 的 阳 光

然而，除了每月农历初一、十五外，其余时间雷公山很冷清，人迹罕至。但女师傅能与大山相伴，与神仙共生，不由得让人肃然起敬。是啊！那里山高路陡，海拔高达千余米。要打造观宇，实属不易。她说，仅靠观里的能力，只能慢慢建设。显然，这话里有些许无奈，但也不难看出信心满怀。她还说自己远离尘世，最大的愿望是能让香火旺一些，让香客能健康平安，无灾无难，能让孩子们考个好学，快乐成长。如果香客幸福了，你们幸福了，她自己也就幸福了。虽然话语不多，但这是她的心愿，更是一种境界。

其实，人间充满着一种大爱，但要超度其实不是一件容易的事情。不错，为了尘世的平安幸福，这是一种何等的境界，又有多少人理解呢？时隔多日，我眼前依然浮现那位女师傅的表情，七年了，她守在少有人烟的寂静大山里，像山花一样，在风吹雨淋中受苦，也不愿失去心中的信仰，甚至连一声叹息也没有。就这样，一春又一春，一年又一年，守住了四季，守住了初心，守住了本色。唯愿她能如愿以偿，用一颗虔诚的心灵，经营好一方净土，让人间能和谐相处，让世界能够太平。

"吾知之，吾不言。"忽然，有一阵子，不知为什么，彼此都不说话，除了远处偶尔有几声鸟鸣外，一切都那么安静，仿佛只能听到自己的心跳。这无疑是一方清静幽雅之地。我们呼吸着山野的清新空气，嗅着阳光的味道，那几千年岁月，仿佛在一眨眼间，让人沉醉迷离。

顿时，在这一瞬间，在这万籁俱寂的一瞬间，仿佛有一缕轻风吹进了我心里，仿佛有一道光芒抵达了我心底，我顿时豁然开朗，视野开阔，心驰八方，神游九天，感觉到了天地神圣，似乎触摸到大地的脉搏，领悟到雷公山某种神性；似乎听到了遥远而绵绵不绝的风雨声，对我讲述着世事如烟的传奇……

悠悠龙河情

"空山新雨后，天气晚来秋。"几天前刚下过一场大雨，远处的山，近处的树，就连一望无际的田畴，都像洗过澡似的清新而明亮。

沿着蜿蜒曲折的乡间小道，一路慢悠悠地走着，沉浸在岁月的深秋里，有一种深邃丰富的静谧。忽然，流泉叮咚有声，声声近在耳旁，像是山野古筝抚琴之音，又像欢声笑语在岩石间盘旋，悦耳动听让人如入仙境如梦如幻。

我爬上缓坡，眼前便是龙河，不由得豁然开朗，不由得思绪万千。

龙河只是一条普通的小河，但在当地远近有名。它一年四季河水长流，水声淙淙，天旱不涸，雨淋不溢，像一位温情慈爱的母亲，用她乳汁一样的水源，默默无闻无私奉献，滋润了一片大地，哺育着一方百姓。

龙河位于秦岭南麓脚下的勉县新街子镇杨家湾村北侧，它离我的故乡不远，金秋时节，我独自前往，拜谒了它的尊容。

路旁的白杨树叶子泛黄，此刻阳光洒在上面，像染了金色一样鲜活。田里的稻谷早已颗粒归仓，只剩下稻草垛安守着本分，耐心地等待着晒几个太阳，然后同主人一起回家。小鸟忙碌地穿梭，捡拾着遗漏的谷粒，抑或是抓一些小虫。乡村朴实，鸟儿大方，对我这个不速之客，并不提防，依然做着自己喜欢的事情。地里的红薯即将成熟，有蜻蜓作伴，依然很有精神。

不远处一个老人牵着牛儿，静静地看它悠闲地吃草。突然，牛儿仰起头，"哞"的一声，再点点头，像是与主人对话，又像是与我打招呼。但这时，最容易想起那个农耕时代，人与牛儿和谐相处的情景，让人顿时心生温暖。

阳光明媚，秋高气爽，瓜果飘香，泥土芬芳。沿着蜿蜒曲折的乡间小道前行，脚像踩在苔藓上一样柔软，有一种说不出的舒坦。偶尔，斑驳的影子印在路上，就像一幅淡淡的水墨画，有点儿不忍心踩上去。

再上一个坡，就到了龙河岸边，河水叮咚有声，如笑语，似琴声，引导我步入仙境，引导我重温旧梦。

远远眺望，坡顶是漫山遍野的松树和其他植被，坡下是大片错落有致的庄稼地。农户像随风吹落的种子一样，星星点点夹杂其间，沐浴着日月星辰的光辉，在故土生根发芽繁衍生息。

我伫立在龙河源头，澄澈透明的清泉赫然在目，从两块岩间洞溪里缓缓溢出，冲刷出一汪碧绿的潭水，形像葫芦状，色泽如翡翠，与山上的植被、周边的黄豆相映生辉，妙趣横生。仔细看，就在葫芦状的一端，龙河一分为二，一条缓缓流向村庄，滋养着沿途村民，浇灌着万亩良田，另一条迅速拐弯飞流直下，就从我们来时的路旁汇入河流，去寻找自己的理想归宿。

说起龙河，有一个神奇的传说。相传很久以前，有一年夏天，连续四十多天没有下雨，田地张开了裂缝，禾苗奄奄一息，老百姓愁眉不展，苦不堪言，消息传到了老天爷那里，于是，便派龙王下凡，现场办公，缓解旱情。一天中午，龙王化作一位老人，身穿白色长袍，满头银发，几乎遮住了脸庞，雪白的胡须，搭在胸前。当地老百姓见状后，感到非常惊奇，便先问他是谁。龙王没有正面回答，只见庄稼像霜打的茄子，蔫不溜秋，奄奄一息，就连饮用的泉水也即将干枯。同时，还了解到当地百姓勤劳朴实，心地善良，曾救过不少逃荒者的生命。老人了解真相后，沉思良久，捋着长长的胡须，眨眼之间，不见了踪影。为此，村民十分诧异，揣测是神仙下凡，甚至说得神乎其神，但议论纷纷过后，还是悻悻地各回各家。

谁料，午时三刻，乌云滚滚，电闪雷鸣，一股清水仿佛从天而降，有桶那么粗，缓缓流向村庄，当地群众喜上眉梢，纷纷拿上锄头铁锹，顺势开挖，形成小河。庄稼得救了，老百姓无不欢欣鼓舞笑逐颜开。这时，方才晓得先前在村庄见到的便是龙王。为了答谢龙王的恩赐，便给小河取名为"龙河"，一直延续至今，并在源头处砌了排洪沟，让多余的泉水绕村而行，汇入汉江，流向远方。从此，龙河长年流淌，浇灌着万亩良田，滋养着一方百姓。

"淡墨秋山画远天，暮霞还照紫添烟。"龙河虽不大，但十分神奇。夏天，河水清凉，清澈透底，掬一捧入喉，清爽甘甜，直透心底，也不会拉肚子。冬天，河水被白色雾气笼罩，非常壮观。村民常去洗衣淘菜，欢声笑语其乐融融；连同那些心事，都悄悄放入河里，甚至随河水流向大海，等待着若干年后发酵。据当地村民讲，龙河的水做泡菜、浆水菜更是清爽可口，别有一番风味。

秋水悠悠，景色怡然。我随地而坐，风轻云淡，鸟鸣涧幽，心旌荡漾，恍若夏秋重叠、冬春流转。我想，这么多年过去，先是在乡村忙农事，再是到城里谋生计，但我对龙河总有割不掉的情缘，那是怎样的一种温暖与祥和啊，让我常常魂牵梦绕难以忘怀，一种浓浓的乡愁糅杂在其中！

平淡的风景最美，平淡的日子最真。有了浓浓乡愁的浸润，无论是在乡下，还是在城里，无论是忙于农活，还是忙于工作，淡然的人生有滋有味，日子才越来越美。

或许，我们前世有缘，注定要相见，而看它一眼，又舍不得离开。夕阳西下，微风渐起，像是对龙河亲切深情的问候。晚霞轻轻地飘过来，抚摸着一泓清澈的清泉，好像在表达着什么，远处的树木变得活泛起来，村庄一派生机盎然安详和谐。

　　龙河，这一条古老的河流，一直在演绎着一段段精彩的传奇；龙河，这一条鲜活的河流，一直在滋养着世世代代的百姓，也在滋养着我，滋养着我的乡愁，滋养着我平淡如水而意韵无限的生活。

古阳平关随想

　　一声鸡啼，万缕轻风，古阳平关城墙上笼罩的雾气，就像幕布一样被徐徐拉开，瞬间又被涂上了一道赭黄，使昔日的雄关更加壮观而神秘。初夏的太阳出得早，如一枚蛋黄般的红日，让镶嵌在高耸的城门墙体上方的"古阳平关"四个大字发出一束耀眼的光芒，点亮了这幅永不褪色的画卷的主题，给人某种启示和向往，也足以让人心荡神移。

　　古阳平关，又名白马城、尽口城，始建于西汉，位于今陕西省勉县武侯镇莲水村。据《三国志》记载：蜀汉建兴"五年（227）春，丞相亮出屯汉中，营沔北阳平石马"，石马城就是今勉县老城。《隋书》也有详尽的描述："西控川蜀，北通秦陇，且后依景山，前耸定军、卓笔，右锯白马、金牛，左拱云雾、百丈……极天下之至险。"于是有了人们"汉中最险无如阳平"的感叹。

　　那个清晨，陪同友人寻踪古阳平关。高高低低的房舍萦绕，汉惠渠穿村蜿蜒而过，阡陌交通，鸡犬相闻，颇有世外桃源之美。从通往巴蜀、秦陇的三岔路口，向南过一座摇摇晃晃的铁索桥就到了古阳平关遗址。

　　晋人张荟《南汉记》载："蜀有三关：阳平、江关、白水……"古阳平关首当其冲。沿着古香古色的城墙行走，视野一下变得开阔很多。古阳平关三面环山，山势险峻，丛林茂密，悬崖峭壁，山石奇特，江河交汇，沔水（汉江）与咸河合二为一。古阳平关与南边的定军山、北边的天荡山互成掎角之势。由于地势独特，进可以攻、退利于守，是兵家必争之地。遥想1800年前，这里江水滔滔，川流不息，可谓一座插翅难越的城池，自古被视为"蜀之咽喉"和"汉中门户"。

或许，正因为古阳平关特殊的地理位置，在历史上具有重要的战略地位和意义。因而，各个时代众多的英雄豪杰，都曾在此或以文韬武略，或用金戈铁马演绎了一幕幕威武雄壮的历史活剧。

汉灵帝末年，益州牧刘焉阴谋割据巴蜀，派遣张鲁攻打汉中，首先从阳平关打开缺口，并筑寨堡于西侧的走马岭，随后南渡沔水（今汉江）占领定军山，夺取天荡山，杀死了汉中太守苏固，从而扫清了整个汉中的守卫。张鲁据汉中后，领汉宁郡太守，统治汉中长达二十余年。东汉建安二十年（215），曹操亲率十万大军，攻取徽县、凤县后，开始西征汉中，抵达阳平关，张鲁想要投降曹操，但张鲁弟张卫不听，率数万人马坚守阳平关，为曹操所破。张鲁闻讯，立即主动向曹操归降。在此基础上，曹操得以占据了汉中之地。夏侯渊驻军定军山，张郃驻守古阳平关。众所周知，汉中是西部的门户和咽喉，曹操得到汉中后，刘备在益州可以说是非常危险了，也即自己的大门已经被曹操攻占了。当然，刘备不会坐视不管，只是经过数年的益州之战，自然不能立即和曹操争夺汉中。正所谓文武之道，一张一弛。直到建安二十二年（217）的时候，刘备完成了益州势力的交替工作，巩固自己的位置后，于建安二十三年（218）正式发动了汉中之战，与曹操展开了正面较量，却被张郃阻挡在深山峡谷之中的古阳平关外，彼此相互对峙一年有余。建安二十四年（219）正月，刘备南渡沔水（汉江），沿山间小路，通过夜间偷袭抢占了军事要地定军山，老将黄忠斩魏将夏侯渊于定军山下，这就是历史上著名的定军山之战。随后，曹操增兵阳平关与刘备决战，刘备坚守不出，曹军终因军粮不济，将士伤亡过大，而败退关中。

"定军山之战"在历史上有着重要意义，因为魏、蜀、吴三国三足鼎立的局面正是在这一战之后正式确立的。同年秋，刘备在沔阳（今勉县旧州铺）称汉中王。马超为骠骑将军，镇守古阳平关。蜀国辖区，马超守古阳平关，主要目的是防御西羌。而马超久居西北，深得羌人之心，这一带相邻陇南，世为民族牧耕之地，马超既得羌人拥戴，必不犯境。加之民间有"三国英雄数马超"的说法，马超驻节既守汉中又保四川，数年中，安然无事。建兴五年（227）诸葛亮六出祁山，有四次都是出阳平关沿陈仓古道进行北伐的。而每当退兵时，又可休养生息，教兵演武。历史上空前绝后的"空城计"就是在这里上演的。《三国演义》第九十五回"马谡拒谏失街亭，武侯弹琴退仲达"将这段故事的经过写得惟妙惟肖。

往事皆尘埃，过往皆浮云。然而，满怀历史的厚重和沧桑，站在那千年的古关之上，不难想象，在秦汉三国及以后漫长的岁月中，古阳平关经历了时代的变迁和战争的多次洗礼，其军事战略等方面的价值就显得尤为重要。千年古关的缩影，文化历史流传永恒。古阳平关东与马公墓祠、武侯祠、万寿塔毗邻；南与武侯墓、定军山相望；北与武侯读书台相距咫尺；西与走马岭隔咸河遥遥相对，众多名胜古迹交相辉映，风景优美秀丽，历史气息浓厚，村庄欣欣向荣，散发无限魅力，使这座古关在千年之后依然熠熠生辉。

回顾历史是为了更好地走向未来。那些曾经的故事，依然被人们传说，那些古老的遗址，成为历史的印痕，被人们永远铭记。我作为本地人，曾数次到古阳平关，走在这厚重的土地上，每次都有不同的感受，不同的启发，不同的思考，它散发出的历史沧桑感，更是让人震撼不已。此刻，时序已是初夏，野外的空气明显有些温热，蝉在古阳平关外放声歌唱，唯有来自沔水与咸河里的清风能带来丝丝凉爽，给人一种说不出的舒坦！

一切总是从遇见开始，美好如期而至。当我们依依不舍地离开时，一轮红日挂在遥远天际，像一只光焰柔和的大红灯笼，古阳平关像穿越历史天空的童话人物，摇身一变换了一身美丽的衣裳。

回首仰望古阳平关，怎么不让人无比感慨！红日辉映雄关，英雄豪杰何处寻觅，光阴似水长流，古阳平关屹立依旧，为这一方水土打上标签，唤醒尘封的记忆，这就是曾经的一代代枭雄舍命守护的地方！于是，不由得再次想起艾青的诗歌：为什么我的眼里常含泪水？因为我对这土地爱得深沉……

青山寨的前世今生

（一）

青山寨是一个地名，它是一座山寨，也是一座巍然耸立的山峰。

青山寨地处秦岭腹地，位于勉县长沟河镇小河子村，离县城大约十公里。该山为箭头形，属于一座孤山。三水环绕，堰河、长沟河、浪子沟长年流水不断，山上山下林木茂盛，郁郁葱葱，风景秀丽。这里是清末寨堡遗址和庙宇遗址，把人文历史和山水自然资源融为一体，极具旅游开发的价值，这更激发了我探访的兴致。

有幸探访青山寨，源自汉中市汉文化研究会王明世先生的邀约。我们去的时候，正好是农历五月十三，青山寨举办了"关公磨刀会"。锣鼓喧天唢呐齐鸣，爆竹声声香烟缭绕，百姓云集热闹非凡。

或许是老天的偏爱，先前阳光明媚，但爬到山腰，太阳却躲到云层里去了。盛夏时节，树木疯长，不比初春时的一片新绿，知道好日子才开始，所以明亮快活——沿着层峦叠嶂的地势，铺展开了一片清新翠绿，也只有在这个时候，才能清楚地看见远山那优美的轮廓——山山披绿，林海茫茫，谷深幽幽，这真是一幅难得一见的美景啊！让人恍如隔世，心感静谧……

青山寨像一条巨龙，静卧在崇山峻岭间。相传清朝嘉庆十六年（1811），太平天国农民起义军在勉县活动，马营村王氏为勉县农民起义军的首领，借助险要的地势，与当地百姓就地取材，用石头砌垒了七个寨门，有前寨、中寨、后寨，也叫七个关卡门。这条两三公里的山脊，及崖脊，宽处不过数丈，山窄处仅有一条小路，只能容一人侧身通过。依着山势缓缓向前，地势险要，居高临下，山水环绕，两面如刀削一般，往下看，悬崖绝壁，看着就觉得有点晕。抬头看，石头筑垒的寨门恰似倒立的升子，高大威严，坚如磐石，倘若紧闭石门，根本无法逾越，颇有"一夫当关，万夫莫开"的气势。"三皇五帝到如今"。历经岁月洗劫，石寨雄伟，易守难攻，至今保存如初。仔细看，在这里，石头与石头之间，没有现代建筑的蛛丝马迹，没有水泥或砂浆的黏合，只是一层一层往上垒砌，恰似老家胡基砌墙压了茬，有缝隙的地方，用石片填充，历经百年风雨侵蚀，依然保存比较完整。翻开历史的扉页，占据着特殊的地理位置，青山寨扼守县北陈仓道口，自然是乱世的避难之所。

登高远眺，奇峰秀丽，满目青山，在大地与星空之间，四季循环往复，万物欣欣向荣，突然间多了对生命的敬畏与尊重。

（二）

青山寨山大沟深，平地稀少，并不适合人类立足生存。但是，自古以来，这些薄坡瘦岭，依然养育着淳朴厚道的山民，行进中身旁的庄稼就是证明。

山陡沟深处，可见一畦畦梯地，玉米已挂胡须，黄豆在伸直腰杆，山民像散落在山中的珍珠。只是，早年间，战乱的年代，为了躲避、藏身，才像《水浒传》里的梁山，演变成一个个故事。现在，大多数我们都不可能知晓，然而，世间并非皆空，生命总会留下点什么。

传说四川李寿云到青山寨采药，日已中天，腿困脚乏，躺在草坪上休息，阳光柔软，风清气爽，一棵棵茁壮生长的大树，在顶端撑起一片片阴凉，感到像进入仙境一般，不由便脱口而出：这才是神仙待的地方。说者无心，听者有意。山神记住了他的名字，要尽快成全他的梦想。

李寿云一生勤劳勇敢，以采药为生，日子过得还算可以。自从那句话出口，回到家中，却感到蹊跷，事事都不顺。正当他百思不得其解时，山神不忍心折磨好人，便给他托了个梦，说他在某时某刻某地，自言自语想要成为神仙。说出去的话，泼出去的水，自然难以收回。于是，他二话不说，便离家出走，静心修行，以兑现自己的"承诺"。从此，家里风平浪静，日子又恢复到了从前。只是李寿云不辞而别，急坏了妻子。李寿云是家里的顶梁柱，怎么能离得开他。妻子历经曲折，才打听到他的下落。来到青山寨，两人刚一见面，妻子便拿出了定亲时送给他，他却一直舍不得用的礼物——绣花鞋垫，希望让他回心转意。但李寿云此意已决，不由分说，拿起斧头，按在地上，随着斧头落下，鞋垫一分为二。李寿云说：从此一刀两断，谁也不认识谁。妻子无望，扭头便走。

李寿云远离尘世，与山川共存，与草木同春，修身养性，过着神仙般无忧无虑的生活。

无独有偶。同月，陕西城固人周广治来青山寨住庙。他与李寿云同年同月同日出生，而且经历大概一致。从此，两人相依为命，一生修为。在他们修炼即将圆满时，也就是在临死的前两年，请来四个石匠，在山尖一块大石岩（高8米，宽10米，厚15米）上，打了两个石墓，石墓门高1.8米，宽2米，深1.5米，墓底中心有个圆形石窝，石窝围径60公分，深度30公分。光绪十八年，即1892年，待时机成熟，两人一拍即合，都焚火自尽，两人享年87岁。由徒弟将骨灰放在石墓中心窝。石墓原有石质墓门封口，后损坏换为木门。现有石碑为证，专家也无异议。

据石碑记载：同治二年，当地善男信女集资捐款在青山寨修关帝庙一座；同治九年，又修大佛殿三间；光绪六年，修祖师殿与灵宫殿。凭借着这些，可以触摸到历史的脉络。

后来，每年农历二月十九日、五月十三日、十月十八日，当地百姓自发来青山寨或踏青赏春，或避暑观景，或焚香许愿，或祈福纳祥，或问卜求医，或求财问神，或纪念先贤。这是人们积极向善的体现，也是对美好生活向往之表达。

（三）

农历五月十三的"关公磨刀会"是山寨的大事，香客纷至沓来。来者都是客。白住持甚是热情，及早准备了早餐，探访者可以充饥。表演更添了力气，有砍路、对打、磨刀、射箭取水四个项目，我并不能完全听清楚唱词，但表演者动作自然，超凡脱俗，这些来源于生活在大山的祖辈的质朴艺术形式，集中表现了人民的纯朴、善良的本质，蕴藏着生命的悲欢与喜庆，热情与豪放。同时，也是人们心中愿望、心灵呼声和精神寄托的一种体现。

民间有"大旱不过五月十三""不怕五月十三漫，只怕五月十三断"的说法，老百姓认为五月十三下雨比较吉利，预示着国泰民安、风调雨顺。如果五月十三不下雨，并且骄阳似火，说明这一年必定会大旱。所以民间以农历五月十三为雨节，又称下雨节，也叫关公诞、关公磨刀日。一来祭祀武神关老爷，二来祈求上天降甘霖。也把此日作为"关帝救生日"，到关帝庙隆重集会焚香膜拜、敬献供品、祈祷平安。

无巧不成书。青山寨老爷庙下的山麓密林深处，有一眼泉水，传说就是当年百姓祈雨后，关老爷显圣一箭射于此处，指点百姓在此挖出泉水，从此青山寨不再受缺水之困。陪同我们的白住持说，自从有了这眼泉水，山民风调雨顺，偶尔有干旱，用马勺把泉水搅一下，当天就会下雨。并且搅的次数和幅度，也决定雨量的大小。我们没有亲自体验过，但愿能顺应民心解除百姓灾难。

为了文物古迹得到有效保护和利用，经当地村委会和长沟河镇人民政府申请，县博物馆经过实地考察并研究，于2000年8月正式批准成立了青山寨文物保护小组，并郑重其事地挂上了牌子。文保小组的成员就是七十多岁的老人江玉环和长沟河镇退休职工白厚恩二人，十多年来，他们义务承担着为香客游人服务，守护青山寨遗存遗迹的工作。

（四）

待得几重甘霖后，满目生机翠色清。一路上，我遇见了庙宇和宅堡，还遇见了古老的冷杉树和槲树，以及被称为关公射箭取水的古井。更为称奇的是，还有两株一米多高的野百合，各顶了一朵鲜艳的白花，着实让都市人大开眼界。

对于冷杉树和槲树，不得不多说几句。先说冷杉树，四季常青，生命力极强。到了严冬，冰天雪地，也压不垮它。这种坚韧性，致使木质坚硬，常被作为特殊材料，如棺木等。我小时候见过有人用其做成了菜板子，花纹自然，纹路清晰，十分美观。当然，这是后话。

过去，有人砍冷杉树回家，但无论放在哪里，晚上老有响动，就像砍树的声音。更为不幸的是，干活办事老出岔子。老百姓不懂科学，但晓得不断总结。天长日久，得出了一个结论：冷杉树不能砍。这一传十，十传百，冷杉树便长成了古树，也没有人祸害。

再说槲树，枝繁叶茂，树叶硕大，略呈倒卵形。叶子可以饲养柞蚕，中医用来治淋病。它生长在悬崖陡壁，人们难以接近。据说，它厚实的叶子，还是蟒蛇的吃食，因而，没人敢轻举妄动，便侥幸地存活，也成了林中的古树。

据说在那些年，青山寨的树木依然难免厄运，唯独没人砍伐冷杉树和槲树。然而，随着时间的推移，有的树木重新发芽，逐渐焕发了生机。加之后来，飞播造林，全民植树，山清水秀，绿树成荫。这就像人的命运，跌跌绊绊，坎坎坷坷，难以预料。而现在，金山银山的理念，使青山寨更有了底气，令我们为之神往，又为之心存敬畏。

（五）

一路美景徐徐赏，绝色风光悠悠品。遥想金秋时节，层林尽染，叠翠流金，景色宜人，山河壮美，宛如油画。仰望苍穹，大雁南飞，天高云淡，岂不让人慨叹"山明水净夜来霜，数树深红出浅黄"的意境。

此时虽值夏季，即便见不到壮观的黄叶景象，但同样放出别样的光彩。眼前的绿是沉甸甸的，都完全地脱了鹅黄的底色，它是那般地葱茏和葳蕤着，不再浅薄、不再稚嫩，浓浓地把生命的层次极尽展现。在绿的庇护中，漫步林中，静谧山野，花香四溢，怪石嶙峋，活灵活现，让人神清气爽，尽享清凉。

在山寨前，我曾注意到，金线一样的金银花爬上墙头，含苞欲放，绿茵茵的青苔和野草附着在石缝，就像有意在衬托。我想，远古的时候，农妇手里拿着针线，一边干活，一边可嗅嗅大自然的纯香。男人打猎耕作回来，捋一把金银花泡在杯中，清香四溢，不用品尝，自己就先醉了。

这次探访，其中还有一层意思，就是要利用这些人文历史资源搞开发。当然，这并不是坏事。不过，我和栋圣、明世、鸿雁、柏华、勇华的意见不谋而合——开发要适度，让游人尽量像我们一样，走原始的路，看原始的景，带着一颗虔诚的心，感悟大自然的纯真，体味寨堡的圣洁。明世还半开玩笑地说，不要像某某风景区，劳师动众，耗费重金，把路从山脚修到了山顶，一脚油门，十来分钟，没来得及观景，便上了山顶。本想爬爬山，回归到自然，但听到的是刺耳的喇叭声，再吸一鼻子灰尘。去过一次的人，没人会再去了。这是一个不争的事实，但愿开发商能够引以为戒，尽早考虑大众的意愿。

午饭时间到了。我们返回半山腰用早餐的那个地方。现炸的洋芋夹夹、铁锅炖菜、蒸土豆蘸蜂蜜，花样虽然不多，却已摆在了桌上。面对从城里来的客人，白住持自豪地说，山里天气凉，即使菜肴早早摆放在桌上，也没有苍蝇蚊子糟害。大家享用着美味的山寨饭菜，心中的愉悦像触手可摸的云朵，缓缓地升腾……

天地辽阔，风轻云淡，这绝好的环境，能留住神仙，乃人间的一大幸事。正如江老曾为关帝庙写的一首顺口溜：骑匹宝马回灵山，手持龙头脚踏鞍。谁能识得宝马意，不是神来便是仙。

站在青山寨顶，似乎离天更近，感觉能把流云撷入怀里，仿佛惬意的时光，唯有在青山寨才能独享。

青山寨的前世已在岁月里长青，青山寨的今生正在焕发新的青春。

草 帽 上 的 阳 光

草木皆可爱

仰望旱莲

春山可望，山花待开。早春三月，被誉为"植物熊猫"的古旱莲如期绽放，妩媚、娇艳、高雅，质朴、纯洁、清丽，仿佛把喜庆祥和都聚集在上面，把无瑕与剔透、清幽与脱俗也都覆盖在了上面，处处散发着一种灵魂的纯香，一并融入春天的氛围，一同享受岁月的静好。

那年，我独自前往武侯祠。或许，是上苍有意抒发"长使英雄泪满襟"的情怀，刚到门口，忽然下起了丝丝细雨，微风拂面，但并不觉得寒冷，因为毕竟是早春时节。

说真的，我很庆幸，古旱莲就在我的故乡汉中勉县，能经常目睹旱莲十月怀胎一朝分娩的境况。

被人们视为"绝后"的珍贵奇花——古旱莲，位于勉县城西四公里的"天下第一武侯祠"内，专家曾用碳十四的办法测定它的树龄超过400年，可溯至明代万历年间，是世界上唯一的一株古旱莲。旱莲是玉兰科，与玉兰花同科、同属，又不同种。旱莲历经夏、秋、冬孕育花蕾，有人把它称为"十月怀胎"。直到次年三月初绽放，总是很守时，从不曾改变过花期，而且先开花，后长叶。初绽时，白中透红，与水中莲花类似，但因生长在旱地的树上，故称旱莲。

旱莲被专家称为奇树，高约10米，直径约40厘米，为稀有木本植物，长势茂盛，花满枝头，仿佛蔚蓝的天空中飘浮着朵朵彩云。

去过"天下第一武侯祠"的人都知道，赏旱莲不像平时看花花草草那般随意，那得仰着头静静地观看。距离不远，看得真切。旱莲没有一片叶，枝条上缀满盈盈欲滴的粉白色花朵，娇媚多姿，纯洁无瑕，清幽脱俗。一场细雨过后，花瓣上挂满剔透的珍珠，不由得让人想起了李白的诗句"清水出芙蓉，天然去雕饰"。沁人心脾的香气四溢，引来几只蜜蜂在花丛中穿梭，"嗡嗡嗡"叫个不停。

然而，仰视久了，脖子会酸，但丝毫不影响心情，毕竟红霞闪烁的朵朵旱莲，美得令人炫目。更为奇妙的是，用不着刻意呼吸，那一缕缕清香，四处流窜，掠过器官，直达心底，柔软心房，让人什么都不用想，就像进入了禅意的世界。我想，世间神仙，也不过如此而已吧！我真想屏住呼吸，让这种纯香凝固，让时光停留，让春天永驻。

在春风里，在细雨里，一阵微风拂过，一树的花便翩跹起舞，摇曳多姿，楚楚动人，迷了人眼。我仿佛触摸到了一种诗情画意，甚至是一种高贵典雅的荣耀。我从来没有被这样一种莫名的力量所吸引、所感动、所震撼，因为我做到了用心灵去触摸，用心灵去体味。瞬间，仿佛听到缓慢翻书的声音和抚动琴弦的节奏。于是，我想起了高台读书，想起了空城计，想起了诸葛亮"鞠躬尽瘁，死而后已"的人生境界，这些，能不让人肃然起敬吗！

时光在烟雨中穿梭，旱莲不过400年的历史，但为啥后世要把旱莲的清廉高洁与诸葛亮的高雅品格联系在一起呢？追古思今，我个人认为：其一，有诸葛亮的故事作为铺垫，旱莲本来生长在武侯祠内，很容易引起人们的联想。其二，有关资料记载，旱莲属柳生，把旱莲比喻为诸葛亮，纯粹是为了一种纪念，这自然没有什么不妥。旱莲生命力极强，诸葛亮流芳千古，两者交相辉映相得益彰，能给人带来许多启示。难怪后人在旱莲花开时，来此为自己为家人祈福。

人世间总是这样：越是稀罕，越显得珍贵。这不由得让我想起了最早发现并亲自培植旱莲的苏念慈。

早先时候，旱莲并不起眼，也没有被人重视。尤其是在吃不饱穿不暖的年代，谁会去关心一棵树呢？而苏念慈就与众不同，他是读书人，而且早年在勉县武侯中学任职（当时中学设在武侯祠内），他热爱自然，敬畏自然，发现旱莲属稀有花木，便去琢磨研究，想将其进行繁殖。

当然，我不清楚，苏念慈是否知道用扦插或压枝条繁殖的方法，或许他也想过，但毕竟那样对旱莲有所伤害。苏念慈勤劳善良，朴实厚道，只能选择用传统的种子育苗。通过反复实验，有两颗花籽竟然在三年后才破土出苗，修成了正果。20世纪60年代末，旱莲树干直径约有10公分。遗憾的是，后来疏于管理，旱莲被人为糟蹋了，但他的持之以恒的敬业精神却广为人知，也就有了后人继续研究的课题。可喜的是，据说当时苏念慈在反复实验栽培旱莲时，有详细的日记记载，他的日记流传下来，为培植旱莲提供了有力的依据。

春意盎然，满地金黄。油菜花开的美丽世界让人看到一个生态优良的勉县。被汉中市誉为"市花"的旱莲，在植物学家的精心培植下，在当地有新的植株成活，并种植在城市的街头巷尾，每年三月初开花。

只闻花香，情归自然。我依然喜欢武侯祠那棵珍稀古旱莲，因为我仰望过旱莲的高洁，更敬仰诸葛亮的品格，还因为在那里，我闻到了古旱莲的真味，我感到高兴和自豪，更感到了幸运。

犟叔挂锄

"这活真的没法干了，我不干了。"犟叔一反常态，把手里挂着的锄头狠狠地往地上一扔，一边嘴里嘀咕着，一边唉声叹气，好像对谁有气似的，垂头丧气地走出了日夜守护的西瓜大棚。

犟叔姓陈，是村里勤劳能干的庄稼汉，但由于性格倔强，只认死理，是那种九头牛都拉不回的犟牛，俗话叫犟拐拐，天长日久，村里许多人都称呼他犟叔。

按往常，这阵子正是铆足劲儿干活的时候，而此刻犟叔却像霜打了的茄子，蔫不溜秋使劲地抽着闷烟，好像肚子里装满了心事。小狗蹲在大棚的旁边，尽管犟叔的烟味浓重，但似乎并不理会，好像前世就习惯了这种味道。

这是一个初秋的黄昏，红彤彤的太阳挂在遥远的天边，像是一架大火炉，燃烧得正旺。然而，眨眼的工夫，仿佛被放入一堆乌黑的煤炭，顿时变得暮霭沉沉。只是偶尔挤出一丝光亮，撒在犟叔黑瘦的脸庞上，使其面相远远超过了实际年龄，显得更加凝重与沧桑……

打工

犟叔居住在秦岭南坡的一个小村庄，是中国农村典型的三口之家。父亲是从旧社会走过来的，尽管文化程度不高，但明白识文断字的重要，到了下一代，他省吃俭用，也要供子女上学，希望能跳出农门，端上公家的饭碗。

然而，往往事与愿违。20世纪80年代末，犟叔初中毕业后，打死也不愿上学了。于是，他像父亲过去一样，打牛沟子戳牛胯，开始与土地打交道，但相对来说，家里劳力多，日子虽不富裕，还算过得去。

岁月如歌，转眼数年。"孔雀东南飞"的时代，农民开始自发行动，特别是年轻人，下广州赴深圳，摇身一变，成为工人，不再面朝黄土背朝天，而在四季如春的厂房，创造出属于自己的价值。于是，家里能走开的，都背井离乡，有了第二个故乡，犟叔也成为千军万马中的一员，开始了人生新的追求。不久，犟叔在南方站稳了脚跟，犟婶自然也"随军"了。虽然工作时间长点，但看着大把的钞票，心里却乐开了花。

回乡

在外打工虽好，但父母日渐老去，已到古稀之年，跑了多年江湖的犟叔，继承了尊老爱幼的传统美德，毅然决定打道回府——侍奉双亲，回乡创业。

犟叔自小生活在农村，了解乡亲们的秉性。农村住房的改善，像各家各户的脸面。不论在家里住不住，谁都愿意把"窝"建得体面些。哪怕是年一过完，一把锁子把门锁上，但在方圆四邻，能落个富裕的名声。这便应了那句话：人过留名，雁过留声。老百姓只考虑眼前，别的都是后话。

一向都爱琢磨的犟叔，通过逆向思维，瞄准了支模板的活路。夫妻俩农忙种庄稼，农闲了支模板。既方便了群众，自己也挣了钱。年底一盘点，不亚于外出打工挣钱。犟婶还有理发的手艺，挣钱多少不说，却名声远扬。一家人过得和和美美，村里人无不羡慕他们。

青春留不住。转眼间，犟叔年过半百。按理说，这个年龄段，在农村正是攒劲的时候。可亲戚找上门来说，支模板这活路，人累不说，上飞下跳，也不安全。于是，劝他跟着务西瓜。况且务大棚西瓜，咱有的是技术。不错，这家亲戚务了十年西瓜，个大香甜，销售顺畅，是当地有名的种瓜大户。

犟叔有把力气，支模板也不怯火，但近几年，活路断断续续的，干活的时间少，歇气的时候多，早有改行的念头。俗话说：瞌睡来了遇枕头。更何况，亲戚表了态——免费提供技术服务，销售捆在一起，就连采购大棚物资、农药、肥料，也同步进行，何乐而不为呢！

务瓜

土地宽厚，农民勤劳，谁都深爱着自己的故土。说干就干，犟叔开始了务瓜。

那是2018年秋，稻谷收割前后，犟叔与亲戚很快成了田间地头的邻居。整地、建棚、育苗、移栽、施肥、剪枝、防虫、摘瓜、销售，这一整套作业，身边有"师傅"，只需照样学样。十几亩西瓜长势喜人，获得大丰收。到年底，粗打冒算，收入比支模板翻了一番。

初尝甜头，信心倍增。次年，两家人依然是田间地头的邻居，而务瓜的面积却翻了一番。按常规说，一只羊是一放，十只羊也是一放。面积与收益的增长应该是成正比的，这是瓜农总结的经验，谁不盼望有个好收成？

愿望都很美好，现实却很残酷。种瓜讲究倒茬，年年要挪个窝。随着租地面积的增加，村里连片的土地不够，还得在邻村凑一些，这就多一些麻烦。再说春天育苗、移栽期间，却遇上了插小苗秧。俗话说：农忙各顾各。插小苗秧，关系到一季庄稼，谁也不敢马虎。但对于瓜农来说，关系到一年的收成。因为，剪枝的同时，还要整形、喷花、标记号，别说三五天，

草木皆可爱

就一两天也受很大的影响。

俗话说：早起的鸟儿有食吃。其实，犟叔比鸟起得还早，大约凌晨五点钟，就开始逐一揭开大棚的挡头，便于通风，二十几亩的大棚，仅这个单调的动作，就需要两三个小时。与此同时，犟婶要去安顿田地里别的庄稼。太阳老高了，夫妻俩才钻进西瓜大棚里，一干就是半天。自家人干活多一会时间没啥，倘若请得有帮工，不仅要提供工具和茶水，还要掌握时间，中午十一二点下班。犟叔是个实诚人，说话丁是丁卯是卯。有时，即使只剩下一点活，延长一会时间就能干完，但犟叔从来不这样，他常说，干啥都要讲信誉，必须按时上下班。

众所周知，务瓜者为了方便，需住在田间地头，犟叔自然也毫不例外。然而，居住在简易的草棚里，风吹日晒，蚊虫叮咬，不光觉睡不好，饭也吃不好。不过，中午"放工"了，好在八十多岁的老母亲身体硬朗，还能帮衬一把，能吃个现成饭。

盛夏季节，简陋的草棚里气温不断升高，像火烤一样。午饭后，为了缓口气，犟叔再热也得打个盹。不然，下午三点多钟去干活就没精神。犟叔实在太困了，不知不觉就睡着了。电风扇不停地吹着，鬓角仍在流汗。生活啊生活！并不是书上说的五彩缤纷，更需要的是一种坚强和毅力。太阳落坡了，一般人都在乘凉，但犟叔仍然忙着盖瓜棚，有时，天黑了，还在摸着挂帘子。这种辛勤的程度，如果不是亲眼所见，一般人难以置信。

再说犟婶吧，家里开了个理发店。她手艺不错，待人诚实，远近有名。吃过午饭，村里理发的在家门口集一大堆，有些人识字，就给打个电话，她只好回家忙一阵子，再回到西瓜地里，好像是喜欢套种的菜农，忙了这茬忙那茬，根本没有歇气的时间。

这些年，农村日子好过了，人都懒散了。再说，能留在家里的劳力，多数是老年人，闲了就去逛街。而到了卖瓜的时候，买主突然上门，由于缺劳力，弄得脚忙手乱，所有活还得自己承担。翚叔既要摘瓜，还要从大棚里往外运。若遇到大客户，要一两万斤西瓜，累得衣裳都湿透了，身体软得像一摊泥。正如路遥在《早晨从中午开始》所描写的那样：在任何地方，只要坐一下，就睡着了。如此繁重的体力活，直接摧残着他的身体。对此，翚叔曾产生过中途放弃的念头，但使命未竟，又无法割舍……

翚叔勤劳朴实，人缘也好。本来光务瓜就够忙了，但仍然有人请支模板。他常说：人家看得起咱的手艺，就不能让人家失望和抱怨。况且乡里乡亲的，抬头不见低头见，再忙也要应承下。而往往满足了别人的愿望，却常常透支了自己的身体。仔细想想，那是一种什么精神支撑着他们顽强地生活呢？

挂锄

秋天，是收获的季节。既然务瓜这么劳累，那收成如何？翚叔毫不掩饰地说，前些年还可以，也逐步扩大了面积，但近几年累死累活，收成还不咋的……于是，翚婶就不打算再让翚叔务瓜了。

"给别人打工，干个现成活，挣钱少点，总不能把命搭上。"听着妻子的唠叨，想想这么辛劳，翚叔认可了翚婶不让务瓜的理由。他明白，这是妻子心疼自己，正如有句台词所说：钱挣下了，人却没了。因此，他宁愿像从前一样生活，再也不愿没白没黑守在田间地头务瓜了。

是啊！时光匆匆，人生如梦。既然承包土地赚不了钱，况且超出自己所承载的负荷，为啥非要在一棵树上吊死呢？世间有很多种活法，另谋出路何尝不可。

草木皆可爱

我记得20世纪80年代，一篇署名文章《殷永成承包三年为何要挂锄》在《农民日报》发表后，在国内外引起了强烈的反响，人们对土地承包责任制有了全新的认识。事隔多年，犟叔承包邻村土地务西瓜，尽管有点收益，却还是挂了锄，这是新一代农民对土地有了更深刻的理解。

　　对故土的眷恋是人类共同和永恒的情感。《平凡的世界》里孙少安说过，这农民一辈子种地，就想着一辈子在地里苦出个名堂。然而，即使用九牛二虎之力，但到底能刨出什么名堂，这其中的酸甜苦辣，真正有多少人能体味，又有多少人能真正地理解，或许多少年以后，依然是难以理解。

　　"这活真的没法干了，我不干了。"脾气固执的犟叔把手里挂着的锄头狠狠地往地上一扔，就此挂锄，不再务瓜了。

　　犟叔耷拉着头，不知不觉，手中的香烟已经燃到了烟蒂，他本想再使劲地吸一口，一股浓浓的烧焦纤维的味道，似乎让他猛然间清醒，于是，犟叔把烟头扔在地上，狠狠地用脚尖捻了几下。然后，睁开惺忪的眼睛，望着天边的夕阳，不知道自己该走向何方。

　　但愿犟叔脚下依然能走出一条光明大道，和千千万万老百姓一样，过上几天舒展的日子……

草　帽　上　的　阳　光

年年艾草香

　　一年又一年，端午节如约而至，艾草香年年相随。今年的端午节，我和妻子、妹妹一起去山野采艾蒿，只为增添暖暖的温情和节日的氛围。

　　"横看成岭侧成峰，远近高低各不同。"想着古人的诗句，心生豪迈之情。我们边走边聊，不知不觉已到山顶。登高远眺，只见群峰奔腾起伏，延绵着无尽的青黛之色。山谷深幽秀丽，充满着神秘的色彩。微风轻拂，山野间的草木清香流散，天地间回荡着大自然欢快的旋律。胸中往日块垒和浮躁便随风而逝，顿时有了一种轻盈飘逸的感觉。可谓：人在天庭走，胸生万里云。

　　妹妹居住在城西五六公里外的农村。我熟悉那座影影绰绰的村庄。村庄依山而建，村民伴山而居，好似世外桃源。就像山间的草木，岁月悠悠，一荣一枯，演绎着朴素的乡土生活。

　　妹妹接电话后在家等候，我们见面后就直接上山。穿过村庄，爬过缓坡，从诸葛亮读书台右侧直行，沿途少有庄稼，金宝李连成一片，枝繁叶茂，硕果累累，把枝头都压弯了。要不了多久，果农就会收获一片绿色的希望。

　　这里属于秦岭南麓的余脉，是典型的丘陵地区。山岭挺拔雄壮，山势起伏跌宕，山顶有树木杂草，半山腰有庄稼林果，漫山的绿意无尽地蔓延。山脚下散落着星星点点的民居，安静祥和。山有无限的风景，山有博大的情怀，它呵护着一方百姓

草木皆可爱

安宁，养育着它的子民繁衍生息。

小时候，我的家乡也是这个样子，山顶长满树木，地上满是杂草，白云天上飘，牛羊满地跑。山腰里种植着五谷杂粮，是乡亲们度过荒年的"口粮"。山下的住户零零散散，虽是土坯房，但冬暖夏凉。祖祖辈辈与大自然和谐共生，不离不弃。这里有我难以割舍的亲情，有我身体里流淌着的乡村血脉。后来，我虽然住在城里，但一直延续着祖辈传下来的习俗——正月正，拜新年；二月二，爆米花；三月三，去赶集……现在端午节到了，便亲自到野外采点艾蒿，算是精神的寄托和传承。

举目远眺，山河壮阔，绿意盎然。老县城尽收眼底，汉江逶迤流淌，咸河与汉水不期而遇，形成了丁字状，楔入历史的深处。古阳平关气势宏伟，再现了昔日雄关的巍峨。南面巴山山脉的定军山，与北面秦岭山脉隔河相望，形成了犄角之势，构成了汉中的西部咽喉，演绎了许许多多金戈铁马的传奇。如今历史的烽烟早已散尽，唯余满眼的翠绿和山野飘散的清风流云。这里树木植被保存完好，就连大地的间隙里，也被野草填满，无拘无束，自由地生长。

植物亦有相似，艾蒿也有真假难辨。我从小生长在农村，熟悉山野的一草一木，一眼就认出了那一簇簇艾蒿。仔细看，一片片叶子呈椭圆形，叶片肥厚背面有白绒毛，由淡绿色的细细茎秆支撑着，散发出浓浓的草药味。艾蒿一般都是成片成片地生长，除了有着独特的叶子外，还有着浓烈独特的香气，即使隐藏在草丛中，闻着那熟悉的味道，也很容易分辨出来。我不会把艾蒿与形状相似的蒿草混淆，更不会像城里的孩子四体不勤五谷不分。

艾蒿是端午节最应景的植物之一，秦岭南北遍布这种多年生草本植物。艾蒿不娇气，沟边水沿，房前屋后，坡坡岭岭，随处可见。不远处，一片艾蒿葳蕤蓬勃，像比着个子似的，尽情地展现着自己，想必早就盼望着我们的到来，好让它们有个归宿，找到自己前世的家。

"嚓嚓嚓"，随着镰刀起落之间，我们收获了一大捆艾蒿。回去的时候，我扛起艾蒿，那股草药香味钻入我的鼻孔，悠悠荡荡，直透我的心底。

"清明插柳，端午插艾。"小时候，家在农村，不像城里，端午节这天，吃粽子、喝雄黄酒、划龙舟。也许是山野之地，不见大江大河，行不了一叶扁舟。那时候乡村日子过得贫苦，连吃粽子也少见，只有插艾蒿挂菖蒲是过端午必不可少的内容。大人们认为，艾蒿散发出特殊的香味，不仅可以有效驱除蚊虫，净化空气，还可以辟邪。因此，童年的这个时候，总喜欢跟在大人屁股后面去割艾蒿，沾染一身的草木清香。

旧时乡村里把过端午节看得隆重。每到端午节这天，到处都是割艾蒿的人。这一天，母亲会早早地唤醒我，沿着乡间小路，到田坎地边去割艾蒿。一会儿时间，就割一大捆。

艾蒿的生命力极强，割去一茬，很快又会长出新的一茬，即便是秋后秆叶枯萎，到了来年的春天，它又会顽强地冒出一片新绿，茵茵如盖。

艾蒿除了具备驱除蚊蝇、毒虫的功效外，还是一味常见的中草药。《孟子》云："七年之病，求三年之艾。"李时珍在《本草纲目》中曾写道："艾以叶入药，味苦，无毒。理气血，逐寒湿，止血安胎。"就是这种不起眼的植物，散发着浓烈香辛气味，为许多人除去了病痛之忧。在中医学上，艾蒿有止血止痒消毒等功效。记得有一年冬天，我的双脚生了冻疮发痒难受，母亲就把端午割的艾蒿拿出来一把放在大铁锅里熬。艾蒿汤煮开熬上一段时间后，待水温渐凉，就把脚放盆里泡，反复泡几次，冻疮就治愈了。那时，比涂抹药膏还管用。据说还可祛除体内湿气，对于小感冒也有疗效。

艾蒿，谐音"爱好"。极像母亲的性格，她把割来的艾蒿，挑出来一些扎成一束插在门框上，可以消毒、驱虫，还能驱邪消灾，多多少少增添了浓浓的节日气氛。母亲把剩下的艾蒿铺在猪舍的顶棚上，晒干留着不时之需。现在母亲不在了，我们只能在艾蒿中寻找一丝幽幽的香味，寄托浓浓的思念之情。

太阳躲到云层里，妹妹的脸上似乎也聚起了愁云。此时绿色好像暗淡下来，天地玄黄。冥冥之中，我恍然大悟，再往山湾里行走，就是妹夫的坟茔。睹物思人，我也不由得想起了多年前的妹夫。

妹夫个子不高，性格温顺，勤劳善良，吃苦耐劳，凭力气维持一家人的生活，日子过得平淡、幸福。妹夫朴素诚实，既是好丈夫，又是好父亲。邻里之间不贪小便宜，和睦相处，从不结怨生恨。外出打工，苦活累活，从不怯场，也不会偷奸耍滑。他为人厚道，乐于助人。谁家有个大事小情，总要舍下功夫去帮忙。我家装修房子时，他跑前忙后，联系材料。需要几方沙子，他就一袋一袋背到三楼。别人计划两天的工作量，他仅用了一天就干完了。有一年，他从非洲加纳务工回来，给我们赠送了异国他乡的礼物。我半开玩笑地说，这花去了不少钱吧。他却乐哈哈地回答，只要喜欢，那就值了。

谁都希望生活能够按照自己喜欢的方式去规划，努力向往美好的未来。然而，又有多少人会遭遇意想不到的坎坷磨难！2000年初，一个偶然的机会，妹夫被介绍出国到非洲务工。对于一个普通农民，有高收入，自然是件好事儿。然而，高收入往往会隐藏着高风险，尤其对矿山工作来说，风险系数就更大了。但妹夫毫不顾及，他像无数普通的老百姓一样，把自己的生命看得无足轻重，只盘算着多挣点钱，给家人带来幸福快乐的生活，于是，便义无反顾去了加纳。我曾劝过他，家有一儿一女，日子过得去就算了，何必远走异国他乡，让家人担惊受怕。妹夫善良老实，话语不多，他也答应，干上一年半载就不去了。谁料，次年五月，矿山发生事故，妹夫受伤严重。当地的医疗条件很差，最终没有把妹夫的命救过来。临终时，他对同事说：希望早些回家。谁知那一句话却成了谶言。缘来相迎，缘去相送。最终，只带回了他的骨灰，被安放在家乡的土地上。就这样一个四十多岁如日中天的生命，倏忽之间，带着草木的清香，归于尘土。

山野的空气明显感觉到了温热，风也不再凉爽，知了扯着嗓子嚎叫，不由得让人心情更加复杂而沉重。往事不堪回首，我便催促尽快下山，只为让思绪转个弯，别再睹物思情。我们仨手里拿着带着露水的艾蒿，像手握着一株株思念的种子，越过崎岖山路，走过挂满枝头的金宝李果园。山下的古阳平关一片迷茫，如烟的往事随风飘散。

我们原本割了艾蒿，要立即回家，但妹妹的心情还没有舒缓过来，她打电话给女儿和女婿，要一同吃个午饭。妹妹勤劳善良，为人诚实。她上学时，成绩一直比较优秀，只是有一年，母亲摔成重伤，躺在床上，需要人照管，妹妹只好辍学回家照顾。妹妹长大成人后，便嫁到了水磨湾，有了一段美好的婚缘。一个普通的农家生活正在蒸蒸日上，却又因妹夫的离世，像天塌下来一样糟糕。妹妹拉扯着一双儿女，维持着一家人生活。天长日久，积劳成疾，身体一日不如一日。现在儿子还没找到工作，生活过得比较艰难。而妹妹内心坚强，不愿表现在脸上。妹妹见到亲朋好友，大家嘘寒问暖，她总会乐哈哈地说：日子还过得去。周国平说："人生在世，免不了要遭受苦难。"有些苦难是躲不过去的，即使再多艰难，只要心中有光，奋力前行，就会迎来又一个芬芳的春天……

岁月轮回，时序更迭。时光是一把无情的刀，割去了一茬又一茬艾蒿，也割掉了一茬又一茬世人。轮到我们这一代，还有人亲自去寻找艾蒿，寻找那些走失的亲人，魂兮归来。下一代人呢？他们会到山野割一把艾蒿吗？甚至会掏钱买一把艾蒿吗？哪怕是为了应景而已，哪怕是一种习俗传承。当然，这只是我们的愿望吧。

妹妹把艾蒿高悬于门庭，茶几上摆满了时令水果。于是，院子里谈笑风生，其乐融融。时值中午，我们在一起吃饭，也吃了粽子，给端午节增添了特别的仪式感。天地相交，万物相通。艾蒿青青，延续着千年端午风俗，洇染着血脉亲情的无限延伸。

"少年佳节倍多情，老去谁知感慨生。不效艾符趋习俗，但祈蒲酒话升平。鬓丝日日添白头，榴锦年年照眼明。千载贤愚同瞬息，几人湮没几垂名。"端午节时，读到诗人殷尧藩《端午日》，徜徉在隽永的唐诗里，品味着传诵千古的诗句，再回味一下端午的那份亲情，感受一下那份久违的乡情，别有一番情趣。

怀念一棵树

"袅袅凉风动，凄凄寒露零。"秋风乍起，落叶归根，凄凉片片，到处弥漫，入眼处都是一片衰败的景象，心中不由得增添了几分萧条。可偏偏就在这样悲凉寂寞的季节里，一棵陪伴我们三十年的香樟树，落叶飘零枝丫枯萎，地上撒下几缕斑驳的碎影，像丢了魂似的徒剩一具躯体，我的心愈发伤感和惆怅。抬头望天，残阳如血；低头看地，遍地残叶；久久沉默，满是愤懑……

（一）

我是看着那棵香樟树长大的。

"庭中有奇树，绿叶发华滋。"那棵香樟树，夏天枝繁叶茂，撑起一片绿荫，秋天叶随风舞，像鸟儿飞得满天都是。正如三毛所说："岁月极美，在于它必然的流逝，春花、秋月、夏日、冬雪。"美景怡人，年年依旧。

我猜想，这儿肯定会成为小鸟的"天堂"。

沧海桑田，时空变幻。转眼进入了21世纪，小鸟果然没有辜负我们的期盼，真的把这儿当成了自己的家。有麻雀、画眉、喜鹊、斑鸠，还有一些不知名的小鸟。少则几百只，多则上千只，在与楼房一样高的香樟树上欢快地跳跃，像农人串门子一样，串了东家串西家，一路上洒下优美动听的歌谣。我听着那

草木皆可爱

些天籁般的声音，刹那间，感到这里有了生机与灵气，是那样的生机盎然青春勃发，仿佛是在奏响走向新时代的乐章。

炎炎夏日，岁月似火。朝听啼叫，暮看归巢，耳所听，目所视，全是生命的跃动，我满心欢喜。老年人坐在树下摇着扇子纳凉，小孩子追逐嬉戏，玩累了，会坐在树下，享受绿荫树下听蝉鸣的快乐，俨然复制了一段儿时乡下的快乐时光。天长日久，我对那棵香樟树有感情了，将它视为自己的精神寄托。我越来越喜欢这里，而且这种感觉更加明显，因为这里是生命与自然的融合，是人与小鸟的共同家园，成为这座城市里的一道靓丽风景。

我曾无数次伫立在树下，仰望这棵大树，嗅着淡淡的清香，看鸟儿欢舞着，看树叶儿飘飞着，就像读一本《诗经》，听一部经典梵音，任思绪不断飞翔，让内心充满期望。因此，我曾写过《小鸟的家园》《灵动的鸟儿》等文章。自以为，它会一直陪着我，心里感到无比骄傲和自豪。

（二）

在人人倡导爱护绿色家园的今天，按理说，这样的居住环境更应百倍珍惜，但个别人为了图自己方便，昼伏夜出，偷盗似的，把窗户下面的绿化带铲除。小树小苗惨遭破坏不说，那棵大香樟树也难逃厄运。有一年秋天，有人借家属院修剪花草树木之机，把那棵香樟树的树冠砍去了一大半，就像剃了铲铲头的娃娃，头顶上只留了一小撮头发，这样的场景，透露出的不是可笑，而是一种野蛮的习性。这样的不讲公德，导致了其他树木也程度不同地受到了伤害。当然，也有人谴责或咒骂，可许多人"事不关己，高高挂起"这种利己主义的思维，怂恿了霸道者的猖獗。

俗话说：人怕伤心，树怕伤皮。作恶者多端，又借故以烧树叶垃圾为由，把那棵香樟树半面树皮烧焦（幸好另一面得到花坛沿保护），裸露出了筋骨，让人痛惜，让人窒息……

或许是天遂人愿，那棵香樟树以惊人的毅力，抖落发黄的叶子，又摇身一变，恢复了从前的模样——浓荫一片，遮天蔽日，接受阳光的爱抚，雨露的滋润。

我曾无数次在那棵香樟树下徘徊，并仔细观察过，它不影响住户出行，不遮挡住户的光线，却为啥反而被扼杀呢？这一切是谁所为，我当然不得而知，但是，不管是谁，都太无情太残忍了，就在损毁树木的同时，也大煞了院内的风景，实在是太可惜了。有言道：万物皆有灵。万物皆为生命的一种形式存在，你可以不喜欢它，但你有什么资格伤害它呢?!

小鸟自然失去了家园，家属院像失去灵魂的空壳，少了灵气，暗淡了许多，不由得让人生出几许愁绪，想起多年前的另一件事情。

依旧是深秋，午饭过后，远远看去，见另一棵香樟树被熊熊大火包围。出于职责，也是义务，我立即过去制止，原来是院内一"闲人"借故烧垃圾而燃起了熊熊大火。我真不敢相信，事实却摆在眼前，让人难以接受。这让我联想起了与之相距不到十米的那棵大香樟树的遭遇。于是，我立即上前阻止，谁料，为此发生了纠纷，还引起了一场官司。好在由于大火被及时扑灭，树没有大碍，让人得到了莫大的安慰。

是正义就要弘扬，是邪恶就要严惩。尽管我是正义之举，但恶人先告状，要我赔偿因地面湿滑而致伤的一系列费用。结果呢？有点儿像见义勇为导致自己受伤……

草木皆可爱

（三）

前些年，尽管我居住到了城市的另一隅，但仍然关注先前那棵起死回生的大香樟树。因为在繁华的都市，直径七八十公分的大树，实在为数不多了，更何况它忍辱负重，已躲过了一劫，才获得了新生。

那棵香樟树位于家属院绿化地带，有三十多年了，树高二十余米，枝繁叶茂青春勃发。要是搁在名胜古迹，早就成了重点保护对象，享受许多优厚的待遇。可由于命运的不公，却落在被人蹂躏糟蹋的地方。

"萧萧秋意重，依依寒色浓。"几年前的深秋，当我再见那棵香樟树时，不知什么缘故，树叶已凋零，树枝已干枯，完全没有了生命的迹象。一场暴风雨过后，香樟树伤筋断骨，地上满是被狂风刮断的枝叶，让人心里隐隐作痛。

同样是生命，人就不一样了。在信息化发达的今天，倘若有人被冤枉了，也难以遮人耳目，即使无奈，也会拿《窦娥冤》作范本声讨。我曾听朋友说过一个故事：由于死者确实有些冤屈，便组织开追悼会，"封"了活人的嘴，也慰藉了死者，免得半夜遇到鬼敲门。至今想起来，都让人啼笑皆非，觉得这个世界真是怪诞。

多年来，我见证了那棵香樟树的命途多舛。然而，那棵香樟树死了，不明不白地死了。显然，树不会说话，也无法表白，更没有人会给它开追悼会，它只能面无表情静静地伫立在那里，瞪着眼睛不说话，死死地盯着那里，无法理解蛮横粗暴的居民。偶尔，有风经过，干枯的枝丫会发出沙哑的声响，像哭干泪水的人发出悲凉的怒吼，我似乎听到了它呻吟的声音，继而生发出难以言说的痛。

呜呼！尽管我心里五味杂陈，但还是尽量乐观地想，凤凰涅槃浴火能重生，它不会完全死去，它会扎根在我的心里。甚至想象，或许离它不远处的那些香樟树，就是它生命的再生和延续，让人感到它灵魂的永存……

草木皆可爱

走进"时光里"

纷杂的社会，喧嚣的都市，人像笼子里的鸟一样，向往着大自然的美好。倘若能有一方净土，一处山野民居，享受着农耕时代的文明，过着烟火味的生活，那是再好不过的事情。

然而，对于大多数人来说，只能像海市蜃楼一样，在脑海中一闪而过。而生活不缺少美好，缺少的是有心人，如作协的阿呆和凌子，在白云深处，租了几间废弃的民房，经过简单的打理，就成为一个世外桃源，又取了个富有诗情画意的名字——时光里，于是，成了朋友圈热议的焦点，更让当地的文朋诗友为之震撼。

得知这个消息，是从朋友圈看到的。那一幅幅照片，像一张张剪影——春暖花开，阳光明媚；山野寂静，民居深藏；绿树成荫，柴扉轻掩；阿呆凌子，场院劳作；三两人影，品茶读书。我多想走进"时光里"，享受那份难得的宁静与安逸。著名作家丁小村的《时光里》，对阿呆和凌子大加赞赏，读着美文更让我心生向往。若能成行，算是了却我梦寐以求的夙愿。

或许是心有灵犀。没过几天，阿呆打来电话，要邀请勉县作协文友去"时光里"聚聚，我高兴地连连说好。阿呆性格开朗，为人诚实，她不光写作品，还爱好摄影。我最初了解时光里，就是从她朋友圈知道的。电话那头传来爽朗的笑声，像小时候老师点名似的——江涛、鸿雁、赵勇、杨菁、李红、孙丽、还有你和我，可谓是八仙过海。我十分佩服她的想象，虽然勉县没有海，但是要过河的。

出县城过堰河，在留旗营集合，再一路向北，汽车像骆驼似的爬行，穿过村庄，公路如链似带，从山脚盘绕到山顶。环视四周，山岭叠翠，险峻蜿蜒，泥土和草木发出淡淡的清香，除了不时传来一声鸟鸣，一切是那么安静，这是大地对山民的恩赐，也是山里人独享的"待遇"。

那天，适逢周末，天未放晴，我们说着笑着，不知不觉，走到那条蜿蜒曲折的水泥路的尽头，便到了要去的目的地。

青山碧水养深闺，白云缭绕人未知。这里三面环山，小山如螺，大山似塔，形态各异，层林尽染，山下有耕地，底部有深沟，河水悠闲地流淌，给人无边的想象。顺势走下山洼，一幢红砖青瓦屋顶才显露出来。越往下走，房子越明朗——三间大瓦房，两边有偏厦子，左边为厨房，右边为厕所，墙皮有脱落。厨房墙角的柴火，蒙上了厚厚一层灰尘，显然，房子有些年代没住人了。场院不大，却很干净，一半经过硬化，还有一半是土场。这单家独户，没有院墙，依然是木门木窗。房檐下挂着农具，显得古朴而厚重。或许，正是阿呆和凌子看准了这一点，才作为她们的心仪之地。

说真的，如果没有阿呆、凌子带路，很难会找到这处偏僻之地。我一边想着，一边去车上搬东西。

"啊！这比招待娘家人还实心。"我开玩笑说道。文友们跑前忙后，更多的则是被她们的诚意而感动。原来，阿呆车子后备厢弄了满满一厢东西，有大肉、蔬菜、水果，还有调味品，可以说是应有尽有。由于山里缺水，还带了桶装纯净水。阿呆和凌子向来做事不慌不忙有条不紊，在场院里支起了长桌，依次摆放着瓜子、花生、柚子、苹果、橘子、香蕉，然后打开小音箱，播放着悠扬动听的乐曲，娴熟地泡着红茶、小青柑，热

草木皆可爱

情地招呼着我们品尝。一杯热茶入喉，满口纯香，直入心底，舒适宜人，让人忘却了生活中的一切繁杂。

江涛做事有棱有角，而且时间观念很强，然而，今天却姗姗来迟。原来是特意为大家各带了一份擀面皮。一是为喝酒提前垫底，二是为鼓励大家干活。

我向来喜欢刨根问底，通过交谈才了解到"时光里"的来龙去脉。那年，一帮文朋诗友寻幽乡野，偶然发现，随着城镇化的推进，许多山民走出了大山，使原本热热闹闹生生不息的房子，像大山的孤儿一样，被人们渐渐遗忘。阿呆和凌子都是城里人，为了回归自然，享受山野的清新与宁静，发现了这户山里人家，历经曲折，终于联系到了房子的主人，经过商讨，花钱将房子租赁下来，作为自己读书品茶的地方。杨旭是个热心人，弄了一块木板，精心设计刻制而成"时光里"牌匾，并刷了清漆，像居民门牌号一样，被钉在了门口的墙上，成为一个极具诗意的符号。

阿呆和凌子都是有心人，头一天已准备得十分到位，该洗的都洗好了。其实，也没多少活，自己烧菜只是图一种氛围而已。赵勇毛遂自荐，要为大家烧肉。身为院长的李红，娴熟的刀工，让大家无不佩服，凌子是拿手术刀的好手，她见李红飞快的刀下，土豆细如发丝，自己想去试试，但隔行如隔山，不擅长做饭的她一动刀，便尖叫一声，差点切掉指甲，把我们吓一跳。凌子最终选择烧火，但干得同样用心。

"北风潜入悄无声，未品浓秋已立冬。"天虽然有些寒冷，但炉膛火苗很旺。老远就看见火苗舔着锅底，因为燃烧的是自然之物，柴火沉积而成的炭灰，发出纯天然的清香味。因而，做出来的饭菜更香。如今，大家喜欢去农家乐，就是为了吃柴火饭，找回童年的那种记忆。

然而，山里的天，孩子的脸，说变就变。天空不时下着蒙蒙细雨，但我们事先约好风雨无阻，因而，丝毫不影响大家的心情。周围白雾压得很低，是一片雾蒙蒙，雨蒙蒙，真像进入了一个世外桃源。好在阿呆和凌子未雨绸缪，鸿雁、杨菁和我赶紧撑起了大伞。雨越下越大，雨点打在伞上，与敲打着不远处那一丛茂盛的芭蕉相得益彰，完美地组合成优美动听的乐曲。

　　或许，早先时候，那户人家起早贪黑，辛勤农耕，繁衍生息，代代相传，生活悠闲。遇到大事小情，像我的故乡一样，不论条件，各尽所能，互相帮助，和睦相处，传承着朴实厚道的祖脉，构成了血浓于水的根基。

　　小时候，我家在农村，房子与"时光里"大致相同，红砖青瓦，坐东朝西，虽然土气，但庇护着一家几代人。平时，门上挂着锁子，大人们上工了，我们也上学了。母亲很勤劳，忙了外面忙家里，一头钻进厨房，我们就看到了"指望"。兄弟姊妹四个，好像燕子一样，围在灶台周围，连肚子也不饿了，还感到充满了融融的暖意。

　　那个时候，房子真正是用来住的。不管春夏秋冬，只要进了屋，就感到家的味道。晚上，尽管点着煤油灯，但屋里有说有笑，其乐融融。那时，没有什么电器，我们围炉夜话，冬天再冷，心里暖和。

　　"可笑寒山道，而无车马踪。联溪难记曲，叠嶂不知重。"吟诵诗僧寒山的诗句，大概让人能触景生情，感受到十一月山里的意境，这就是大山初冬的绝妙之处吧。

　　四时八节，各有千秋，选择这样的日子，山野逶迤，蜿蜒盘旋，山头顶着花帽子，身段不再臃肿，像披着彩缎，娇柔妩媚楚楚动人。我们品着茶香，静听美妙的音乐，是一种难得的享受。海阔天空无拘无束，谈天说地其乐融融，就像一剂良药，

草木皆可爱

能缓解往日的伤痛。想清静，仰起头，看看天，甚至闭上眼，什么都可以想，什么都可以不想。倘若是夏天，斜伸的核桃枝叶肥厚，遮天蔽日，山风习习，过滤掉太阳的热量，顿让人神清气爽。可以打个盹，梦回唐宋明清，李白杜甫，诗词歌赋。当然，乱步山林，闲走荒野，空气清新，一片宁静，悠闲自在，也是不可多得的一种享受。更让我感动的是，当我们抚慰自己的肚肠时，天真活泼的诺尔小朋友伴随着悠扬的乐曲，表演着自编自创的舞蹈，动作娴熟，表情自然，让我们大开眼界欢乐开怀。

"羁鸟恋旧林，池鱼思故渊。""时光里"像时代的宠儿，今天摇身一变，成了一幅幅画图般的美景，又开始了鲜活的气息，令许多城里人向往流连，也唤回了久未归家的游子们。

山里的夜，来得总是很早。当我们余兴未尽，不得不返回时，阿呆叮嘱凌子，千万别关柴扉，免得挡住了牛羊通道。我猛一抬头，西边一抹红云，像一条红鲤鱼，惟妙惟肖栩栩如生，仿佛浮在山尖，映红了时光里，连我们的心里都是暖暖的。我仿佛又聆听到风与草木交谈的声音，体味到山与水情人般相拥轻吻的那份热情，那么，就让我们带着山野纯洁质朴自然的情感，随着夜色飘向远方吧……

五月槐花分外香

空气中飘来淡淡的甜甜的花香，我知道槐花开了。我是在故乡闻到这香味的，这味道素雅清香沁人心肺，心里有一种说不出的舒服。伴随着一阵阵的醇香，记忆的闸门被打开，心随着槐花的香味飘回了童年时代……

小时候，老屋后面有一大片槐花树。每逢五月，槐花盛开，洁白如雪，吐露芬芳，成了花的海洋。驻足观看，那一串串、一朵朵槐花，缀满枝头，如繁星点点镶嵌在丛丛翠绿之中，引来无数辛勤的蜜蜂飞来飞去，为人类无私奉献生活的甜蜜。

喜欢花儿是人类追求美丽的人之常情，但我对槐花刻骨铭心的是它解决了肚子的饥饿问题。20世纪六七十年代，十里八乡都一样，缺吃少穿。每当槐树的花骨朵刚刚绽放，我最高兴的事就是爬上树，摘几串槐花，一饱口福。槐花入口香脆甘甜，满口清香，但生槐花不能多吃，我们也只是解解馋。而大人们把槐花看得很金贵，生怕我们小孩子把槐花糟蹋了。于是，父亲搭上板凳，拽住槐花树枝，母亲则轻轻地将槐花捋进筐子。不一会儿，就装满了雪白的一筐槐花。记忆中，母亲把槐花淘一遍，不等晾干，倒进盆里与面粉和水搅拌均匀，做成粥或摊成饼，就是一道美味佳肴了。那一刻，槐花的味道浸入了我的骨髓，成了我生命无法剥夺的一部分。

由于槐花的花期短，为了避免受季节的限制，母亲常把槐花制成盐菜，像储存粮食一样，装在罐子里，一吃就是一年。

因而，在那漫长艰苦的岁月里，槐花的香味就被这样完美保持和延续着。看来，在那个年代，槐花不仅仅拯救的是一个人，一家人，甚至是一个村庄的生命。后来，与母亲谈起这个话题，她掰起指头，如数家珍，说出了一大串名字，什么狗娃、丑娃、捡女，都是槐花救了命。因此，在我的家乡，尤其是困难时期，槐树成了家家户户必栽的树种。

炎热的夏季，树叶早已圆润，槐角挂满了枝头，树下便成为乘凉的好去处。我们常常在树下捉迷藏、做游戏，困乏了，昂起头，使劲地张望，掠过门前那一池清水，看看水库对面的庄稼，倾听它们拔节的声音，嗅嗅水稻散发的清香。不知不觉，就走进了甜蜜的梦境里。

秋天是收获的季节。父母似乎永远都有挣不完的工分、干不完的活，我们像摘槐花一样，小心翼翼地把槐籽摘下来再晒干，取籽，用自己的劳动成果变成学费或换成铅笔、本子。这种简单的劳作，让我从小就学会了从容应对人生道路上的各种艰辛……

"槐林五月漾琼花，郁郁芬芳醉万家。春水碧波飘落处，浮香一路到天涯。"又是五月芬芳，我独自回故乡，老屋后的那片槐树依然精神，散发着家乡的气息，一份乡愁淡淡涌上心头，那一树树的槐花在我眼前萦绕飘荡，又让我的心醉了一回。

夏日，汉山之巅

去汉山看山，是偶然也是必然。

汉山，汉中亘古不易的地理坐标，汉山之巅名为"大顶寨"，早在20世纪70年代，山顶上建起了电视转播塔。在伸手不见五指的夜晚，唯有汉山之巅灯光闪烁，方圆数十里可见。历史悠久的汉山，一不留神就成为先民心中的某种仰承，直到如今，它的灯光还让汉中人感觉无比踏实和温暖。

汉山是一座只属于世俗凡界的名山，是南郑一张响当当的旅游名片，甚至让当地人引以为自豪，如同勉县的定军山，因1800年前黄忠刀劈夏侯渊的一场战事，驰名中外家喻户晓。更何况，在地理上，南郑与勉县是邻居，加之受南郑区作协的邀请，我有幸邂逅汉山。

我们一行六人，都是读书村的村民。平时忙工作，活动只能放在星期天。羊羔毛受汪银泉主席的委托，便把时间敲定下来。羊羔毛办事雷厉风行，发号施令：炎夏临，情愈切，风雨无阻，相聚南郑。信息一发出，文友纷纷响应。

出发之前，大雨倾盆。而我们驱车前往，厚实的云层像调皮的孩子，忽然打起了精神，使劲睁开惺忪的眼睛，太阳露出了久违的笑脸，恰似我们的心情一样开朗。

雨过天晴，车行流畅，一段相遇就有了缘起。车子在林中穿梭，绿意变幻着自己的模样，随意洒在道路的两旁，恰似两条飘带。往前看，道路在无限延伸，仿佛要穿透大山。回头望，白花花的山路恰似汉水的化身，蜿蜒曲折，好像始终没有尽头。

"到了。"随着指挥者羊羔毛的号令，我们停下了车，要徒步穿越玉葫泉。这时，凌峰、晓彬自告奋勇，驱车返回不远处的道口等我们，遗憾的是，他们未能与我们一同赏景。

站在山巅，北望秦岭巍峨，南看巴山绵延，东有汉水蜿蜒而去，西有南湖如明珠般闪耀，中有西汉高速公路车流如织。南郑县城尽收眼底，汉中市区隐约可辨，一种"登汉山而小汉中"的感觉便油然而生。

天地辽阔，苍山叠翠，大山处处是风景。极目四望，天高云淡，层峦叠嶂，此起彼伏，山野静谧，山脚梯田层垒，汉水温顺地穿行其间。这是大地上生命最为繁盛的夏天，庄稼沐浴着阳光，拔节生长，野花伸长脖子，放肆开放。瞬间，我觉得整个人都沾染了天地的芬芳。

微风轻拂，一朵不知名的花儿扑向眼前，我与它对视良久，仿佛阳光中的惬意，尽在这闲散的时光中出现。松鼠却不那么安分，调皮地与人逗乐：你走它也走，你停它也停，并不时地点头示意，像是在对我们行注目礼。我们的到来，惊扰了锦鸡的怡然自得，"扑棱棱"地飞到一边去了。漫步林间，小鸟啾啾，鸣声婉转，随性快活。但蝉总觉得不够热烈，它拉开嗓子，知了——知了——，使劲地高唱，要把这夏季的热烈与豪放推向一个新的高度。

大山与人间一样，有它的精华所在。沿小道环山而行，大约不到百米，清澈的小河便展现在眼前。河面不宽，看不到两头。山林沟峡，丰盈秀美。河面多石少沙，形状千姿百态，应运而生。水从来都不自私，滋养着万物生灵，它宁可拐弯抹角，也要把水尽量漫过石头，浸润一直形影不离的伙伴，让其享受夏日的清凉。其实，倘若人世间都能够互相理解，互相关爱，该有多么温暖啊！

我们去的地方，河水比较平缓，细浪跃过山石，轻歌曼舞而来，不急不躁，缓慢流淌。因为它知道前面的路还很长，要保持体力，循序渐进，一往无前，才能实现预期的目标。

秦巴无闲草，处处都是宝。一路走来，身旁处处青翠，绿叶舒展着各色草木的盛年。文友见到葛藤，就主动介绍，这是山中最常见的一种植物。其枝繁叶茂，被覆度大，肆意生长，见草缠草，见树缠树，大肆扩张，漫无目的。茎蔓可作编织材料，韧皮部的纤维精制后可制绳或供纺织用。过去人们在山上割柴，顺手割下一根茎蔓，就可当作捆柴的绳子。有时，我想，大自然真是神奇，人们在山上砍柴，还有意给准备了类似的绳索。也难怪，过去人们上山，只需在腰里别个镰刀，多轻巧多省事。然而，随着电气化的发展，现在都用上了电饭锅、天然气，谁还上山割柴呢！因而，山上绿意盎然，充满了原生态的本真，不论是灌木，还是杂草，一律积极向上，齐心协力，共同编织着绿色的海洋。

俗话说：山有多高，水有多长。在不经意中，听到了水的声音，但看不见它的容颜。或许，这就是大山的奇妙之处。水流哗哗地流淌，像梳妆中害羞的姑娘，对我们这些不速之客，只能用爽朗的笑声迎接。

有言道：上山容易下山难。事实确实如此。我和江涛、鸿雁、席坤蛇蜕皮似的紧跟着向导，步履缓慢地数着台阶。此时，太阳当头，但一路绿树成荫，花香扑鼻，偶尔有斑驳的影子撒下来，就如同一幅难得的画图，若不是必经之路，真不愿踩碎它们的梦想。

时值中午，石头晒烫了，人也走渴了。我们舀一口河水，甘甜爽口，余味悠长。细看不远处，一泓绿泉，一汪碧翠，融入了蓝天、白云，沐浴着自然的精华，才使充满张力的清波跌宕，摄人魂魄。平时，我们喝惯了桶装的矿泉水，但怎么也品不出此时的甘甜。难怪都市里的人们，都愿走进大自然，辞别烦恼与无奈，享受自由自在、无拘无束的酣畅心境。

其实，我们走进大自然，彼此心无杂念，无忧无虑，想说什么就说什么，哪有什么烦恼和忧愁可言。我们只是触景生情，赞美汉山的姿色。我想，随着"青山绿水就是金山银山"的理念深入人心，汉山一定会山更绿，水更清，成为秦巴山脉一道更加亮丽的风景线，以崭新的姿态喜迎八方来客观光旅游。

汉山姓汉，和它一样，同样姓的还有汉水、汉中、汉人、汉族，作为一个生活在汉水两岸的汉中人，找一点空闲来仰望汉山走进汉山，其实是一种必然。

只因，汉山是我们共同的根源。

雪花在唤醒春天

飘雪的日子，一直是我们的期盼。

雪落的时刻，唤醒了沉睡的春天。

辛丑牛年，下了两场雪。我记得很清楚！

能相遇两场雪，能相遇两场雪的景致，竟然不觉有些激动，竟然不觉就触动了内心深处的温情。

第一场是立冬之后的一个周末，这场雪的到来纯粹是为了给人们一份冬日的豪礼，纯粹是为了给人们一个惊喜。

清晨醒来，只见天地之间白茫茫的一片，雪花还在纷纷扬扬地从天上飘落下来，大地变得银装素裹。我不禁想起"忽如一夜春风来，千树万树梨花开"。我赶忙喊小孙女起床看雪，她自然兴奋不已。

出了门，空气格外地清新，冷洌扑面而来。

在漫天飞舞的雪花中，在白色的琼楼玉宇间，仰望着天空飘落的雪花。雪花像蝴蝶一样调皮，一会儿落在屋檐下，一会落在树枝上，还不时飘在行人的脸上。置身于这一片白茫茫的景象当中，脚下是软软的白云，身旁是可爱而纯洁的小精灵，仿佛来到了人间的天堂。

大雪纷纷，院子里已三五成群，大家不是在玩雪，就是在垒雪人。瞧，地上那白胖胖的雪人睁着小眼睛，疑惑地盯着洁白如玉的雪花，忽散忽聚，飘飘悠悠，轻轻盈盈，感到有幸福在陪伴，脸上露出开心的表情。小孙女四岁多，她提着事先准备的小桶，不停地往里面铲雪，想回家后精雕细琢，制作一个雪娃娃。我不由自主地伸出手，紧紧握住几片雪花，感觉它慢慢融化在我的手心里，流淌进血脉之中，也融化在我的心里。闭上眼睛，嗅着甘甜清凉的味道，只想把这珍贵的感觉收藏在心底。

像是送给我的新春贺礼，就在过年前两天，又迎来了第二场雪。

那天，我照例开车去上班，漫天飞舞的雪花，像白精灵似的，不停地扑面而来，而且雪越下越大，似舞如醉，纷纷扬扬，它没有人那么势利，飞出了天空的银幕，像仙女下凡似的，舞着高贵的身子，托着深深的寒意，随意地撒向四野，村庄里，屋顶上，阳台上，花坛里，马路上，行人的头上衣服上……哪怕是每一个角落，一切需要白色的地方。

下雪，原本是一种自然现象，而如今却成了"稀罕物"。

因为有好多年，不能如期看到雪的影子，这多少有些情何以堪！

然而，雪理解人类的心思，总在想方设法，尽量满足人们的好奇心。我若有所思，走下车，仰望那些小天使，忽然，有雪花缓缓飘落，像前世的情人，轻吻我的脸颊，给人一种凉盈盈的抚慰，一切都在融化，一切都在升华，连我的灵魂也在净化，变得纯洁而又美好。

谁的内心深处没有几场童年的大雪，谁的内心深处没有几场乡村的大雪！正是那些飘落在童年的乡村大雪，给了我们这一生最美的童话世界，给了我们这一生洁白坚贞的人生底色，给了我们这一生对雪花的眷恋！

小时候，家在农村，四季分明，风调雨顺，季节履行着承诺，"小雪"下小雪，"大雪"下大雪，尤其隆冬时节，天气寒冷，一觉醒来，推开门，眼前是一幅"秋冬雪月，千里一色"的情景。眺望远方，大地一片宁静与安详，仿佛正在孕育着又一个希望的到来。

那时的积雪很厚，我们背上书包，走在上面，脚下咯吱咯吱地响，像走在了海绵上一样舒适，身后留下一条清晰的印痕，仿佛是有意为大地留下的诗行。

我们坐在教室，但心里一直惦记着早些放学，好看那美丽的雪景。下雪的时候，一片片洁白的雪花随风起舞，摇曳多姿，晶莹光亮，婀娜轻盈，有时，我天真地想，也能变成一朵朵美丽的六瓣雪花，让别人也能够欣赏自己。

下雪的日子，是一年中最冷的时候，但小孩子不怕冷，图的就是个热闹，到处乱窜，堆雪人，打雪仗，嬉笑着、欢呼着，在银白色的世界里尽情地玩耍、嬉戏。

让我们更感兴趣的是扣麻雀。我们在场院里清扫出一片空地，用棍子支起筛子，再在棍子上系一道丝绳，直接拉到门口。当然，筛子底下会撒些秕谷什么的作为诱饵。那个时代，尤其是冬天，人都缺吃的，更别说麻雀了，它们经不起诱惑，像侦察兵似的，先缓慢前行，经过一番试探，再成群结队钻进筛子。而我们躲在门后面，紧紧地憋住气，见时机成熟，把绳子猛一拉，就能网住许多麻雀。黄昏，我们围炉而坐，像烤羊肉串一样烤着吃，香气四溢、温暖人心，那味道至今难忘。于是，我们又扯天扯地疯玩，直到欢快的笑声震落了夜幕。夜色渐浓，万家灯火在冬夜里跳动着，因为有了白雪的映衬，乡村的夜晚正被描绘成最美丽的图画……

"雨雪雰雰，益之以霡霂。"每当这时，母亲对我们说，咱这薄坡瘦岭，地里庄稼缺水，连续下几场大雪，小麦、油菜、蚕豆、豌豆、蒜苗、大葱等农作物储足了水分，开春就返青快，

草木皆可爱

能跟上季节的步子，获得一季的好收成，咱庄户人就不会饿肚子。于是，我记住了母亲的话，又想起了那句老话：给庄稼盖上一层厚厚的棉被，来年肯定会有好收成。

落雪的日子，无论怎么寒冷，总有人要出门。农人穿着各色厚厚的棉衣，嘴里哈出热气，慢悠悠走进田野，远远望去，像给地毯上绣了一朵朵美丽的花。这阵子，父亲总是满怀欣喜，像诗人一样感叹：瑞雪兆丰年啊！我明白他的心思，透过皑皑白雪，似乎看到了春暖花开，还有场院里那些丰盛的谷物在咧嘴微笑。

时隔多年，一些往事都已淡忘，但儿时祥和与洁白的雪，却永远地留在了心中，成为我这一生始终保持着的洁白坚贞的人生底色，成为留存在我这一生中对寒冬对春节最温暖最美好的期待……

今年立春刚过，还在过年，雪像明白了些什么，依然像魔术师似的铆足劲儿，连续两天，纷纷扬扬下个不停，可飘到人的身上，有时还感觉不到。但落在草上，草就变绿了；落在花上，花就笑了；落在树上，树就发芽；落在地上，便被融化，那是春潮涌动的力量，开始抖动着春的喜悦，让大地开始渐渐变暖，一切开始了新的模样。

雪来，只为唤醒沉睡的春天，只为滋润走进春天的生命，只为以洁白开启一个五彩斑斓的美好世界，让我们相依，经历了寒冬，有了雪花的引导，我们必然会拥有绚丽的春色！

心中的核桃树

搬出老宅，新修了三间土坯房，父亲精心在门前培育了两棵核桃树。

春天里，经第一场春雨的滋润，核桃树便生出一扑棱一扑棱嫩绿，繁茂秀丽，茂腾腾地生长着。雨水多的时候，树蓬上的雨滴滑下来，空气也仿佛被染进了一些绿色，以至于染绿了整个村庄。

春夏交接之际，树叶早已圆润，核桃挂满了枝头，树下便成为乘凉的好去处。我们这些小孩子常常在树下捉迷藏、做游戏，看看对面的庄稼，倾听它们拔节的声音，欣赏它们开花的风景，嗅嗅它们散发的清香。不知不觉，就进入了甜蜜的梦乡。当然，更感兴趣的是，母亲在树下铺一张竹席，手里不停地摇着蒲扇，悠悠风来，不紧不慢，讲着嫦娥奔月的故事。

20世纪70年代，父母省吃俭用，硬是从牙缝里省点钱，才从多年的一间老宅子里搬出来另立门户。三间土坯房背靠一个小山坡，那里有一片槐树林，主要功能是防止滑坡。门前垫的虚土，没有两年的工夫，黄土落不实在，就不能栽树，也包括果树在内。门前栽的两棵核桃苗一天一个样。

辛勤呵护的背后是美美的犒赏。又过了几年，核桃树长高了，终于也挂果了。我们欣喜若狂。每逢初秋，是与核桃最亲密的时候，我们跟着大人，扛着竹竿，到门前去打核桃。大人在树上打，我们在树下捡。一不小心核桃冰雹般落下来，准定鼻青脸肿。自己家有了核桃，如同喝了蜂蜜般，心里会甜好久。母亲最会过日子，核桃收获的时节，自己舍不得吃，要悄悄留一些，放到过年才舍得吃。

岁月易逝，往事如烟。核桃树有大瓷碗粗的时候，父母还没有好好地享用，不幸先后离世。奇怪的是，几乎与此同时，两棵核桃树被大风拦腰折断，失去生命的迹象，这让我伤心了好一阵子。

物是人非，时隔多年，每每想起这件事，我仍百思不得其解，父母给予了核桃树生命，他们不在了，核桃树又把生命还给了他们。这就是我们常说的知恩图报吧。只可惜，许多人不懂得感恩，只知道索取，难怪作家冯骥才说，树木永远没有世俗的气息。

我父亲是个有点文化的农民，他从来没有说过艰辛与负重这些感慨，生活在最低处，他习惯了人生的辛劳与沉重。或许是因为想念父亲，当我们没了核桃树，日子像少了一种韵致，缺了一种类似魂儿的东西。而心里溢出来的，则是无尽的思念与牵挂。于是，第二年，我和弟弟在门前种了两棵核桃树，不知不觉，又开始挂果。在它的周围，杂草很少，树冠如盖，郁郁葱葱，十分精神。

不久，由于工作关系，我离开家乡进了城，但我依然牵挂着那两棵核桃树。有一年，我路过老家，核桃早已成熟，大都落在了地上。我们开心地捡拾着核桃，仿佛又走进了那个快活的童年时代，仿佛又看见了父母满脸的笑容。

乡村正振兴

CAOMAO
SHANG
DE
YANGGUANG

褒城散记

一座老城池，刻写着一段历史的兴衰与荣辱。

一座老城池，道不尽辛酸与奋发的动人故事。

古蜀道旁的那座老城池，尽管扼守褒斜道之南口，但几经演变，最终却成为勉县东边的一个镇名。

这座老城池，名字叫褒城。

此刻，多年前的褒城县衙中心位置，就算早已经衰落成了一个村落，也还在以逼仄的身躯标记着一段时光的印记。

已有约4000年历史的褒城，位于汉中市勉县东部，北依秦岭，南靠巴山，东西有汉江贯穿全境，形成了连接长江的水运通道，南北有褒斜道、金牛道等多条古道直通巴蜀，自古就是秦、陇、蜀、荆四地交通要冲，也是秦、蜀、陇、楚军事、商贸和文化往来的必经之地和交汇之地。

褒城起源于古褒国，在隋朝仁寿元年由褒内县改名而来，治所在今陕西汉中市西北的大钟寺，属汉川郡。唐朝初年改属梁州，宋元明清时属汉中府，民国沿革，1958年11月1日国务院批准撤销褒城县建置，现为勉县褒城镇。

因褒城而起，用"褒"作地名，一直沿用至今的有褒城、褒河、褒姒铺、褒斜道等。

驱车穿行在川陕老路，过了褒城镇政府，公路从南门发了个岔道，一条L形坡道拐个弯，直接伸向陕西理工大学北校区，被 L 形围起来的便是连峰村，也就是古褒城遗址。

据明代的《全国一统志》《陕西通志》《汉中府志》记载，可以印证褒城在褒河西岸"台地之上"。

岁月流逝，沧海桑田，这样一座历史名城，历经岁月无情的洗礼，外观的东西几乎已经消失殆尽，很难把它同一座古城联系起来。比如"南门""北门""东门"，早已名存实亡，成了多年的抽象地标。

都说天下衙门朝南开，古褒城也是如此。然而，南门两侧都修建了民房，古老的青石条早已被冷落，静静地躺在缓坡的路旁，像我们儿时的记忆一样模模糊糊，只是发挥着城市道牙的作用。

褒城西面是中国水电三局汉中基地俱乐部（原县城北教场），旁边就是唯一保留下来的古建筑文庙，据说那是一块风水宝地，凡是考生都要在那里应考，也是诞生官员的地方。它是一个时代的密码和符号，如同不远处的一棵直径五六十公分的大柳树，它虽然历经几百年或上千年，但依然枝繁叶茂很有精神。倘若要研究一段历史，它肯定见证得比我们更清楚、更明白，因为人活的岁数再大，怎么也比不过那棵大柳树，难怪有人也想活成一棵树。

我们折身返回，再拐弯去东门，可以感觉到过去是一座山城，南北大街是一条坡道，从南向北逐渐升高。所谓的南北大街，只不过是一条夹在两边密集房屋中间狭窄的路，尽管路面已经硬化，从偶尔裸露的石头，可以知道过去是一条石条路。沿途是两排民房，大都是现代建筑，中间只有几间老屋，房子古色古香，上面写有"连峰村五组××号"。我见到的那几间，房子属土屋青舍，虽然并非秦砖汉瓦，但肯定是多年前的产物，从门扣和门面来判断，在古褒城街存在时，可能是一处商铺，经营一些日用品，供当地百姓消费。岁月轮回，世事变迁，往昔的繁华富庶，皆成过眼云烟，一切仿佛都要重新开始。可不是吗？连峰村大部分重修了民居，呈现在眼前的是白墙红瓦，一派欣欣向荣的景象。

不知不觉到了勉四中北后门。20世纪80年代初，那里曾是我上学读书的地方。因而，我对环境再熟悉不过了。进入大门，是清一色的房子，也就是现在说的土砖土瓦。右边是饭堂，然后从南到北，形成阶梯之势，是一排排学生宿舍。学校的中间是一笞教室，也夹杂有部分老师的办公室，最西边则是操场。至今，我清楚地记得，房屋错落有致，逐渐延伸向缓坡。高一（四）班的宿舍就在最北边，也就是靠近围墙了。

学生大都来自农村，只有少部分来自附近的工矿企业。我属于前一类，和大部分学生一样，除了下雨下雪，一般周六下午都要回家，一是为了回家改善伙食，二是要带几块钱生活费。那时社会风气正，居住在农村的孩子，没钱可交，就拿粮食去学校食堂兑换成饭票。当然，学习风气也好，一心只读圣贤书。因而，对褒城的前世今生并没有过多的研究，以至于现在才拾遗补阙加以了解，这也是我想去褒城的主要缘故之一。

出北门不久便进入连城山，那里有久负盛名的褒斜古道。古褒城、古褒斜道遗迹，被誉为"陆路交通史上的活化石"，是历史的见证，是时间的信物，又是现代化道路源头的发端，蕴含着丰富的文化内涵。孙樵著文《书褒城驿壁》中称，褒城驿号天下第一驿。

"浮客空留听，褒城闻曙鸡。"登高望远，追古思今，历史的天空，变幻无常，而古老的褒城，青山依旧，褒水长流，正带给我们无尽的启迪与思量。

褒城，这是一个历史悠久岁月沧桑的地方。

褒城，这是一方积淀深厚文化厚重的地方。

此中有真味

眼前豁然开朗，俨然另一番天地。

天高地阔，空气清新，碧波千顷，村庄田畴，错落有致，炊烟袅袅，幽幽暗香，绿意盎然，恬淡袭人，悠然自得，城里的浮躁与喧嚣顿时烟消云散，不由心随白云浮动，犹如误入仙境一般，养了眼，也醉了心……

从元山子分岔道，一条沿养家河走不远左拐，另一条过河直行绕过柏树堂，这两条蜿蜒曲折的地方道路，像两条引人注目的白龙，呼吸着大地的芬芳，嗅着大自然的清香，一头钻进巴山，便到了远近有名的省级"示范村"——安咀村。

安咀，是一个地名，也是一个村的名字。过去叫安嘴，源于村子的一座高台上，镶嵌了形似一个人嘴唇的模样的岩石而得名。村子位于勉县城南巴山余脉的镇川镇，离县城只有十几公里。但人常说：隔山不远隔河远。由于我居住在秦岭南坡，汉江从秦巴间穿梭而过，从小就很少到对面的巴山。后来，即使进城落了脚，还居住在汉江以北，也许是习惯使然，很少涉足一河之隔的南山。于是，便有了目睹巴山真面目的冲动。

适逢四月，春末初夏。文友陆劲相约，去他家乡看看，便欣然答应。第一次去安咀村，行走在坚实、干净、宽敞的水泥路上，眼前的景象着实让人惊讶：通村公路干净整洁，村落民居聚散自由，红瓦白墙，掩映其中，鸟语花香，瓜果飘香，乡村风光，宛如世外桃源，不亚于都市里的景观。

人总是执着于第一眼就喜欢的东西，比如第一眼看到安咀就忘不了。于是，便决定组织开展"文艺走进乡村，助力乡村振兴"主题采风活动。

那是七月，艳阳高照。我再次走进安咀村，车子在青山绿水中穿梭，像过山车似的，一会儿爬坡，一会儿下坡，道路弯弯曲曲，却四通八达，目光所及，满眼是绿，郁郁葱葱，村舍院落，鸡鸣狗吠，山脚下，绿波亭亭处，荷花分外香。田园风光，美不胜收。

村庄四周，阡陌纵横，山环水绕，坡坡岭岭，连绵起伏，层层梯田，绿意浓浓，坡顶桑园，连成一片，随风而动，桑果飘香。正是由于地势较缓，日照时间长，适合种庄稼。坡下沟壑相连，池塘星罗棋布，像大地上散落的棋子，又像一个个深邃的眼眸，目视着时代的变迁与发展。

安咀，一个富有诗意的地方。而在早些年，有"四十里柴家坪"之说。由于地貌特殊，既不是大山，又不是平川，又由于缺水，靠天吃饭，蒿茅蔽岗，遍地荒丘，生活苦焦。因而，多少年来，安咀人踏着经年的黄土，流传着那个久远的民歌："有女不嫁柴家坪，北瓜红苕胀死人。"

穷则思变，差则思勤。勤劳勇敢的安咀人民，在时代的春风里，自强不息，靠坚毅与顽强的意志与精神，克服自然条件落后的先天不足，因地制宜探索经济发展潜能。思路决定出路。有了实干精神，还得解放思想。在改革开放前，安咀人率先垂范，办榨油厂，办炸药厂，提前践行着发展才是硬道理的诺言。

水利是农业的命脉。1958年9月县上修建幸福渠时，虽然安咀村属丘陵起伏地带，一般明渠无法跨越，但群众的智慧是无穷的，村民主动出劳出力，利用渡槽或隧洞，修建独特的灌溉工程，予以输送水流。短短几年，"旱坝子"终于变成了米粮川。实行生产责任制后，又利用当地资源优势，大力发展养鱼事业。随着新农村建设的深入开展，山水田渠路得到了统筹规划安排，农林牧副渔得到了同步发展，水土保持和小流域治理得到了明显改观，呈现出日新月异突飞猛进的势头。功夫不负有心人。过去的红苕坡，今日的粮满仓。过去的低洼田，今日鸥鸟翔集，水光潋滟，鱼肥水美，这些都依附着大地的奉献，大地又像反哺人民一样，也滋养着一代又一代人繁衍生息安居乐业。

安咀村是全县栽桑养蚕基地，随着乡村振兴，延长了产业链，办起了桑叶茶厂，还办起了光伏能源厂。同时，鼓励从事养殖业发展，在池塘边因陋就简，建起多个养鹅场，既节约利用了资源，又获取良好的收益。目前，村里三百多户，达一千多人。五谷丰登，六畜兴旺。全村人均可支配收入达到16700元，成了当地的"示范村"，被评为省级乡村振兴示范村。

七月，暑气炎炎，空气中仿佛流动着一团火。置身于新建成的村委会大楼里，窗明几净，设施齐全，会议室里，各种荣誉琳琅满目，格外耀眼，看到村子的艰难嬗变，如沐春风，感慨万千。是啊！从贫困与艰辛到阵痛与涅槃，再到可复制与可推广，我深切地感受到安咀村脱贫的艰难，同时，又深刻地体验到，党建引领，班子担当作为，村民齐心努力，成了致富的真经。难怪村支书刘继明满怀信心地说：村干部一任接着一任干，一茬接着一茬抓，凡是认准的事情，从来没有人退缩，都想干出个名堂，因而，事事落地有声，样样有模有样，工作走在了全县前列。

当我们返回旧村委会院落时，只见一农户门前一树树成熟的李子，压弯了枝条，散发着阵阵清香。走近一看，李子泛黄，挂在枝头，阳光艳艳，光影浮动，晃你的眼，诱惑你的馋。突然，房屋山墙边一老妇人朝我们走来，嘴里好像喊着什么，我虽然没有听清，但估计是怕我们摘李子吧。是啊！这二十号人，一人摘一把，就有好几斤吧……正在我担心时，她来到我们面前，满脸笑容地说：李子没有打过农药，你们可随便摘着吃。哎，原来让人虚惊一场。陪同我们的村干部忙介绍说，现在村里条件好了，家家户户宽敞，门前果树成林，几乎都是自给自足。其实，李子树枝干不高，站在树下，伸手就能摘到。老妇人这么一说，我忍不住摘一颗李子塞到嘴里，却像炸开的爆米花，唇齿之间，啜汁四溢，口感酥脆，如果是儿时，便轻轻一跃，跳到树杈，摘上一筐，而此时，只能尝个鲜。

安咀村待人热情，在我们提前"踩点"时，由于时值农忙，本想即刻返回，他们却硬是给我们安顿了晚餐。尤其是采风那天，村上更是热情款待。当我提前与村上联系沟通采风事宜时，电话那头，性格直爽，干脆利落——明天清晨，村里准备具有地方特色的菜豆腐和面皮，中午简单地准备几个家常菜，咱们喝几杯。我明白，刘支书为了让我们吃得环保，吃得健康，吃得可口，特意安排几个村干部，用铁锅做菜豆腐，用笼床做蒸菜，让我们尝一下乡村的味道。

一方水土养一方人。安咀人辛勤劳作，用坡上的桑，喂养着无私的蚕，也用坡上的桑，开发出桑叶茶，成立了真味坊，设计注册了商标，将桑叶茶这种降脂降糖的长寿茶送往八方，远销各地，既富裕了村里，又让更多的人都能品尝到这一水土的真味，都能品尝到安咀的幸福生活好滋味！

乡村正振兴

陌上桑叶香，安咀真味坊。桑叶茶里有真味，安咀人扎根这一片世外桃源，用满含桑叶清香的阳光，用热爱生活的别样心情，连同乡下诗意的时光，正在用桑叶茶烹饪出只属于安咀村的独特农家味道，期待着您来品尝，品尝出此中的真味……

画乡钟楼行

提起钟楼村，很少有人知道。但说起出生在钟楼村的著名画家方济众，可以说是家喻户晓。

作为本地人，说起来汗颜，以前只是偶尔听人说起过钟楼村，却没有近距离地接触过。有幸邂逅钟楼村，源于汉中陕南画派研究会举办"走进诗画田园，推进画村建设"的活动。

时值三月，风和日丽。从县城出发，在武侯镇西北角的古阳平关谷口向北行驶约1.5公里，顺着咸河边进入连绵不绝绿意葱茏的山谷之中，目光所及，浓浓绿意在山间恣意地渲染流淌，山间的野花在春风里摇曳多姿。沿着蜿蜒的山路逶迤向北，远远望去，青山隐隐，咸河弯弯，两岸小麦青青，菜花金黄，桃红柳绿，红瓦白墙的民居点缀其间，俨然一幅水墨丹青的山水画卷。

眼前就是钟楼村。远处的雷公山巍峨耸立，像一个慈祥的老人，护佑着山下的苍生。从它身旁静静流淌的咸河，清洌甘甜滋润着一方百姓。过了漫水桥，长安画派大师方济众的故居在春风中撩开了它神秘的面纱，欢迎远道而来的客人。

方济众年轻时就居住在钟楼村。这里山清水秀，人杰地灵。方济众被秦岭的山水浸润滋养，少年时代就聪慧灵光，故乡的山川河流、一草一木，深深烙印在他的记忆深处，一直伴随着他的一生，令他无比地眷恋，日后在他的笔下，故乡的山水风情常常跃然纸上。青年时代方济众翻过秦岭，到了省城西安去求学。1946年，方济众师从著名国画大师赵望云，由于他勤奋刻苦，深得大师垂青。他孜孜不倦地学习，研究传统中国画的技法，此后独树一帜，在中国美术界取得了很高的声誉。1978年在经历"文革"的阵痛之后，中国的文艺界春潮涌动，方济众出任陕西美协副主席、省国画院院长。在讨论长安画派未来的方向时，他主张"一手伸向传统、一手伸向生活"的艺术追求，以陕南的秀美山水和淳朴乡风为创作风格，讲求"以形写神"，体现人文精神，为"长安画派"的创作指明了方向，也为中国当代绘画艺术做出卓越贡献。虽然先生已离世三十多年，但他的名字和他的功绩如同一面旗帜，深远地影响着当代画坛发展和未来。

春光明媚，惠风和畅。深藏山中的钟楼村一派宁静祥和，方济众故居静静地卧在咸河岸边，先生的大名如巍巍秦岭声名远播，崭新的旅游环线伸向了远方，传递着春天的消息。故居里绿色与幽静相得益彰，花草茂盛，篁竹青幽。先生家庭的旧物粗拙古朴。屋顶的光线落下，斑驳而迷离，充满无限的神秘之感。小轩窗外油菜花锦绣灿烂，正错落有致恣意绽放，苍鹭白鹤起落在苍翠的树木间，依依袅袅的炊烟在农家屋顶时而追逐，时而缠绵，大地丰厚而蓬勃，多么美好的乡村田园风光！我想，南山也应该是这般景致，不然，陶渊明怎么能书写出世外桃源呢！也因此，我和文友被引入到另一条岔道，好在能迷途知返。钟楼村远离喧嚣，万籁寂静，风清气爽，景色宜人，田园风光和艺术气息，使人沉醉其中，流连忘返。

脚底沾泥土，心里有想法。武侯镇党委书记金辉介绍说，近年来，钟楼村抢抓乡村振兴契机，以"方济众故居"的金字招牌及秀美的田园山水和区位优势为依托，以"一带两环九区"为总体格局，打造"城市山居、画乡钟楼"。目前，钟楼村旅游基础设施提升项目、人居环境整治项目、农旅融合项目、写生研学基地正在紧锣密鼓的建设之中。

阳光不躁，微风摇曳。陪同我们的村支书方胜福深有感触地说：为了促进钟楼地域经济的发展，县委、县政府高度重视，镇上也非常支持，我们依托方济众故居和钟楼自然山水风光，以及三线建设402厂等遗址资源，规划打造"陕南第一画村"，着力实施文旅融合。为了促进规划项目尽快落地，已经投资三百万元，旅游环线已具雏形，配套设施正在逐步落实。陕南画派研究会举办的"走进诗画田园，推进画村建设"活动，通过进村入户采风，现场写生，完成艺术珍品二十余件，为画村建设营造浓厚的艺术氛围。陕南画派研究会会长寒松说："画乡钟楼的建设是我们本土画家的一件大事，我们要以方济众先生为楷模，以'长安画派'精神为旗帜，以'画汉中出精品走出去'为奋斗目标，以热爱祖国回报家乡的情怀为动力，持续关注支持画乡钟楼建设，这也是我们陕南画派研究会义不容辞的光荣任务。"

一个地名，就是一方热土的靓丽名片。钟楼村应该诞生在繁华的都市，怎么能与这穷乡僻壤相关呢？据钟楼村的老年人说，多年前，这里确实有钟楼，但是早已湮没在久远的年代里，没有留下蛛丝马迹，只是沿袭了前人的叫法。大山深处的钟楼历史悠久，却始终保持它的安静与淳厚，不论时代如何变迁，依然延续着老地名的自然遗风。这种古老的文化元素，更值得去深入挖掘，也是值得研究的新课题。

钟楼山清水秀，村民淳朴热情，借助方济众故居这个响亮的名，把钟楼村打造成"陕南第一画村"，任重道远。一方面要整治环境，完善硬件设施，搞好乡村振兴；另一方面要积极宣传推介，深入挖掘文化内涵，讲好钟楼故事，推动文旅融合发展，提升钟楼画乡的知名度，真正反映出新时代的山乡巨变。

方济众故居和钟楼村的田园风光，都是我们眼里的"诗和远方"，愿咸河两岸的绿野平畴清幽如画，愿这片大地泥土芬芳四溢。

草帽上的阳光

美人梅的春天

早春二月，乍暖还寒。柳初黄桃未红，美人梅却经不住季节的诱惑，像情窦初开的少女，心花怒放，映红了整个村庄，也点燃了这个春天。

位于汉中市勉县新街子镇十天高速引道与北环路交叉处的六一村，十余亩美人梅正姹紫嫣红，吸引八方游客，一跃成为远近闻名的网红打卡地。

天朗气清，惠风和畅。大地滋润着万物，万物反哺着大地。绿油油的麦田荡漾滚动，黄灿灿的油菜花在次第茁壮，豌豆花蚕豆花在田坎地边风致楚楚……远远望去，层层梯田，交相辉映，万物显得自由无羁。

"万绿丛中一点红，动人春色不须多。"美人梅在阳光下摇曳，花朵粉红色，花瓣繁多，布满枝条，绚丽夺目，妩媚可爱，让人满眼的春意，满心的愉悦欢畅。像是地毯上点缀的紫红色花饰，让初春的季节不再孤单。这块曾经在冬日里不起眼的地方，如今被装点得色彩缤纷美不胜收。

"君子兰前立君子，美人梅下倚美人。"徜徉在五彩斑斓的花海里，我们早已融进花海中，人赏花，花映人，感受到的是一份别样之美。仔细看，每一株都有自己的韵味，红的热情奔放，粉的温柔浪漫。看它精致的身影，万枝丹彩灿若云霞，好似彩云一般层层叠叠密密匝匝，仿佛是彩色的画盘倾泻在了大地之上，甚是壮观，令人惊叹！

"自在花开，花开自在。"美人梅先花后叶，花期只有一个月左右的时间，或许，它自知花期短暂，就像匆匆的人生，便铆足了劲儿，尽情抒发着天地间博大的情怀，吟唱着大地的蓬勃生机，继续脉承诗词曲赋传统薪火，为大自然增添一笔别样的风采。忽然，有小朋友在树下拾起花瓣，轻轻向空中抛洒，花儿随风起舞，犹如一只只美丽的蝴蝶，在大自然的怀抱中舞蹈，轻轻触摸快乐的时光。

　　美人梅是春天的使者，为人间送来了春天，走近美人梅，就走进了春天。于是，杏花开了，李子花开了，梨花开了，桃花开了，整个春天也开成了花。

山水秘境漩水坪

　　那一年，第一次到漩水坪，是陪几位作家在本地采风。漩水坪在勉县新铺镇，它好像秦巴两山手捧的一块璞玉，久藏深闺人未识，有一种"清水出芙蓉，天然去雕饰"的遗世之美，于是，深深地被它吸引住了。

　　时值五月，正是景清气明、万物蓬勃的大好时节。出了县城，沿着金牛古道一路向西行驶二十五公里，越过玉带河上的大桥，在蜿蜒的山路上逶迤前行，远处翠岭叠嶂间云雾缭绕，随风起伏奔涌。河水似白练一样飘绕在大地之上，舞动山水的神韵。白墙红瓦的民居星星点点地散落在山水之间，袅袅的炊烟互相追逐，平添了几份山野趣味。忽然间阳光像银瀑一样从云层中洒落下来，万丈光芒给山川河流笼罩上一层如梦如幻的色彩。车在山中行，人在画中游。如此惊艳的时光里，漩水坪恍如一个世外桃源。

　　走进漩水坪，山水相连，相映生辉。山水共影，水天相接。如果没人带路，在这山水的画卷里，绕来绕去难以找到方向。从离村委会不远的地方远远望去，大地好像陷下去一个巨大的圆坑，但是到了跟前才发现，一层层梯田错落有致环绕其间，像天梯一样向上缓缓地盘旋。梯田里有的刚刚插上了小苗秧，有的已经蓄满了水，波光粼粼，一层层地跳跃着，灵动而飘逸。农夫在打耙着水田，嘴里哼着古老的歌谣，小鸟歇在牛背上，偶尔跳来跳去，扯着清脆的嗓子，山水有了清音，让一层层梯田灵动起来。

我向来喜欢探幽，便沿着田坎小道，来到圆坑的底部，那里地势平坦，面积不过五六平方米。周边是岩石，里面有一个很大的溶洞。尽管这里地势低洼，却从没有积水，水藏于大山之中，在山间的缝隙里暗涌，一层层潋起辟为梯田哺育着一方百姓。传说很久以前，龙王从溶洞奔向了东海。时光如山间的云雾此消彼长，一个古老的传说世代流传，一层层梯田里映着潋水坪的前世今生，源远流长。

到了潋水坪，必须要登白鹰冠。这是村子里的最高点，像戴着金冠的白鹰雄踞冠山之巅，冠与观都藏着无限的玄机。随着轻风拾级而上，在山顶举目远眺，山峦相连，云雾缭绕，层层梯田，相映成趣，如诗如画。不由得想起了"造化钟神秀，阴阳割昏晓"。山脚下的玉带河忽明忽暗，像一条腰带，环绕着青山和村庄，绵绵不绝。听人讲起白鹰冠的来由，看着眼前善男信女虔诚地膜拜，我想，其实他们是在感恩山水的馈赠和哺育，善莫大焉。

随着社会的发展，潋水坪村容村貌、基础设施、百姓生活悄然发生着巨大的变化。近几年，我多次约三五好友，避开尘世的喧嚣，在潋水坪如诗如画的山水间寻找一份纯真和美好。当然，一些有志之士在潋水坪的青山秀水间大显身手：勉县原味生态农业科技公司投资140万元，于2021年种植金宝李数百亩，即将产生经济效益；汉中名庐文化发展有限公司投资1100万元，在潋水坪建成了名庐艺术馆……这些都是他们依托当地自然资源、产业发展与文旅融合，发力为乡村振兴锦上添花，让潋水坪这一方纯净的山水声名远播，望得见山，看得见水，记得住乡愁。

春光下的樱桃沟

　　大概中国的许多地名，都与它所处的自然地理位置有关，比如汉中西乡的"北山"，就是因它坐落在城市之北而得其名。而这些年，北山随着产业结构的调整，摇身一变成了"樱桃沟"，还被誉为远近闻名的城市"后花园"，吸引八方游客观光旅游。

　　初春时节，乍暖还寒。从西乡县城出发，驱车一直往北，道路两旁是层层梯田，小麦铆足了劲儿生长，为夏天的成熟做准备。油菜伸直了腰杆，泛着黄花朵朵。小草探出头儿，像大地的调色板，把嫩绿涂抹在坡坡岭岭，绘制一幅绝美的油墨画。

　　走过一陡坡，便是冬园，首先映入眼帘的是一个照壁，中间有个圆门，两侧书写着一副对联："雪花曼舞来，冬景欢天去。"透过圆门，可欣赏到翠竹、屋檐，还有远山。不难看出，诗人对冬景的深情流露，表达了一种浓郁的文化情怀。

　　转身沿石阶缓步前行，两旁的石墙护佑着长廊，石阶的颜色发生了变化，由乳白色变为深褐色，上面雕刻着古诗文，让人仿佛走向岁月深处，走进了唐宋，闻到了墨香，抑或聆听到杜甫的吟诵："两个黄鹂鸣翠柳，一行白鹭上青天。"或许，那句"遥知不是雪"，就是王安石专为樱桃沟写的吧！不然，没有此时含苞待放的酝酿，怎能成就了那句"为有暗香来"。

　　其实，西乡的樱桃沟，属一片缓坡地。我先后去过两次，一次是花开时节，还有一次是果子成熟期，但几乎都是随便转转。像这次有向导陪同，还是头一次，也让人感受到西乡文友小奇的热情好客。

置身旷野，行走陌上。凝视一绺栩栩如生的十二生肖雕塑，形象逼真活灵活现，让人准能找到与自己匹配的属相，让我们感到格外地亲切。

其实，在现实生活里，人与动物就应该和谐相处，让生态环境逐步趋于平衡。不是吗？在这荒山野岭，十二生肖走进大自然，似乎是在告诉我们，人与自然和谐共处，才是它们的本心。我喜欢大自然，也能完全理解。于是，我们纷纷留下了美好的瞬间。

微风轻拂，阳光正好。远远望去，南山与北山之间，夹着一块开阔地，构成了一座城市的框架，东西走向的牧马河，横穿城市的中心，像一条大动脉，滋养着市民。它又像一条清澈洁净的线条，沿途串起了多彩的珍珠，宛如我梦里的家乡一样，楚楚动人美不胜收。

在半山腰，"樱桃沟"三个大字，像镶嵌在大山的宝石，熠熠生辉，格外耀眼。最引人注目的是一棵樱桃树造型，树很高大，树干粗壮，呈灰褐色，上面布满了大大小小的斑点，摸上去很粗糙，感觉它年纪大了，一副老态龙钟的样子。侧枝像长长的手臂，与主树干形成"r"字形，又像横着的古城门楼檐，彰显着古老与沧桑，也成了一个时代的标记。

阳光普照，惠风和畅。站在樱桃沟观景台，悠闲自在的白云，黛青色的山峦，隐隐泛绿的林木，含苞待放的樱桃花，好像一切都在蓄势待发。眼前这一片坡地，高的是山梁，低的是沟壑，极像鸡的爪子，层层梯地隐匿其间，有效保持着墒情，滋养着樱桃树的生长。陪同我们的西乡原文联主席郭小奇说：原来这个地方广种薄收，靠天吃饭，农民日子过得苦焦。前些年，当地政府立足实际，因地制宜，调整产业结构，建成了万亩樱桃基地，让大地披上了绿装、结出了累累硕果，让曾经贫瘠的黄土变成了金，为当地的百姓带来了喜悦，不由得让人心生一片温暖。

万物皆有灵，草木亦知春。在料峭的春风里，来到一棵樱桃树下，舒展的叶间藏着几颗花蕾，小巧而精致。他们羞羞答答的，禁不住去抚摸，却生怕打扰他。于是，我仔细观察，他是那么纯洁，那么明净，怎么看也看不够。一阵微风拂过，夹杂着些许香韵，深深地吸一口气，淡淡的清香直透心底。我仿佛也是一枝头的花蕾，在明媚的阳光下做着幽幽的春梦。

春风是春天的序曲。早先时候，家在农村，村口有一棵樱桃树，也是初春这个时候，一树芳菲衬着瓦蓝的天空，小心翼翼地探望着春天。记得那是一个清晨，樱桃树刚刚苏醒，悄悄地开出一片素白，蜜蜂嗡嗡嗡在花间忙碌，也深深吸引着小朋友。我们相互追逐，花瓣簌簌地落下，花粉粘满眉梢，如繁花如雪的仙境，让人满心欢喜，让人不由得沉醉。

樱桃花是春天的引子。从此人间向暖，花儿次第登场，柳树的绿，桃花的红，杏花的粉，油菜花的黄，像波涛一样奔涌着，向远方无尽地蔓延，像热闹的大戏开始登场。我们像这天地间的王者，沐浴春光新生的绿意。

不知不觉，时光相册里的我们，正享受着春天的一场盛事。呵，这一切，都留在了儿时的记忆中……沉思中，西乡作协副主席陶崇禄告诉我们，估计要不了一周，樱桃花将绽放，到处花团锦簇，一如白雪莹莹，一如烟霞灼灼。不远处的荷池，也将冒出尖尖角，出淤泥而不染。还有那一汪清水，像大地的眼眸，见证着时代的变迁，以及百姓脱贫致富的历程。顿时，我们的心情也格外爽朗。

其实，我更喜欢此刻的春天，不妖艳，不张扬，纯净高雅，气韵独特，幽香恬淡，尤其是樱桃花蕾，像一个个毛茸茸的小球，虽然素装淡裹，却娇嫩可人，还有许多的内秀，真像一位腼腆的小姑娘，用小手捂住面容，不肯向别人露出笑容，但散发出似曾相识的味道，使我不得不喜欢它。

季节毕竟到了"雨水"，大地逐渐开始长出骨骼，草木尽情生长，到处都是春的模样。是啊！城市一望无际，樱桃沟与远山近地、乡村农家交相辉映，编织成一幅绝美的斑斓图景。不由得想起了"绿树浓阴夏日长，楼台倒影入池塘"。闭上眼目，仿佛看到了樱桃沟玛瑙似的大樱桃，闻到它散发出的清幽香味氤氲在空气中，还聆听到果农此起彼伏的笑声，久久回荡在"后花园"的上空……

当然，这是属于春天的暗香，这是属于春天的声音，亦如精彩的人生必将要绽放一样。

在那梨花盛开的地方

（一）

早春二月，乍暖还寒。

虽然春寒料峭，但一枝梨花却已在勇敢绽放，要把春来的消息报告天下，要把春来的消息传遍人间。

梨花总是追赶着春天的步伐，早早吐露心声。梨花一开，大地便有了底气，就连白云也开心地笑了，缓缓地绽放出纯净的花朵，衬托出这个五彩斑斓的花花世界。

梨花开了，一片春意盎然生机勃勃。

一朵朵梨花，开在早春的风里，像朴素的农人，从不张扬，默默芳华，悄然含笑，犹如春日的生命河流，让一岁的光阴又开始欢快地流淌。

（二）

"屋上春鸠鸣，村边梨花白。"古往今来，梨树在城里很少见，梨树大都在乡下。春光明媚的季节里，梨花守护村舍，是普通百姓的家常花。

儿时，五叔门前有一棵梨树。阳春三月，花色洁白，如同雪花，香味不浓烈，但发出来的芬芳，让人如痴如醉。蜜蜂像在赶场，欢快地跳着舞蹈，并发出嗡嗡的声响，像是在唱歌！

每当放学路过，我总要停留一会儿，那些恣意盛开的梨花，与我静静地对视。那个时候，喜欢琢磨，小心地摘下一朵，小

乡村正振兴

小的梨花，七片花瓣，花瓣环抱着细绒花蕊，顶端戴着红色的小帽子，好像是悠闲漂亮的"睡美人"。忍不住摸上去，像丝绸一样，丝滑、柔软。偶尔，抬头细看，朦朦胧胧，朵朵向阳，真是绝美极了，毫无保留地呈现着向上的生命力量，让我内心无比欢喜，更坚定我对美好生活的进取信念。

面对这一树梨花，我不由得闭上了眼睛，感觉到自己的心也纯白无瑕。仿佛看到那一树树的梨花已经变成了灿灿的黄金梨，这是一幅多么让人惬意的田园风光！

（三）

早春时节，轻风掠过，空气中弥漫着梨树的花香，树高花繁，这是一年中最好的赏花时节。

这百余亩梨树，就栽植在县城北坡的黄家沟。

我第一次去黄家沟，是二十多年前的事。那时，村民与外界的联系，全凭沟中一条泥土烂路。我们几个好友相约，蹬上自行车颠簸前行，仅仅三四公里的道路，足足用了一个小时的时间。走到黄家沟的尽头，已是大汗淋漓疲惫不堪。

"黄家沟"，以黄泥巴而著称。这里天晴如刀，下雨如胶。尤其是遇到淋雨天气，出门弄得满腿是泥。有了水鞋的时代，常常脚下打滑，稍不留意，还会摔跤，因而，村民出门，情愿光着脚，不穿鞋……

我们去的时候，依然是个春天，天气不阴不晴，非常有利于出行。远远望去，梨园零零散散，花儿参差不齐，附近的山野荒凉，缺乏生机与活力，很难想象历经春华秋实，村民能把梨儿变成钱，改变贫穷落后的面貌。

（四）

思路决定出路。千禧之年，村上经过周密部署，以梨花为媒，打造了当地第一届"天荡山梨花节"，规模盛大，商家云集，这种专题性的文化旅游节，应该是对传统踏春习俗进一步的升华，更成为新时代文化生活顺应潮流的标志性符号。

穷则思变，差则思勤，是人潜意识的本能中，应该兼备的一种素质。"两委"班子把握住时代的脉搏，锐意进取，大胆探索土地流转，大力发展绿色果园，黄土坡披上了绿装，泥土路成为了历史。

如果天荡山是一曲交响乐，那么，黄家沟就是它的前奏。黄家沟把梨花打造成了"节"，无疑促进了经济的繁荣。因而，黄家沟不仅能把梨儿换成钱，还真正让梨花也全面升值。

与此同时，通过土地集约化经营之路，把农民彻底从土地中解脱出来，不再受土地的束缚，从事第三产业，如开农家乐、进城揽活务工等。村上成立了开发公司，统一规划，统一栽植果树，发展观光农业，做强旅游产业，就连农家院也打扮得如同花园，绽放笑脸，一跃成为全国最美休闲乡村，迎接着四海宾朋八方来客，像赴一场亘古不变的古镇集会。

为了促进经济与旅游融合发展，政府出资在天荡山重修了天灯寺，以提升当地的影响力和知名度，就连黄家沟的村名也摇身一变，成了富有诗意的天荡山社区。2017年，新上任的书记彭建生更是豪情满怀，创新思维，大手笔规划未来，投资兴修水利，完善基础设施，积极打造以生态观光、赏花采摘、休闲度假、乡村旅游为主要内容的高标准乡村旅游升级版，使这个典型的丘陵地变成了聚宝盆，真正走上了产业兴旺、生态宜居、乡风文明、生活富裕的"阳光大道"。

（五）

当得知天荡山社区华丽转身，我再次走进了这方热土。登上山顶，举目四望，群峰连绵，一尘不染，尽收眼底。遥远的汉水穿城而过，整个县城宛若一叶小舟，瑰丽夺目，尽情地展示着现代人打造的繁华。

天荡山社区，错落有致的村庄，静静地卧在天荡山脚下。随意散落的农家，有意无意地点缀出水彩画的轮廓。平坦的水泥路，如长长的飘带，给人带来无限的期望。最引人注目的是那块梨园，白茫茫一片，非常的耀眼。我们置身其间，仿佛摇身一变，站在白云之巅，缥缥缈缈，如至仙境，如诗如画，简直是神仙居住的地方。

每一次外出，都有意外的收获，每一次旅游，都有说不完的乐趣。返回的路上，只见社区里楼房林立，白墙红瓦风格各异，水泥路四通八达，自来水户户相通，生态果园粮果兼丰，路灯通宵明亮，实现了"绿在村中、村在林中、人在画中"的自然生态美景，夺得中国最美休闲乡村的桂冠，是名正言顺的事情。

（六）

在这诗意栖居的天荡山，我曾无数次看过梨花，还目睹了春华秋实的过程，却写不出一首像样的诗歌，但是，却天真地想象，唐宋的诗人来过，如王勃、贺知章、孟浩然、王昌龄、王维、高适、李白、杜甫、岑参、孟郊、韩愈、刘禹锡、白居易、柳宗元、李贺、杜牧、李商隐、李清照、苏轼、王安石、杨万里，他们在梨花盛开的时候，不远万里亲自到了那里，款款走进百余亩梨园，心中涌动着春潮，不停地摇曳翻飞，迎合着季节的需要。

"缤纷紫雪浮须细，冷淡清姿夺玉光。刚笑何郎曾傅粉，绝怜荀令爱熏香。"宋朝的阮南溪喜欢以典故作比，极富含蓄美，写梨花出形透神，刻画精微，入情入理，唤起读者对梨花美的再创造，并幻入梨花美的馨香海洋中。

周邦彦所著的《水龙吟·越调梨花》，善于用工笔画素描，反衬出诗人的至情至性，以及对大好春光的意蕴盎然："雪浪翻空，粉裳缟夜。"

黄庭坚看见一个宋朝的老者，提着一竹篮，从风动梨花的围墙下走过，身上落几片梨花，触景生情写下了"巧解逢人笑，还能乱蝶飞。清风时入户，几片落新衣。"

"纷淡香清自一家，未容桃李占年华。常思南郑清明路，醉袖迎风雪一枝。"陆游这首吟咏白色梨花的绝句，乍一看来似乎很好理解，意义也很浅近，但如仔细品味，再参之以作者的思想与经历，就会感到其中所蕴含的思想容量相当深厚，具有很浓郁的感情色彩。

"忽如一夜春风来，千树万树梨花开。"这是盛唐边塞诗人岑参用梨花来形容雪花的诗句。反之，也可想见梨花开放时洁白如雪、银装素裹，仿佛群玉山头仙子的风姿。

当然，最好是在春雨初晴之后步入梨花深处，看梨花带雨，微微摇曳，轻轻颤抖，娇弱惹人怜。细雨之中看梨花，路上行人寥寥，李重元便不知不觉地吟诵《忆王孙·春词》："杜宇声声不忍闻，欲黄昏，雨打梨花深闭门。"

读过的古诗词中，描写梨花的名家，确实不胜枚举。想着想着，在一个皓月生辉的夜晚，我做了一个有趣的梦——

我想，既然写不了诗，就画一幅画，将梨花的迎春寒绽放之身姿、因洁白无瑕之品格、风过清香飘逸之神韵，通过雄浑舒展的笔墨，栩栩如生跃然纸上……

（七）

"日日春光斗日光，小城斜路梨花香。"阳春三月，县上已举办了第十六届天荡山文化旅游节，我再次走进了梨园景区，天高云淡，空气清新，泥土芳香，那片银白的世界，确实招人喜爱，到处都围满了人，不停地拍照留念。我喜欢安静，独自前往一条小道，路边一棵小树上，许多蜜蜂你追我赶，争芳斗艳，还有一些知名不知名的花儿，也迎着明媚的春光，向季节尽情地展示着真味……

山水如画，鸟语花香。凭借丰富的人文资源，脚踏铺满野草的泥土，闻着梨花淡淡的芳香，我仿佛在这春意盎然的季节，寻找到了生活的情趣和真味，享受到大自然赐予的惬意与天伦。

忽然，我想起一句话：雪花是春天的使者。这眼前的梨花不就是雪花吗？但我却认为，雪花是从天而降的梨花，而梨花是从大地上生长出来的雪花，是果农亲手栽种出来的雪花，是历经寒冬之后的迎春花，更是春天开路的先锋。梨花如雪，梨花胜雪，这梨花，正是乡村里最美最朴实的春花，正张扬着乡村的浪漫与幸福。

此刻，眼前漫山遍野的梨花，轻盈而坚韧，是独占春风的幸运花。我就是被梨花青睐的护花使者，凝视着"她在丛中笑"，走进了梨花的心里，感受到了那份纯真美好，更看到了梨花下果农如花朵般明媚的笑容。

佳茗似佳人　缘分天注定

是偶然还是必然？

是纯属巧合，还是说，是冥冥之中自有天意？

其实，偶然都来自于必然；巧合是天意更是一种缘分使然。

去年 4 月 24 日，相约大架山；今年 4 月 24 日，同行茅草梁；勉县作协两年里的两次采风活动，竟然在同一天。

看到文友在朋友圈发出的感叹，作为活动的主要组织者，我为这种不期而遇感到欣慰，却并没有多少诧异。两次活动是同一天，而且地点都在汉中市勉县巴山深处，我知道，这不是我刻意而为，这种纯属偶然里蕴含着必然，更蕴含着一群热爱文学者注定的一种缘分。

是的，四月天是人间最美，四月天的巴山深处正是春意盎然。我们一群探寻大自然之美的人，岂可辜负这阳光明媚的大好时光，岂可辜负这春色正好的绿水青山。

于是，在美好的时间与美好的人相逢，一起走进美好的大自然，采风，撷绿，清心，激活灵感，就是一种必然。

一场春雨过后，大地绿肥红瘦。经过洗涤的大自然，山峦叠翠，绿意笼罩，秀色盈野，云雾缭绕，宛如雨后春光盎然的人间仙境。

空气是清新的，山峦是清新的，树木是清新的，草色是清新的，目之所及，都淡雅清新。瞭望远方，聆听清风，沉静的绿，律动的绿，融为一体，交相辉映，茶香四溢，如沐春风。

在这样的仙境，忍不住就想停下脚步，俯身与草木对视，鹅黄的嫩芽，像浮在水杯中一样，香气四溢，直抵心间，俨然被一幅春回大地的美景所陶醉，不由得让人感叹"风景这边独好"。

"红尘市迥人稀到，绿树春深鸟自啼。"沿山路盘旋而上，绕过一道山弯，出现一个缓坡，不由得眼前一亮：茶树像仪仗队一样排列有序，陇陇茶园在山谷纵横中随坡起伏，形成与自然风光融为一体的山地空间，成行的茶畦，又像串起来的翡翠，天热看着就清凉。往远处看，茶园像大地的诗行，一直伸向了遥远的天边。

走过一条土路，便豁然开朗，白花花的水泥路盘绕山间，直达勉县汉丞相茶叶基地。这个让人大开眼界的地方，属于阳坡，土质肥厚，水源充足，茶树葱茏，不愧为茶农的"宝地"。由于位于缓坡地段，地形像一把躺椅，背风向阳，一片寂静，太阳出来了，像是一个老人靠在那里晒暖阳。不远处有一棵大树，树冠如盖，郁郁葱葱，像大地的眼睛，关注着茶园，也庇护着这里的人民。

或许，正是那段土路的"阻隔"，才有了眼前空山新雨后的诗意。然而，走了许久，上千亩的茶园，空谷幽幽，人迹罕见，采茶者寥寥无几，不由得想起了上山时"入口处"的那段土路。

是啊，那是一条较窄的土路，明显有沙子石子铺过的痕迹。由于头一天刚下过雨，车轮碾压过的地方，俨然成了两条浅浅的水沟。此情此景，不禁让人打了个寒战：这怎么过呀？

说来也巧，正好迎面有一辆三轮车慢腾腾地驶来，这才使我如释重负，打消了先前的疑虑。

道路泥泞，但还畅通。我们像喘气的骆驼缓慢地行驶。尽管心里有些担心，但好在土路只有一华里，便是另一番新天地。

纵情于茶园深处，清风掠过，唯有深感万里清风带来茶的鲜爽滋味，似乎给生命的每一个音符增添了美好的感受。在没有鲜花相伴的茶园妙境里，一抹茶绿随风吹来，似有一种豁然开朗的感悟，这种感悟是心茶相合的亲昵。

在绿海中漫步，与广袤茶园、与清风对话，使人心情恬适、心境开朗。平日里，绷紧的神经慢慢松弛舒缓，让人神清气爽。此景此情，人之心怀，永远停留在迷人的春季，这就是如春的画面的魅力。遗憾的是，因头一天的透雨，无法走进茶园，亲自感受采茶的乐趣，但多姿多彩的茶园风貌，却展示出更加绚丽和夺目的美妙。

登上高处，看得更远。山巅与白云只隔一线，仿佛伸手就可摸到。宋·京镗《雨中花·重阳》一文中云："登高望远，一年好景。"广袤的茶园沐浴着天地的精华，孕育出"一览众山小"的千年绝唱，仿佛进入了另一个世界。

在作家眼中，这是一个值得感怀的季节：清风徐徐，小鸟咧咧，美景早已在心中生长、绽放，不由得让人张开双臂拥抱着山峦俊秀，风光旖旎，恨不得把每一个角落，统统录入镜头，迅速与朋友分享。

走了许久，一家新建的茶业公司突然出现在面前。

茶庄主人显得朴素亲和，端出了新炒制的高山茶，并用山泉水泡上，只见条形完整，茶毫明显，泛着柔光。再细瞧泡开后的叶形，肥厚且有弹性，好像刚刚离开千年古树，离开阳光明媚的巴山。其实，一泡茶的工夫，看似短暂，却经历了时光的发酵，唯有用心的人才能发现其中的真味。

历尽天华成此景，人间万事出艰辛。干了几十年茶叶行业的郑总，饶有兴趣地为我们讲述着关于这里的茶的故事：早在20世纪90年代初，勉县的定军茗眉因其汤色清亮，味道醇香，名声斐然。曾有一段时间，品质不断提升，赢得了市场的青睐。但是，市场规律并不是一成不变，后来当地统一了品牌，对销售也产生了影响。但巴山深处独特的地理环境，使其昼夜温差大，日照时间长，远离城市，没有污染，使茶叶有一种醇厚的板栗清香，仅凭这一点，是别的地方不具备的。

修一颗平常心，笑看世间繁华。茶不仅能洗胃，更能净心。慢慢地品尝，茶汤清澈，味道甘爽，入口醇香，似乎整个口腔都被茶汤激活了，满嘴都是带着山野清新的味道，甚至连人生都回到了生活的本真。

喜欢这样的精致、本真的现实生活，更喜欢一本书，一壶茶，一缕阳光，一丝清风。不为尘世的一切所蛊惑，随性，自由，素简，或许就是人生的最高境界。

人生应该这样，只有放下过往，不被过去纠缠住未来，才能迎接全新的味道。白岩松不止一次地自我反省，在事业高歌猛进的时候，他选择让自己慢下来。其实，识得进退，懂得回归，终能寻到生命最初的简单，获得真正的平静与安宁。

"落日平台上，春风啜茗时。"人生如茶需慢品，岁月似歌要静听。闭上眼睛，仿佛听到了茶树千年的吟唱，感受到了岁月酿造的醇美，体味到了大自然独特的味道，怎能不令人心旷神怡呢！

不由想起北宋文学家诗人苏轼的"从来佳茗似佳人，茶亦醉人何须酒"，而我们与这位佳人的缘分早已由这四月天注定。

此刻，恰好有一片金色阳光，正与延绵起伏的茶山相逢，茶园与茶叶被折射得璀璨明艳，春色如诗如画，春意无与伦比。

笑容慰我心

CAOMAO

SHANG

DE

YANGGUANG

我的"好天气"

(一)

春风和煦，空气清新，有花吐艳，有柳拂荫。淡黄的阳光轻洒在身上，没有夏日的热烈，没有秋日的感伤，更没有冬日的悲凉，总让人春心荡漾，满满的能量在脉搏里跃动，轻柔地抚摸着心中那甜甜的梦想。

或许是心有灵犀。来到农家乐，不经意间，儿子发出感叹——真是一个好天气啊！大家心领神会地一笑，感到无比地开心和快活。

小时候，在农村，不知为什么，祖辈们都把过生日称为"好天气"。比如张大爷、李太婆到了生日这一天，子女就要请亲朋好友和左邻右舍聚一下，但请客时从不说"祝寿"或者"过生日"，而是轻描淡写地说是"好天气"。"好天气"既让老人开心快乐，又彰显子女的孝道，在农村是很隆重的事情。而我至今都不明白，"过生日"是如何变成这个说法的。我上网去搜寻，也未寻找到丁点儿"蛛丝马迹"。

农村人讲究礼仪，不论到时多忙，都会前去庆贺。一见面，没有客套话，脸上就乐开了花。那年爷爷的"好天气"，姑妈特意送了一方红艳艳的腊肉，爷爷责怪说，拿啥东西哩，只要你能来比啥都好。话虽不多，却渗透了浓浓的亲情和无私的情怀。

岁月荏苒，年华蹉跎。想想这么多年，儿子从小进城，早已习惯了都市的生活，还能铭记"好天气"的意义，真的是难得，看来，儿子依然传承着乡下人那种朴实厚道的血脉和情感。我猜想，这个词内涵丰富，含蓄深刻，难怪儿子至今都念念不忘。

（二）

旧时给老人过"好天气"，是很讲究的。一般家中的年长者，也就是辈分最高者，他们坚守故土，生儿育女，传承后代，有规有矩，没有谁敢怠慢，理应受到尊重，子女们像敬活佛一样，谁也不想落个骂名，这是传统文明的真正延续和传承，而"好天气"就是传承这种文明的一种重要方式，是一个家庭的大事，更是一个家族的盛事。

那时，尽管缺吃少穿，可人人心里纯净敞亮，朴实厚道，没有私欲杂念，像小河一样澄明。"好天气"的酒席虽然简单，且野菜居多，但大家心里舒坦，照样吃得津津有味。苞谷酒是自家酿的，味道纯正没有污染，多喝几盅也无妨。高兴了，划几拳，把生日的气氛就推向了高潮。乡下人平时没啥活动，遇到过事都喜欢闹腾。茶余饭后，说段子的，哼老戏的，还有摆龙门阵的，五花八门其乐融融。家里没有要紧事者，直到太阳落坡了，才依依不舍地离席。

在那个讲究公平的年代，人理道德，胜过法律，因为人人都有脸面，不像当今有些人，表面上看是一张漂亮的脸蛋，但不是化了妆，就是戴了面具，嘴里说一套，心里却打着小九九，净想着歪门邪道，这无疑是心灵的扭曲、社会的悲哀。

至于年轻人，很少有人过生日，我也曾请教过长辈，过去在一个家族中，最年长的才有资格过生日。当然，这是旧时的习俗，讲究的只是对老一辈的敬重。忽然想起小时候，不知是好奇，还是凑热闹，我拉着母亲的衣角问："我什么时候好天气？"母亲不但不生气，反而乐呵呵地说："哪天挨打就是哪天呗!"

(三)

斗转星移,岁月流逝。如今,我已五十有余,虽然父母不在了,但按旧时习惯,是不过生日的。而时移世易,尤其是在城市中游走的时间越久,心中的山水梦就越向往。于是,儿子就以为我过"好天气"为由,要我们到定军山下的农家乐,放飞心情愉悦身心。

其实,经受了漫长的严冬季节,这样的好天气真是难遇。有言道:秋天的云,孩子的脸,说变就变。然而,对于春天,又何等的相似,头一天还细雨绵绵,说不定次日就阳光灿烂。当然,对这些自然的变化,一般人不会在意,只有心存念想者,才会常思量。恰似一个诗人,写应景之作,得提前思量。而我,像要去一次远行,不停地在手机上查阅着天气预报,希望能遇到一个真正的好天气。

儿子心地善良,性格直爽。就在头一天,他和爱人商量订蛋糕的事。亲不亲,一家人。爷儿们没有啥隐瞒的,既然知道了这番孝心,就直言相告,范围要小,更要节俭。

看着儿子为我的"好天气"而忙碌着,往事不由得涌上心头。

从前,父母奔五十时,和众多村民一样,累死累活在黄土地里刨食,尽管吃尽苦头挣断筋骨,依然过着吃不饱穿不暖的生活。但为了养家糊口,宁可挨冻受饿,也要把我们兄弟姊妹拉扯大。逢年过节,为了让我们享受童年的快乐,一次次地实现了"过新年,穿新衣,吃饺子,放鞭炮"的愿望。要是去赶集,自然少不了我们喜欢的玩具。那时还小,我不懂事,更不理解父母的艰辛,自己有了玩具,非要闹着让父母给兄弟姊妹也带一个。当然,父母从来不拒绝,只是默默地满足了我们的意愿。长大以后才明白，那时，尽管是多添一个或几个玩具，可背后父母不知忍受了多少焦虑和无奈。然而，追思苦难的往昔，有父母的年代，生活虽苦犹甜。

是啊！父母辛劳忙碌了一生，虽然日子有所好转，但他们只知道踏踏实实做人，从不奢求生活的完美，做梦也想不到"好天气"会有蛋糕。曾经，我也问过父母的"好天气"到底是哪一天，但直到他们不在了，仍然没有得到答案，成为我终生的遗憾。只是，这普普通通的一天，却成为我终生铭记的日子。

春风送暖，草木蔓发。时值我的"好天气"，但我怎能忘记自己的父母，愿他们在天国和我们一样，躺在春天的怀里，沐浴着阳光的温暖，享受殷实美满的生活！

（四）

阳春三月，草长莺飞。闻着花香，听着鸟语，沐浴着春日的气息，像赴一场春天的约会，我的"好天气"如约而至。

"久在樊笼里，复得返自然。"我们徒步来到定军山下，远山如黛，原野示娇，清风拂面，清香扑鼻……一幅淡雅幽远的春山图在眼前铺展。钱钟书说，春天是该镶嵌在窗子里看的，好比画配了框子。这里的春天刚好就框在了这座古老而神奇的大山上，巧夺天工地绘成了一幅自然画卷。一抬脚，就走进诗情画意里，有一种说不出的踏实感！

山风怡人，空气纯净。游童稚子，呼之闹之，旁若无人地闹笑嬉戏，把梦想挂在风筝上，任它在蓝天下飞扬，踏着风儿的白云一路追赶着。天空忙着为自己裁剪春装，撕下蓝色的丝带，把白云镶在裙摆上，自拍的女子穿着春姑娘一样的花衣裳，接过飘下的蓝丝绸不停地舞动。蝴蝶有的是优美的舞姿，蜜蜂有的是动听的歌喉，林中小鸟扑簌簌飞动的响声，那感觉是活泼的、动听的。偶尔，从林中斜斜伸出一枝含苞待放的野花，让人眼前顿时一亮，整个早春被画龙点睛了。这是春最心动的所在，心中已无半点浮尘，不由得发出这样的感叹——只缘身在此山中。其实，人生亦如此，幸福只不过是一种感觉，只要心里舒坦就好，何必苟意去描绘呢！

春山含黛，草木含香。近观眼前满目春，无论是回头凝望，还是转角驻足，都是一番令人惊叹的水墨丹青，心动之情油然而生。然而，由于大家都带有小孩，没走多远就依依不舍地返回农家乐了。

农家乐依山而建，房舍别致，落落大方，果木连片，蔬菜成畦，小桥流水，鸡鸣犬吠，仿佛是身临世外桃源，闭眼聆听，耳边尽是天音缭绕，心中早已忘却一切烦恼。小孩子爱热闹，涌向了秋千，极像儿时我们过年的热闹景象。平日里忙于家务的主妇，心里早就痒痒的，要搓几把麻将。我喜欢清静，拉着小孙女，随便走走转转，忽然，公鸡发出了清脆的打鸣声，刚会说话的孙女却学得有模有样，逗得大家开怀大笑。

当盒装的生日蛋糕缓缓打开，生日歌便响起来了，大家不约而同地举杯高呼：生——日——快——乐——！

"开心果"

斗转星移，岁月流逝。美好的时光，不论流失得多么匆忙，却总是春风和煦温暖人心，久久深藏在内心，每每回想起来，都会让人嘴角上扬，喜悦、幸福、甜美溢满心田……

（一）

那年，儿子结婚了。按中国传统的习俗，结婚是人生的大事，当然要弄得体面一些，于是，便买了一套三室两厅两卫的新房。而我和妻子依然住在老屋，房子虽然不大，但住习惯了，日久生情，真舍不得离开。

然而，儿媳怀孕后，为了精心地照料，妻子便提出一起住在新房。这是因为新房设施齐全，天然气已通到了厨房，可以说是一应俱全，极为安全和便捷。

俗话说：十月怀胎，一朝分娩。儿媳妇预产期到了，这是经过一系列的检查后得出的结果。回想我们那个年代，孕妇临产了还在生产队干活。若村里有个接生婆，近水楼台先得月，也感到无比的自豪。

毕竟时代不一样，一切要尊重科学，于是，一家人拎着大包小包，盛满了妻子和亲家母的心意，驱车到了医院。

人生人，吓死人。好心的邻居提醒，让我还叫上小妹，也一同前往。谁料，医院有规定，只能有一个人陪护。因此，只好把车停在外面，连吃饭也得轮流去。

六月似火，十分闷热。到了后半晚，由于心里有事，困了，就眯上一会儿。白天就不一样了，亲朋好友得知消息，要关切地询问情况。有时，手机一响，还以为是医院的电话，紧张得冒一身冷汗。在左等右盼中，当日历翻过小暑，喜从天降，小孙女平安地来到了人世，水灵灵、粉嘟嘟的小脸，我凝视着怎么也看不够，抚摸着红润润的小手、胖乎乎的小脚丫，让人无比的怜爱，我们悬着的心终于落到了实处。

（二）

想起儿子出生时，哪会这样兴师动众。

俗话说：瓜熟蒂落。孕妇临产了，从来没有什么大呼小叫，好像是一件顺理成章的事情，村里接生婆就把事办妥了。家庭条件稍好一些的，才送到乡卫生院，我家就属于后者。

记得那天，早起的鸟儿刚开始鸣叫，妻子突然说是肚子痛得厉害，于是，我就送妻子到乡卫生院，儿子很快便出生了。

那时，家家户户都有农活，白天要忙队里的事情，傍晚回到家里，经管小孩的琐碎事就落在了自己的肩上，洗尿布，干杂活，我样样打理得有条不紊。

那个年代，在城里，不论男孩女孩，只能生一个。而农村却是体力活，家家户户都想生个男孩，要是头一胎是女孩，可以给个"指标"再让生一个。当然，有遂意的，也有不如愿的，第二胎依然生了女孩。与妻子在同一产房的，有个老乡，第二胎仍生了个女孩。为了延续香火，便打算与我们把小孩互换，说这样我们还可以再生一胎，也满足了她想要男孩的愿望。当时，政府已经提倡："生男生女都一样。"于是，我们就婉言谢绝了。

不久，我们离开故乡进了城，渐渐地生活还算过得去。随着计划生育政策的调整，人们思想观念的不断改变，现在政府放开了二胎政策，至于小孙女后面跟个弟弟或者妹妹，都不会像那些年让人苦思冥想犯熬煎。

古人讲"三岁看大、七岁看老"。眼下，小孙女聪明伶俐活泼乖巧，我想她长大了，一定是光鲜靓丽的白天鹅，绝不会是灰不喇唧的丑小鸭。记得有这么一句话：只要有梦想，就很了不起！但愿小孙女在未来平凡的世界，也能撑起那半边天。

（三）

家里添人进口，气氛异常活跃，就像宁静的林子，倘若有了鸟鸣，自然就充满了灵气和生机，难怪一家人都如获至宝欢乐开怀。

然而，由于儿媳妇是剖宫产，恢复身体是当务之急。小孙女三个月后，开始喝奶粉。妻子向来任劳任怨，不怕苦不怕累，每隔两三个小时，便主动给小孙女喂奶粉。特别是夜晚，小孙女饿了，甚至尿胀了，只会发出哭的信号，折腾得人六神无主。好在儿子曾是妻子一个人拉扯大的，积累了不少经验，刚好派上了用场。

有人说，母亲是世界上最伟大的人！是啊，妻子含辛茹苦把儿子养大，现在又夜以继日不辞辛劳抚养小孙女，这是中国当今的普遍现象，也正因为这些看似平凡的生活，彰显了一个普通母亲勤劳善良的品格和顽强坚韧的精神。

然而，小孩子抵抗能力差，偶尔会生毛病，白天还好将就，夜深人静，人困马乏，有时，闹腾得人仰马翻。不过，小孩子不装病，有个风热感冒什么的，病一旦治好了，吃得好，睡得香，又继续着无忧无虑的生活，编织着属于自己的美梦。

其实，对于妻子的辛苦与付出，一家都看在眼里记在心里，只是儿子儿媳不爱在口头上表达而已。儿子和儿媳知恩图报，逢年过节，不是给妻子买衣裳、买鞋子，就是给妻子买小礼物。

是"模范"就要弘扬，我常常为妻子的耐心和能干点赞，也主动做一些力所能及的家务活。父亲节那天，我也"沾"了光。生活留下了念想，心里比蜜还甜。

人过五十，再无年少的血气方刚，更多的是成熟和稳重，想得更多的也是别人的好处。因而，即使与晚辈拌个嘴，也不会往心里去。这可不是拿了别人的手短，而是上天赐予的一种缘分，是一种无法分割的浓浓亲情。常言道：亲不亲，一家人。仅从这一点，就无形地彰显了一个家的幸福指数。

（四）

小孙女天生丽质，眉目清秀，活泼可爱。办满月酒那天，著名画家、书法家寒松赠送了一幅书法作品——苗壮成长。在我们拍照留影时，有朋友开玩笑说：真是人见人爱，抱都抱不够呢。吴先生作为主持人，他深有同感，给取了一个乳名，从此，便不知不觉被冠名为"开心果"。

在小孙女半岁前，确实好经管，只要吃饱了，就欢实得很，从不给大人"找事"，只有在身体不适时，才开始闹腾。但小娃好哄，一个玩具，几声呵护，都会哄乖。

俗话说：七坐八爬九个月长牙。转眼小孙女能爬了，玩具早已是一大堆。从听的、看的，到亲自能拿到手里自己玩的，像大人过日子一样，要经过许多过程，也练就了一些基本功。比如不要的玩具，心里不乐意，就顺手扔了，至于地点，甚至是后果，没那个思想意识。儿媳妇休产假后上班了，妻子既要经管小孙女，还得操持家务，抽空做饭洗衣、拖地打扫卫生。看起来尽管都是琐碎活，但扫帚不到，灰尘不能自己跑掉。有时，妻子抱怨说，还是抱在怀里时好经管。人往往总是这样，小的时候盼长大，长大了却又想着小时候好伺候。在小孙女走路前，不是被抱在怀里，就是躺在婴儿车里。这样，大人可以

草 帽 上 的 阳 光

腾开手干点家务，可盼到小孙女会爬了，像猴子一样，更让人操心。因而，得时刻关注，以免发生意外。有时，我天真地想，人如果能停下来，别长大该有多好。

生活并不是童话剧。旧日子一去不复返，小孩子也要追赶明天的太阳。

（五）

时光如水，岁月流淌。大约在小孙女一岁零三个月时，她开始学走路了。如果稍不注意，就会跌倒，这是妻子认为最担惊受怕的时候。而年轻人总能与时俱进，在网上买了一顶防摔头盔，可以预防跌倒摔伤。可毕竟小孙女不懂事，啥都敢摸，啥都敢动，稍有不慎，后果难料。于是，茶几上、电视柜、阳台上，该拣的拣，该藏的藏。尽管如此，妻子跟前跟后，仍防不胜防。有时，连上厕所都担惊受怕，生怕惹出麻烦。

无奈，儿媳妇只好请朋友曾某帮忙来照看。这样，一个料理家务，一个经管小孙女，而且既分工又协作，把家里打理得井井有条。先前，小孙女偶尔摔跤的情况，几乎再没有发生过。后来，儿媳妇的那位朋友家里有事，自然也就没法来帮忙，但小孙女嘴甜，现在还常喊曾经照顾过她的曾奶奶。

其实，曾某勤劳善良，吃苦耐劳，在山区多年教书，一心扑在工作上，干了一二十年，结果还是被体制解雇了。但她不心甘，依然热爱教育，就又干起了代教。

当然，对于管理和教育小孩，曾某积累了丰富的经验。不然，在当今用工挑剔的年代，咋能干得下去哩。只是命运不公，让她生在了大山，手机信号不畅，那年又丢掉了代教的工作，才到我们家里帮忙。

在我们生活的交际圈中，可能许多人不太能留下印记，但曾某给我们帮忙的那段日子，给小孙女留下了太多的温暖，同时，也让我们一家人铭记在心。但愿好人一生平安，曾某能安度自己的晚年。

（六）

伴随着跌跌撞撞的行走，小孙女开始咿呀咿呀地说话。我和儿子下班回家，都争先恐后要抱"开心果"，一来愉悦心情，二来缓解妻子和儿媳妇的疲劳。

小孙女性格开朗，咿呀咿呀的声音，像天籁般的音乐，让人觉得是一种享受。看着她天真的笑容，心里像乐开了花，平日的烦恼和忧愁顿时消失得无踪无影，留下了一身的愉快和轻松。

孙女刚开始学说话时，让我想起了乡下的八哥，教啥说啥。比如教小孙女说：他是爷爷，她是奶奶，他是爸爸，她是妈妈……她依然原封不动地和盘托出，逗得大家开怀大笑。又过了两三个月，小孙女识别能力就增强了，她主动删去了"她是""他是"，直到见谁叫谁，如叔叔、阿姨、哥哥、姐姐。后来，给这些称谓后面又加上了一个"好"字，如弟弟好！妹妹好！多么亲切，多么礼貌，似乎把人与人之间的距离拉近了。或许，小孩子的天真可爱，就体现在这些地方吧！再比如，渴了，知道喝，饿了，知道吃。要上厕所，也会提前告知，避免了尿裤子的麻烦。

"爷爷回来了。"我下班回家，小孙女像燕子似的，张开翅膀，一边跑一边喊，扑到我的怀里，尽情地享受着自己要的那份快乐。我赶紧抱起，兴高采烈地把她举起，再搂到怀里，经常会收获一个又一个甜甜的吻。

自从小孙女成了家里的"开心果"，即使暂时的离开，心里也会空荡荡的。我出差在外，几日不见，梦里就会浮现她开心快活的画面，着急火燎地把事情办完赶回家，继续做着"你拍一，我拍一，两个小朋友做游戏……"的动作，欢声笑语乐此不疲。如果没有亲身经历，很难体会到那种乐趣。

而我的父亲是一个农民，为了养家糊口拼死拼活，在他有了小孙子的时候，依然忙前忙后顾及着生计。父亲很少有时间拉着小孙子学走路，要是有一个拥抱更是奢侈。但父亲在世时，他到了城里，总会给小孙子带点土特产或买点吃喝。我也曾劝他，城里啥都不缺，而他说不买点东西，心里像缺少了点啥。其实，父亲把爱深深地藏在心里，也许只有通过这种方式才能表达。我能体会到父亲的用心良苦，可如今又有多少人能明白呢！

（七）

时光飞逝，世易时移。小孙女的表情日渐丰富，不再是先前只知道笑，或者是哭了。我曾注意到，这时，不仅仅是大人逗她了，小孙女开始琢磨着反过来逗大人了。她拿个玩具，像我曾经哄她开心一样，假装做出一副给我的样子，然而，当我伸手去接时，她迅速把手缩回去，实现了自己小小的伎俩，并细声慢语哈哈大笑。顿时，时光像被刷新一样，留下一幅崭新的容颜，让人感到格外地高兴与自豪。

静夜思，真神奇。每当我回家刚掏出钥匙开门时，小孙女便连喊带跑到门口，准确分辨是谁回来了。我仔细观察过，奶奶、爸爸、妈妈，还有我，无论是谁开门的瞬间，她不见其人，却能准确喊出称呼。那么，一岁多的孩子，是靠脚步声、掏钥匙声，还是别的感应呢？

想起小孙女出生不多几天，我拿奶壶给她喂水，由于奶瓶盖未拧紧，四五十毫升的水很快就被"喝掉"了。正在我纳闷时，妻子无意中发现小孙女背部湿溜溜的。这时，我才恍然大悟，先前小孙女目不转睛紧紧盯着我的表情，怎么没有唤起我的察觉呢？或许，这就是人的第六感吧。

小孙女天真可爱，成了家庭润滑剂，矛盾的化解剂。有一天，儿子和儿媳闹矛盾，小孙女又哭又闹没完没了，他们担心孩子被吓着，吵闹声才戛然而止，日子立刻又恢复到了从前。

（八）

"世界那么大，我想去看看。"对于小孙女，同样适用。她在家里待久了，尽管吃得饱，穿得暖，享受着幸福的生活，但小鸟都不愿被关在笼子里，在家里玩腻了，就喊着出去玩。白天要坐"摇摇（一种玩具）"，傍晚要看跳舞。广场上的大妈有一曲没一曲跳着舞蹈，那欢快祥和的乐曲感染着每一个人，也影响着小孙女的智力发育。一来二去，小孙女像快乐的天使，便不知不觉扭起来了，而且有模有样，引来了一片掌声。

有兴趣爱好，要塑造培养。既然小孙女喜欢跳舞，我们就让她去广场"锻炼"。现在流行新媒体，偶尔拍点视频，发在朋友圈，点击率蛮高的。

小孙女不光天真可爱，还非常懂事。走路了，说话了，我们就教她哪些可以动，哪些不能动。如在客厅里养的花草，只能看不能动。小孙女记住了，还演讲似的，重复着大人的话：爱护花草，请勿乱动。逗得大家捧腹大笑。其实，小孙女何尝不是一株花草，她不仅需要阳光空气，还需要精心的呵护。她从卧在摇篮，到独立行走，都要大人的陪伴，才能茁壮成长。其实，人生都大致一样，谁都离不开摸爬滚打的历程。这种启蒙教育的结果不管如何，但至少可养成良好的生活习惯。

当今，人们崇尚乡村旅游，我也喜欢带小孙女回故乡。小孙女看到小狗、小鸡像回归了自然，进入了世外桃源。她学会了叫"汪汪"，模仿鸡打鸣……总之，一个表情一个眼神，一个动作一句话语，抵达的是灵魂，温暖的是人心。

（九）

岁月静好，但能"素心遥对，杖履诗酒，呼吸相通的"，尘世上能有几多？更多的时候，人的内心是孤独的。比如盛夏酷暑，寒冬腊月，我独自一人坐在宽敞亮堂的客厅里，没有人说话，甚至会发呆，生活就缺乏了生机与活力。而"开心果"一旦出现，像一石激起千层浪，欢声笑语绕膝穿梭，让时光开始晃荡，充满了无限的欢乐和情趣。

现实生活，看似小家庭，却是大和谐。自从有了"开心果"，真是其乐无穷。

六月如火，酷暑难当，在这样的季节，蝉用单调粗糙的歌喉，聒噪着未来的日子。为了提高幸福指数的人们，负重不堪地与岁月赛跑，奋力地编织着生活的序曲。对于凡夫俗子来说，倘若干完一天的事情，拖着疲惫的身躯迈入家门，就如释重负如沐清凉。在"开心果"两岁生日时，儿子儿媳在屋里布置了生日场景，妻子安排了生日宴，一切准备妥当，坐在餐桌前，我给小孙女发了个小红包。

"爷爷——干杯！"

小孙女突然端起茶杯，要与我一起干杯。顿时，我们相视而立，有音乐相伴，开心地举杯，整个房间充满了笑声，也充满了"好天气"的气氛。

身边最美好的风景

（一）

我们身边有无数风景，只是平时看习惯了没觉得，待有文化的人描述出来，往往会使人发出感叹：原来生活这么美啊！我的小孙女就是我身边最美好的风景，让我一直看不够。

小孙女天生丽质，脸庞白皙，眉目清秀，轮廓分明，大大的眼睛，炯炯有神，犹如两颗亮晶晶的黑葡萄。弯弯的眉毛，如同半个月亮，恰似画上去似的。面如敷粉，目光温暖，视而有情，笑容灿烂。在院子里奔跑起来，翘翘的小辫子在空中翩翩起舞，像漂亮的花蝴蝶，来来回回穿梭。如果兴致来了，还会把许多话都哼成了歌。

或许是我们已习以为常，并不觉得有什么特别，倒是左邻右舍夸赞她像一个美丽的小公主。于是，想想过往，深有同感。

小孙女从呱呱坠地到如今，一晃就是三年，在一天天的成长中，她以她的欢声笑语浸润着我的心灵，也让整个家庭充满了欢乐，让我享受到了天伦之乐。

（二）

我一直喜欢走进大自然，聆听山野的天籁之音。小孙女喜欢音乐，似乎也是天性。或许是受胎教的影响，从小爱伴着乐曲入睡。当咿呀咿呀学说话时，便迷上了儿歌。高兴了，扭一扭屁股，像有意展示自己的风采。

贪玩，是每个小孩子的天性，小孙女也毫不例外。今天喜欢玩皮球，明天喜欢玩飞机，希望常有常新。看到电视里的汪汪队，就想买个"天天"。但大多时候，都是过个嘴瘾。尽管这样，都激动得不得了，常常又蹦又跳，拍手叫好。作为家长，经常会添置玩具，尽量满足她不同时期的兴趣与爱好，如小人书、布娃娃、小包包、气球、积木、榔头、汽车、青蛙、电话、拨浪鼓、不倒翁、漏斗……天长日久，玩具一大筐，有小朋友来家玩，可以说是应有尽有，喜欢啥就玩啥。有时，还互相"借"玩具，算是互通有无吧。

　　小孙女乖巧，爱说爱笑，也合群，能与小朋友打成一片。时间长了，会记住许多小朋友的名字，偶尔遇见了，还主动打招呼，包括小朋友的爷爷和奶奶。如遥遥奶奶、笑笑奶奶、月月爷爷、开心爷爷……俗话说：小娃嘴甜，哄了爷爷的钱。当然，这是老话，但并不过时，小孙女热情的招呼，自然会赢得表扬。有时，还获得一些吃喝或者玩具。小孙女很有礼貌地说声谢谢，老人便乐呵呵地夸赞她。

　　小孙女是"开心果"。在沙发上看动画片的时候，她把沙发当蹦蹦床，又蹦又跳。看她高兴的样子，我就主动上前，拉着她的小手，让她借点力蹦跳，于是，她越蹦越高，越蹦越开心。有时，还觉得不过瘾，让我双手把她举起，抛起来再接住，好像是从未有的愉悦，并不时发出尖叫声。要不是我累得通身是汗，真有种誓不罢休的感觉。这样，不仅愉悦了心情，还锻炼了自己的身体。

　　白天有说有笑，晚上睡个好觉。临睡时，小孙女朗读刚学的儿歌："小白小白上楼梯，打开电视机，抽出小天线，电视不好看，关掉电视机……"还喜欢手指操："黑猫警长，黑猫警长，喵喵喵，开着警车，开着警车，嘟嘟嘟，小小老鼠，小小老鼠，哪里逃，一枪一个，一枪一个，消灭掉。"然后，骑在我背上，像骆驼一样地缓慢爬行，完全是一种自娱自乐。在完成这些"预习"的动作后，便悄悄地进入了甜蜜的梦乡，以至于在梦里笑醒了好多回。

（三）

"久在樊笼里，复得返自然。"小孙女在家里待腻了，像笼子里的小鸟一样，也想去看看外面的世界，着实体验快意的自然生活。好在家门口就是翠园广场，倒也方便。即使在她不会说话时，会用小手往外指，示意去外面转转。待到两岁时，几乎能用语言把自己的意愿表达出来，就不用揣摩她的想法，自然省了很多事。

广场不是太大，舞者占去了大半，其余几乎都是小孩子的乐园。有卖玩具的，有摆地摊的，最畅销的是"泡泡水"、泥娃娃，最热闹的是钓鱼、挖沙子、跳跳床。早上或黄昏，跳舞者居多，看热闹的也不少。小孙女很有天赋，在那里学唱歌学跳舞，有模有样，赢得喝彩。熟悉的人建议以后学艺术，肯定是个好苗子。当然，那就是后话了。但愿她未来更加美好。

我曾观察过，当《你没走》的音乐响起，小孙女站在后排或侧面，像模仿秀一样，思维敏捷，手舞足蹈，动作活泛，欢歌笑语。尤其转圈的一瞬间，机灵得像一只小花猫，像有意点缀着广场大妈。有时，小孙女还哼上几句《酒醉的蝴蝶》："怎么也飞不出花花的世界，原来是一只酒醉的蝴蝶！"我看她踏着节拍，开心地跳跃，不由得想起了自己的童年时代。

那时候，我们不像现在的孩子金贵，大人要忙着挣工分养家糊口，完全靠自身生长。我们兄弟姊妹四个，像村里的许多家庭一样，享受着大带小的"待遇"，就这都感到十分满足。而现在，几乎是三四个人经管一个孩子，看起来就让人羡慕不已。

不过，我这个人比较笨拙，只是喜欢读读书，写写字，并不怎么喜欢跳舞，即使在娱乐场所，也怕踩了别人的脚尖，现在想起来就觉得好笑。但不知为什么，总喜欢看小孙女跳舞，我拍点视频，发到朋友圈，点赞的，转发的，留言的，常常是一大串，很有一种满足感。

远处是风景，近处是生活。位于汉水之畔的沔水湾广场，临水而建，环境优美，这是小孙女常去的地方。或追逐嬉戏，或翩翩起舞。尤其是傍晚，霓虹闪烁，五光十色。天上有圆月作伴，银辉与光影交融，如香港的维多利亚港湾，波光潋滟，如梦如幻。有风起，风筝滑翔，无人机在天空盘旋，小孙女不时惊叫，甚至热烈鼓掌，发出爽朗的笑声。盛夏时节，清风习习，美景相伴，人潮似海，恰如仙境，常常让人流连忘返。

（四）

良好的习惯须从小培养。对于吃饭这件事，同样是这个道理。

小孙女吃饭，总爱凑热闹。为了满足其好奇心，吃饭便围在一张桌子上。开始是给喂着吃，后来她便模仿着自己吃；开始是拿着勺子给喂，后来照样学样用起了筷子；开始常把饭粒掉在桌子上，后来便小心翼翼地全喂进了嘴里。这点点滴滴的进步，看似平常，却让人感到十分欣慰。

俗话说：三岁看大。这时，一些简单的问题，如家里有几口人，家人的姓名，她都能对答如流。甚至还知道居住的详细地址。又如去哪里玩了，和谁在一起，哪位小朋友不听话，谁把谁惹哭了，这些"小新闻"，都成了她的谈资。不过，小孩子不说谎，所见所闻，都是真实的描述。只可惜，现在有些人，还真不如小孩，说话不实事求是，做事虚来谎去，这就让人匪夷所思了。

世上有没有神童，我不知道。但小孙女的有些举动，引起了我的注意和思考。她对于一件玩具，会一边玩一边琢磨，能自娱自乐玩出花样。有时，那认真的样子，感到不仅仅是玩玩具，更充满了无尽的想象。我读书写字时，小孙女抓起笔，说要学习强国，这极像情景剧，最能打动我的心灵。

小孙女两岁多时，偶尔到我办公室玩。我让小唐把户口簿复印一下，小孙女立即接过话茬：那把我的也复印一下呗。顿时，逗得大家哈哈大笑。

有一次，儿子和儿媳妇拌嘴，她立即跑到爸爸跟前，胆怯地说："爸爸，别歪妈妈，我给你跳个舞吧。"大人劝架，要费许多口舌，但小孙女却不用吹灰之力，让难堪的局面顿时收场，实在让人难以想象。为此，我写过一篇《开心果》的文章，记录小孙女的聪明智慧，以及让我们懂得的家庭和谐的道理。于是，我才有了继续写小孙女的冲动，回忆一些过往美好的瞬间。

（五）

老话说得好：要得比人强，就得比人忙。虽然现在生活条件好了，生活压力却越来越大。这对大多数人来说，几乎是成正比例的。想起车站、码头、机场，乃至上班族匆匆忙忙的脚步，人就像蝼蚁一样艰难地奔波，不由得想起了我自己。

是啊！一晃就是二三十年，有付出，有收获。但有时，回家的路上，还在琢磨人生规划的兑现。于是，心里不免感到有些遗憾。然而，一脚踏进家门，却像换了人间。小孙女连走带跑冲过来，迅速扑到我的怀里，奶声奶气地拖着长长的尾音喊："爷——爷——"并朝我开心地笑了笑。顿时，生活中的鸡零狗碎、一地鸡毛顷刻间烟消云散，生活本该有的惬意时光，都会随之流露出诗情画意，给人带来一种很奇妙的感觉！这也许就是我们常说的隔代亲吧。于是，工作之余，沏一壶茶，看一本书，写一写字，完全是培养个人的爱好。抑或约三五文友，谈谈时事，聊聊诗与远方。抑或一家老小出去走走，无忧无虑，谈心聊天，享受一下无拘无束的感觉。

爷孙牵手相视笑，天伦之乐尽逍遥。适逢小孙女三岁生日，忽然要跟我做游戏，我当然积极配合："你拍一，我拍一，我和满满做游戏；你拍二，我拍二，我和爷爷做游戏……"当我说完前两句，小孙女很机灵，迅速说出了后两句，而且替换了彼此的称谓，真的让人意想不到。旁边的奶奶、爸爸、妈妈感到很吃惊，不约而同地鼓掌，一家人笑逐颜开乐在其中。正如一首诗写道："老幼同欢喜融融，爷孙嬉笑沐春风。人生莫过此缘逢，天伦之乐铭心中。"

满满的笑容

"哈哈，我要上幼儿园了！"一大早，孙女满满兴高采烈地背上小书包，打开房门，像小鸟展翅般张开双臂，楼道里传出银铃一样的笑声……

看着满满开心快活的笑容，奶奶高兴得合不拢嘴，于是，带着接送卡，护送小孙女入园。

就这样，伴随着一年一度的开学季，满满兴高采烈地走进了幼儿园。

其实，幼儿园离家不远，大约只有二百米。幼儿园是三层小楼，外形独特，颜色分明，多姿多彩，操场是彩虹般的塑胶跑道，周边有游乐设施，属规格比较高的公立幼儿园。

从此以后，满满如果路过，便自豪地说："这就是我们的幼儿园。"说归说，但在三岁之前，满满是没有资格去幼儿园的，只能从透视的大门看看。然而，这种五彩斑斓画图般的幼儿园，让满满早就产生了仰慕之情。

流淌的岁月见证了每个人的成长，满满从呱呱坠地到咿呀咿呀学会说话，再从跌跌撞撞开始学会走路，眨眼的工夫，就度过了三个年头，到了上幼儿园的年龄。

初秋的早晨，季节摇身一变，脱去了炎热的盛装，凉风习习，气候舒适宜人。

这是入园的第一天，车水马龙，熙熙攘攘，但注目观看，秩序井然。保安着正装站在大门两侧，中间戴着口罩的两位女老师认真检查着接送卡，并耐心地测着体温。满满活泼可爱，蹦蹦跳跳，又说又笑，通过"安检"后，在奶奶的陪同下，走向自己心仪的地方。

缓步前行，奶奶和满满一同见过老师，算是完成了交接仪式。满满招手告别奶奶，自己依依不舍地走进校园。顿时，奶奶感觉心里空荡荡的，看着就心疼，更不忍心马上离开，便在教室不远处，悄悄地观察着满满。

大约到了八点二十分，小朋友越来越多，教室像炸开了窝，叽叽喳喳，有哭的，有闹的，胆大的男孩子，开始互相争吵。满满向来胆子小，也腼腆，虽然没有哭，但先前的快活一扫而光，她东瞧瞧，西瞅瞅，像刚离窝的小鸟，一脸紧张的表情，静静地观察老师劝说这个，安抚那个，尽量缓解小朋友异常的情绪，按部就班地规划着小朋友们的生活。后来，听老师说，或许是满满想家了，想父母了，想爷爷奶奶了，最终还是没有熬住，小嘴一瘪，也开始哭了。好在不大一会儿，就被老师说服了。

为了遵守幼儿园的规章制度，奶奶不得不离开，但走出大门口，许多家长依然不愿离开。其中，老人占大多数，当然，也有年轻的少妇，像娃被人夺走了似的，不是在偷偷流泪，就是眼眶湿润，甚至比小朋友更难受。有的家长还不停地向园内张望——回想着孩子的模样，猜想着孩子的表情，个个心里都五味杂陈。不过，这完全能够理解，因为现在日子好了，况且独生子女居多，加之小朋友年龄又小，长辈们适度关爱，本来无可厚非，但幼苗不能变为"弱苗"，这不仅是老师和家长的事情，更需社会在教育体制等方面强筋壮骨，让孩子们能健康苗壮成长。

下午，奶奶按时去接满满。看得出，满满早就想奶奶了，她像燕子一样不停地向教室外面观望，急切地想见到奶奶。

"奶奶，我好喜欢您！"满满扑到奶奶怀里，紧紧地搂着奶奶，继续说，"我喜欢爷爷，喜欢爸爸，喜欢妈妈。"一路上，满满很开心，满脸的笑容，又像找回了依靠，不愿再离开奶奶的怀抱。回到家，她像坠入了爱巢，深深地感到家的温暖。

对于上幼儿园，满满一反常态，奶奶尽管做了一些劝导，但就是不愿意再去幼儿园。只要奶奶不答应她，就开始哭闹，为了安抚幼小的心灵，只好口头上妥协了，满满才恢复了从前的表情，但依然心有余悸。

晚上闲聊的时候，满满虽然述说着幼儿园的生活，从一日三餐两点到午休，从老师教自己穿鞋到上厕所，但始终流露出不快活。因为，环境的不熟悉，生活的不习惯，小朋友的不相识，还有……这么多的陌生，导致满满发声："我不想上幼儿园了。"

果然，第二天早上，满满和家属院的几个小朋友一样，躲躲闪闪不想去幼儿园。

古希腊著名哲学家埃皮克提图曾说："扰乱人精神的，与其说是事件，不如说是人对事件的判断。"为了增强满满的适应能力，为心理健康打下良好的基础，奶奶就采取启发式提问去引导满满，如：昨天认识了几个小朋友呀？老师喜欢不喜欢你？这些问话虽然平常，带来的变化却是惊人的。满满叽里呱啦述说着所见所闻：自己午休的时候，虽然不习惯，但睡着了，蛮舒服；尽管小朋友多，但很是热闹；幼儿园很新鲜，老师对我们也好，还能做游戏。好孩子是夸出来的。奶奶趁机表扬了满满，让她把明天最开心的事情记下来，回家告诉奶奶和爷爷，还有爸爸妈妈。就这样，没过两天，满满迅速适应了幼儿园的环境，并享受着幼儿园的快活时光，脸上洋溢出灿烂的笑容。

草 帽 上 的 阳 光

周日，为了兑现承诺，奶奶带满满去沔水湾广场玩，故意问满满："你明天还上幼儿园吗?"满满似乎不假思索，慢条斯理地大声说："明——天——我——上——幼——儿——园——"

秋高气爽，天高云淡。此时，太阳映照在满满的脸蛋上，红彤彤的很漂亮，就像一朵花儿一样。

你笑起来真好看

（一）

"耶！"

"嚓、嚓、嚓"，快门声响过，剪刀手和"爱你呦"的姿势，在幼稚的脸庞泛起一朵浪花，就这样，满满甜蜜的笑容定格在了摄影师的镜头里。

室外骄阳似火，室内清凉适宜。"糖果屋"里，满满极力地配合着摄影师，一点也不紧张。像平时拍照一样，满满摆出一副拍戏的样子，在兴奋而又自然的表情里，流露了无限的欢乐和童趣。

"你笑起来真好看！"摄影师一边逗满满，一边用相机留下了美好的瞬间，也算是对满满欣喜表情的肯定与褒奖。

这是满满第四次在这里拍照了，这一天，满满刚好满四周岁，就显得特别有纪念意义。

（二）

满满是我的小孙女，平时腼腆胆小，但面对镜头时，她早已习惯了，这或许与平时的"练习"有关。

春光宜人，山花烂漫，时光刚进入春天，我们带着满满到天荡山去看新的春景。一家人又说又笑，走着走着，满满忽然到路旁的花丛中，捡几片心爱的小树叶或摘上几朵小花朵，并且自己别在头发上，让我给她拍个照。

春天最为迷人，满眼都是风景，满满穿着一身粉色连衣裙，恰像春色的绝配。满满毫不拘泥，落落大方，摆出与生日拍照一样的姿势，仿佛她就是春天里的花朵，娇嫩无比，鲜艳夺目。

去年秋天，满满上了幼儿园，但生活空间必定有限，更喜欢走进大自然，因而，节假日都爱出去逛逛。山水风光，名胜古迹，乡村民俗，现代胜景，都成为开阔眼界愉悦心情的好地方。

满满一直喜欢户外活动，尤其爱去中心广场喂鸽子。一开始，还担心鸽子在她手中啄食，会伤着自己，但去的次数多了，便能与鸽子和谐相处，并对鸽子有了感情，甚至连蜻蜓、蟋蟀、天牛、瓢虫、蜗牛……也成了她心目中的保护对象。

不久前，满满生了一场病，有个养鸽子的朋友送了两只乳鸽，说要让满满补补身体。我把这个消息告诉满满，本想她一定会欢欣鼓舞，不承想，她满脸的不高兴，噘着小嘴说：鸽子很可爱，不能伤害它，要装在笼子里养起来。看着满满一脸的严肃，只好满足了她的心愿。

（三）

满满对世界充满了好奇，具有丰富的想象力。回到老家，看到偌大的水库，便发出感慨：好大的海啊！于是，我们都笑了，她却不以为然，继续说：等我长大了，要学习游泳！满满生长在秦巴之间，只能从电视里看见大海的模样，但她对生活充满了无限的热爱，这言不由衷的感叹，就是水对她的诱惑。

有一次，去南郑汉山植物园，满满喜欢滑滑梯，溜了一次又一次，返回的途中，仍然有一种意犹未尽的感觉。回到家里，满满让我躺在沙发上，双腿弯曲，像搭桥的样子，我不明白她的意图，但还是照办了。谁料，满满高兴地说：这就是滑滑梯，我要溜一溜。说着便开始"示范"，不由得让人佩服她丰富的想象力。还有一天，她一不小心，从楼梯上滚了下去，头部受了伤，但没有大碍。没过几天，我和她一起下楼梯时，满满小心翼翼，牵着我的手说：下楼梯不能走快了，不然，会像我前几天那样，皮球似的滚下去，这样很危险的。

有一天，我在家洗完澡，把头发往后梳了一下。不经意间，满满看到了，说我像一代枭雄，很帅气。为此，我感到很惊奇。近年来，为了保护她的视力，家里很少开电视，她怎么会……于是，我便反问她，你看过《一代枭雄》？小孩子从来不撒谎，立刻说外婆家的电视上有。

秋日的天气，像孩子的脸，说变就变，上午暖意融融，下午便急剧降温。我坐在客厅，感到有些凉意，顺手取了一件外衣披上，这是再平常不过的事情，却引起了满满注意，她左看看，右瞧瞧，神秘兮兮地说："这个造型——臭美！"

"甜得很，甜得很，蜜——甜——"

满满一进门，故意把"蜜"字拉长了音节，继而音量渐升，悠扬婉转，让人口舌生津，有一种想吃的冲动。原来，她随父母去超市，听到一个小商贩的吆喝声，小孩子善于观察，模仿力很强，于是，便回家模仿起来，没想到惟妙惟肖，让人感到自然亲切。

满满不光记性好，还善于动脑子。夏天蚊虫多，尽管喷有蚊不叮，但脚丫子、额头、手腕偶尔还被叮得大包小包。于是，她幽默地说，哎，蚊子又给我送"红包"啦。有一次，当我准备给她涂抹药水时，她灵机一动，用另一只脚丫子蹭来蹭去，并指着脚丫子对我说，这样就不痒了。看来，办法是想出来的。即使我本人愚钝，也为此受到一些启发。

（四）

满满天生丽质，能歌善舞，早在两岁时，看到大人们在跳广场舞，便兴趣盎然，先是认真观察，再走到侧面，不知不觉，扭起舞来，有模有样，引起大家驻足观看。

那年，满满到翠园路幼儿园上小班，自然能发挥"优势"，积极主动参与班集体活动，如表演舞蹈《三字经》《小猪佩奇》《听我说，谢谢你》等，都赢得了老师的好评。

幼儿园开展亲子活动，由于她的妈妈是小学教师，母女俩经常参加，不仅密切了关系，还愉悦了心情。幼儿园开展"书香家园，亲子同悦"活动，父母便买了许多书籍，如《我从不挑食》《我有礼貌》《我自己来》《妈妈和宝宝》《松鼠飞飞起床啦》《闹笑语的小猪》《王子应战》等，并每天抽出时间，坚持给她讲故事，由于配合密切，坚持不懈，多次被幼儿园评为"阅读之星"。

满满眉清目秀，乖巧伶俐，也很懂事。只要大人不让乱动的东西，会牢牢记在心间，如从不在饮水机上接开水，动电源插板，玩打火机等。家里养的花草，纯粹为的是欣赏，绝对不会去破坏。

满满到了四岁时，好像突然开了窍，态度也发生了变化，有时候很热情，有时不招呼人，似乎在制定自己的规矩，想招呼了便招呼，不想招呼了就不吭声，还喜欢与同龄人或比她略为大一点的小朋友玩耍，如捉迷藏、吹气球、耍玩具、溜滑板车、玩泡泡水，这是她步入四岁之后最为明显的表现。

很多育儿专家认为，四岁的宝宝已经基本具有整个人格的缩影，这个时候才是人生的里程碑。满满虽然有些害羞，但变得越来越聪明，动手能力开始增强，对一些简单的玩具，玩两天就知道了其中的奥秘，变得不再有新鲜感，永远喜欢更新的玩具。我不是心理专家，自然不得其解，但都对满满"偏爱有加"，只要开心快乐就好。

笑容慰我心

（五）

透过玻璃门窗，满天绚丽的霞光正洒满"糖果屋"，让这一方天地恍如多彩的童话世界，恍如美妙的人间乐园。大厅里正播放着《你笑起来真好看》的音乐，如同是从天外飘来，满满不知不觉地跟着哼了起来："你笑起来真好看，像春天的花一样……"

此时，彩霞洒向满满，她粉嘟嘟的小脸，是那样的甜蜜，是那样的幸福，不正是童话世界里的仙子吗！不正是人间乐园里的天使吗！她正在给我们一家人带来无比的高兴和快乐，带来我们一家人具体而又实在的甜蜜，带来我们一家人触手可及的幸福，带来我们一家人可以笑起来的满足。

沔水湾的生日歌

太阳像悬挂在天空上的火盆，肆虐地炙烤着大地，大地像蒸笼一样，植物都耷拉着脑袋，一副没精打采的焦渴模样。

这是入伏后的一天，太阳像火一样燃烧，热得人喘不过气来。

城市里早已没有了清凉，躲在空调房的市民，巴不得太阳早些下山，好出去散散步透个气。

吃过晚饭，小孙女迫不及待地换了鞋子，拉着我和她奶奶的手，要去汉江边的沔水湾广场散步歇凉。

沔水湾广场离我家不到两公里，骑车十几分钟便到了。

此时，尽管已是傍晚，空气仍充满着热气，但骑上电动车一路向前，有风为伴，非常凉爽。

想起临出门前，小孙女的那句悄悄话："去沔水湾广场，看看昨天那个月亮。"我仿佛又看到了昨天的那个月亮。

天空乱云飞渡，月亮忽明忽暗，像在捉迷藏，有云朵靠近，便有了色彩，像复制的彩霞，缓缓移动，变幻无常——像蜗牛爬坡，像黄牛吃草，像兔子奔跑……

小孙女活泼可爱，对世界充满了好奇和幻想，目不转睛极力想象，把变幻莫测的月亮刻在了脑海。于是，才有了再次去沔水湾广场的念想。

俗话说：隔辈儿亲。小孙女刚满四岁时，开始变得害羞起来，出门在外，不怎么爱招呼人，于是，总爱黏着我们，陪她出去玩耍。翠园路广场、中央公园、诸葛古镇都是她常去的地方，或休闲，或娱乐，兴高采烈，欢乐开怀。

沔水湾广场紧临汉江，古称沔水，因而，便有了一个诗意的名字，赋予人一种无限的遐想。

广场位于县城江滨北路，占地约一百亩，树木排列有序，花草点缀其间，空气清新自然，道路曲径通幽，是一个休闲娱乐的好地方。在夜色中，灯火通明，游人如织，景色优美，如梦如幻。高耸入云的沔阳楼雄伟壮观，楼顶射灯交错变幻，格外引人注目，堪称地标建筑。沔阳楼的侧面是一片茂盛翠绿的竹林，越靠近竹林越能感到宁静祥和，给人一种清新高雅的感觉，吸引着众多游客拍照留念。

沿着石阶前行，来到广场中央，五光十色的灯光，随着音乐闪烁，令人眼花缭乱，衬托得广场更加靓丽。那些手拿扇子的老人们，任温柔的风轻吻脸庞，在高温天气里享受一丝丝凉意，尽显舒适和安逸的表情。有几个正在嬉戏的小朋友，像可爱的小兔子，蹦蹦跳跳，你追我赶，热闹非凡。不远处的两座大桥，霓虹闪烁，像双龙卧波美丽动人。

漫步沔水边，河风轻拂，掠去了热浪，留下的是清凉。放风筝的、散步的、锻炼的、跳健身操的、跳古典舞的，迎着微弱的风，无疑给烦躁的季节增添了一道亮丽的风景，难怪城里人都不约而同地赶往沔水湾广场。其实，平时每个人都忙得像陀螺，但广场似乎是个"聚宝盆"，把大家都聚拢在一起。可不，多日不见的堂姐，也来凑热闹。

在沔水湾广场，偶尔有人摆地摊，出售气球、泡泡水、风筝等玩具，既能消磨一些时光，又可获取一点收益。记得小孙女在两三岁时，遇到这些摊点，都会停下来，左瞅瞅右看看，非要买一件玩具不可。然而，不同年龄段爱好也发生了变化。

如今，这些摊点对她来说，似乎根本没有吸引力，甚至可以说是视而不见。

夜空的月亮，宛如银盘，越来越亮。小孙女一转身，旁边身着大红大绿的老人，伴着欢快的音乐在跳广场舞。小孙女有天赋，在两岁时，就喜欢跳舞，常常是翠园广场的"小明星"。此时，看见舞动的身影，或许是触景生情，便主动要表演《胭脂妆》，扇子自然成了道具。小孙女像蝴蝶，身姿轻盈，动作柔软，表情自然，给人一种充满活力的感觉，赢得阵阵掌声。

广场上游人如织，我们悠闲地散步。有小朋友唱英语歌，小孙女虽然听不懂，但总不想离开。忽然，她哼起了歌曲《祝你生日快乐》，笑意写满了脸庞。

不知不觉，到了一处绘画摊点。小孙女要涂冰箱贴，于是，随手拿了一张"生日快乐"卡。忽然，我似乎意识到了什么，不错，她先前唱的是《祝你生日快乐》，再是顺手拿了一张"生日快乐"卡，冥冥之中，或许是一种巧合，更是一种提醒，这才让我恍然大悟，想起次日就是她的生日。

小孙女动作麻利，未等我付款，就涂起了颜料。仔细看，冰箱贴图案是一个大大的蛋糕，需要用红色、黄色、白色、蓝色颜料涂描。看着小孙女认真的样子，我想起小时候，老师教我们美术课的情景。

蜡烛是红色的，顶层是黄色的，底层是蓝色的，从视角上看，上面小下面大，蛋糕呈立体状……

小孙女在补习班学过几天画，按照图样很快完成了自己的"作品"，我心里也有一种说不出的高兴和喜悦。

皎洁的明月高挂在淡蓝色的天空，月色像流水一样泻下来，与沔水湾的灯火交相辉映美不胜收。广场上络绎不绝的人群，依然很有精神，似乎并没有回家的意愿。小孙女拿着涂抹好的所谓生日礼物,如获至宝,既兴奋又快乐。

我已完全明白了,其实小孙女并不是想要看月亮,只是想在这酷热的夏天,找一处清凉的地方,在与大自然的和谐相处中,在夏夜的凉风中找回闷热的城市那份快活和欢畅的心情,为自己过一个别致的生日。

或许,在这个高温不退的夏天,在每个夜晚,愿意来到沔水湾的人,大都是这个心境。

我们必然给自己找一个理由,走出日常烦闷的生活,来到一处有风掠过的清凉之地,与大自然和谐相依,请夜色与清风还给自己一份好心情。看着小孙女幸福的表情,我不知道这一次沔水湾之行,是我陪伴她还是她在开导着我,开导我去悟透这些琐碎生活中的人生哲理?

七月的勉县美丽如画,沔水湾唯美的夜色、迷人的景象,引人入胜,人们在享受夏日的清凉时,无疑也成了一道亮丽而壮观的风景,而最重要的是,人们就在这道风景里找回了闷热中自己那份恬静舒畅安详的好心情!

童心童愿伴满满

　　"我有一个愿望——摘一颗星星，送给你作为礼物。"

　　"为什么要摘颗星星？"

　　"听说星星是石头做的，或许里面会有宝石。"

　　…………

　　太阳躲到山那边去了，星星和月亮便露出了盈盈笑脸。我像往常一样，在院子里转悠。忽然，小孙女放下手中的跳绳，仰望着天空，若有所思，于是便有了文章开头的那段对话。

　　春天已悄然而至，院子里的小草浅绿，树叶泛出了鹅黄，连同那些不知名的花儿，散发着淡淡的清香。那些早起的鸟儿，叽叽喳喳地唱歌给我们听。这是家属院里早春的气息。

　　月光如银，清澈透明。大人们在花坛边谈闲聊天，孩子们嬉闹玩耍，无忧无虑玩着自己喜欢的游戏，不时地发出银铃般清脆的笑声，惊动了栖息在大树上的小鸟。小孙女仰起稚嫩的小脸，甜甜地一笑，眼眉如浅浅的月牙儿，仿佛那童真自然溢了出来。

　　小孙女名叫满满，今年五岁，在幼儿园上大班。她很有文艺天赋，能歌善舞，模仿力极强。在翠园路广场看人家跳广场舞，她看着看着，也跟着扭起来了，而且有模有样，令不少人连连称赞。六一前夕，幼儿园组织排练节目，她自然是"领头羊"。回到家里，还不忘认真地练习。功夫不负有心人。由于满满动作规范，舞姿优美，再次得到了老师的夸奖。

满满喜欢听故事，记忆力特别好。大约在三岁左右，经常听我们给她讲故事。比如《小小兔的好朋友》《大脚丫跳芭蕾》《船长猪爸爸》《闹笑话的小猪》《妈妈和宝宝》《牛奶去哪儿了》《猴子捞月》等。天长日久成习惯。有时晚上睡觉前，常常要听两个故事才能进入梦乡。记得她最喜欢听的是《猴子和鳄鱼》《小狐狸买手套》《狼和七只小羊》《来自星星的访客》《会讲故事的照片》《狗狗百米赛》，她百听不厌。后来，经常绘声绘色地给小朋友们讲故事。因此，在"2022年'书香润童心，好书伴成长'"故事大赛中获了奖，这是她第六次受到表彰，满满却从不拿出来显摆。

喜欢玩耍是孩子的天性。满满从幼儿园回家后，就嚷着带她出去玩，比如去荡秋千、放风筝、玩滑滑梯，还喜欢去逛商场买玩具。最喜欢去的地方是沔水湾，那里可以看划船，看精彩的节目。但她最感兴趣的是"挖宝石"，用手中的锤子、凿子和刷子等工具，凭自己的劳动获取"果实"。如挖到精致的美人鱼，会让她兴奋不已。挖到晶莹剔透的红宝石、绿宝石、蓝宝石，会如获至宝，高兴得蹦蹦跳跳。

小鸟喜欢自由自在地飞翔，满满喜欢走进大自然。只要周末有空，我们会把她带到郊外，让她充分享受山野的清新。那年夏天，我们带她到长沟河去玩耍，看到清澈的河水缓缓流淌，她突然问我：河里有没有美人鱼？我立即直面回答：没有。于是，她叹了口气道：哇，原来美人鱼只是一个美丽的传说。逗得大家哈哈大笑！

满满很听话，更善于思考。年初，她到了换牙的时候，便要去看医生。而满满说：去医院多麻烦，我长大了当个医生，有问题了自己就可以解决啦！那坚定的神态，俨然一副小大人的模样。突然，我想起自己从小也有一个梦想：站在大大的舞台上，

草　帽　上　的　阳　光

唱自己喜欢的歌曲。虽然梦想未成真，但在人生的大舞台上，我依然喜欢奋斗不息砥砺前行。其实，梦想到底是什么，就是自己做自己喜欢的事，树立一个远大的目标，锲而不舍坚持不懈。

为了提高满满的注意力，父母给她报了口才训练班。通过一段时间的练习，满满胆子大了，一点也不怯场，还十分自信地站在讲台上，有板有眼地介绍自己的基本情况，而且表述清楚，语言自然流畅，多次被评为"口才小明星"。

我虽然不懂儿童心理学，但我知道潜移默化更有利于其成长。母亲节那天，满满画了一幅《小公主》，送给自己的妈妈作为礼物，以此来表达对妈妈的爱。其实，我们每一个人都是一粒种子，要想成为参天大树，离不开大地的滋养。为了让独木成林，心中需种下一片阳光。

童年的乐趣，真是无处不在。看着满满在月光下玩耍，看着小草在月光下跳舞、树苗在月光下成长，看着小朋友快乐开怀，我也像走进了无忧无虑的童年时代，在月光下听妈妈讲着过去的故事。

我随心所欲翻看着手机，在群里看到一个视频，是刘欣老师与满满的对话：

"你最近的愿望是什么？"

"我的愿望就是快快长大。"

"为什么呀？"

"因为我上小学了，爷爷答应给我买一架钢琴。"

"好啊！那你的心愿很快就实现了。"

满满小小的愿望，像一株嫩绿的小草，焕发出生命的光彩；像一颗闪亮的星星，充满着无限的遐想；像一束温暖的阳光，点亮了希望之灯……

满满的愿望，就是我们稳稳的幸福。

笑容慰我心

愿快乐相伴

小孙女活泼可爱，讨人喜欢，我几乎每年都要为她写一篇文章。盛夏时节，她刚满六岁，我琢磨了许久，写下这个题目，虽然都是零敲碎打，也是其成长的一些记忆。

小孙女名叫满满，天生丽质，眉清目秀，有种天然的质朴美，尤其稚气的脸上生着一对美丽大眼睛，就像两颗水晶葡萄，明亮而又纯洁，太招人喜欢了！在她生活的万花筒里，世界一切都很美好，比如去皮皮岛玩耍，去公园荡秋千，去泃水湾放风筝，去南湖坐滑滑梯，去西安海洋公园看群鱼表演，还有比如吃饺子，喝果汁，她都开心不已："今天太幸福啦！"

是啊！现在的孩子真幸福！

对于一个玩具、一颗糖果、一顿美味、一个小贴贴、一句赞扬的话语、一个开心的表情，甚至是一次外出旅游，都能成为心中美好的向往，享受幸福快乐的时光。

满满聪明伶俐，善于思考。看到天上的星星，就想摘下来作为礼物送给我。我开玩笑问她："怎么不去摘月亮呢？"小孙女回答："月亮太大了，我摘不动，况且月亮只有一个，摘了不就没有了吗？再说星星上可能有宝石呀！"如此有趣的回答，不由得使人浮想联翩。

有时，我在想，要是能像满满一样快活，那该多好啊！但小树都会长大，更何况小孩呢？一晃就是一年，我们谁都得添一岁，这是自然规律，谁也不能改变。对于满满来说，依然是这样。然而，作为家长，都希望孩子快快长大。但满满不以为然——"我才不愿意长大呢！长大了，就变成阿姨了，再后来就变成奶奶了。我也不想让妈妈变老。"这都哪儿跟哪儿，我不由陷入了深深的思考，她却开心得像小天使一样。

别看满满人小，那张小嘴巴蕴藏着丰富的表情。高兴时，撇撇嘴，扮个鬼脸；生气时，噘起小嘴，能挂一把小油壶。

二月的一天，满满爸爸指责妈妈，声音大了，甚至严厉了，吓着满满了。她悄悄对我说："我讨厌爸爸'歪'（意为指责）妈妈。"小孩子不撒谎。于是，我就提醒他们，父母是孩子的第一任老师，要注重言传身教，规范自己的言行，避免孩子在幼小的心灵里留下阴影。

有一天，满满回到家里，脸上像挂着一朵愁云，没有丝毫快乐的表情。按往常，她会主动与我打招呼，而且满面春风喜笑颜开。而这天，她却一反常态，慢吞吞地走到我面前，还未等我开口，她便愁眉不展地说："爷爷，你当满满，我当老师。"

"为什么呀？"

出门看天气，进门看脸色。尽管我猜测她受了委屈，但还得问清楚来龙去脉。

满满没有回答，手指着我，狠狠地甩了一句："靠墙站，下午别回家！"

可想而知，满满形象地模仿着老师的模样，用食指在我额头上用力地点了一下。很显然，满满是要借此发泄一下自己的情绪。

对于这种反常情绪，我虽然默默地接受，但反过来对她说，既然要当老师，你就要爱护你的学生，特别是要注意自己的行为……

满满胆小，不再吭声，仿佛意识到了自己的错误，默不作声，开始坐在沙发上，似乎在反思自己。我列举这个例子，是要提醒她，别人的态度不好，肯定是你有错在先，但绝对不能"以牙还牙"，伤害他人。满满似懂非懂地看着我，一会儿，脸上的愁云烟消云散，恢复了天真烂漫的笑容。

前几天，我在群里看到一个视频，是欣欣老师与满满的一段对话：

"你的愿望是什么？"

"我最大的愿望是去杭州。"

"为啥去杭州？"

"我想去杭州西湖划船……"

喜欢玩耍是孩子的天性，每个孩子都有自己的愿望，这样可以开阔视野，可以愉悦自己，可以发展情感，可以开启潜能，更好地了解大千世界，甚至成为孩子成长的基石。

其实，人生在世，从小到大，都是一个漫长的成长历程。大人有大人的烦恼，小孩有小孩的无奈。尤其是小孩的教育问题，更是重中之重。作为老师和家长，要善于与孩子交朋友，和孩子平等对话。要善于发现孩子的闪光点，哪怕是一点点的进步，都要及时表扬。当孩子提出自己的想法时，要认真进行分析与判断，尽量站在孩子的角度考虑问题。尤其是要善于观察孩子的一举一动，发现孩子表现不好或有成长烦恼，要想方设法尽快予以扭转，化消极因素为积极因素，并激发其积极性和创造性。作为家长和教师，我觉得，要尽量把握分寸，避免情绪"伤人"，更不能让孩子产生反感情绪。总之，面对孩子，我们都要真诚相待，循序渐进，因势利导，让其开心快乐地成长，就像我们的童年时光一样，没有压力，没有烦恼，只有开心快乐，这才是小孩子真正应有的生活。

真心祝愿每一位孩子，都生活充满阳光，快乐永远相伴！

吾家孙女初长成

俗话说：有苗不愁长。一眨眼，小孙女六岁啦。从咿呀学语到蹒跚学步，从一口口喂饭到自己动手吃饭，小孙女脸上泛着甜美的笑容，洋溢着快活的表情，正在一天天茁壮成长。仿佛那些日子就在昨天，还不时地浮现在眼前。

那是一个盛夏，小孙女呱呱落地，像天使来到人间。从此，幸福的日子比蜜甜啊！我们一家人视她为天上的星星，捧在手里，抱在怀里，怎么也爱不够。俗话说：人老隔辈亲，爷奶疼小孙。因为疼爱，对于小孙女偶尔的哭闹，我们都能容忍。当她睡着后，生怕吵醒她，走路像猫步似的，轻脚轻手小心翼翼。

其实，带娃的过程，不仅是一个漫长的摸索过程，也是磨炼性子的时候。既要注意观察孩子的一举一动，还要善于分析研究其心理，要注意培养好的习惯，与此同时，我们学会了理解宽容，也享受到了幸福快乐。

"爷——爷——，爷——爷——"由于工作关系，我每天早出晚归，当拖着疲惫的身躯回家，小孙女像燕子一样，一边喊一边扑进我怀里，朝我脸上亲一口，顿时，烦恼烟消云散，身心轻松了许多。有时，让我坐在沙发上，听她哼一哼童谣，读一读童话，并轻轻为我捶背，那肉嘟嘟的小拳头，像轻轻地在按摩，让人感到满是欢喜。

小孙女上幼儿园后，除天气的原因，节假日经常缠着我们带她出去玩，我们自然也满足她的意愿。走在路上，她像小兔子似的，摇头晃脑，蹦蹦跳跳，有说有笑，开心满怀。在广场上，她喜欢运动，如跳绳、放风筝、捉迷藏、挖宝石、涂娃娃、打豆豆、套圈圈、溜滑板车、坐碰碰车，样样精通，事事皆懂。她还能歌善舞，看到别人跳交谊舞，便有模有样地要教我，逗得大家看热闹。后来才知道，小孙女在幼儿园，常常喜欢表演，还参加过比赛哩。

小孙女很懂事。一般情况下，我们到商场购物，她看上自己喜欢的，如玩具或衣服，买一件就行了，即使再有相中的，也不会再买。有一次，我故意问她是什么原因，她一本正经地回答：怕花钱呗。其实，她可能不理解大人的辛苦与不易，或许只是随口说说而已，但她那种开心的表情，更容易让人感到知足。

那年夏天，小孙女过生日，儿子儿媳特意订了一个大蛋糕。当点燃蜡烛，唱完生日歌，小孙女让我和她一起吹灭蜡烛，说"大事情"要共同完成。忽然，我想起了"人心齐，泰山移"这句老话。不管两个人也好，三个人也罢，甚至是更多的人，只有发挥团队的优势，才会克服困难，取得成功。于是，我按小孙女的提议，一起吹灭了蜡烛。看着她满意的样子，我们都开心地笑了。

"爷爷，吃蛋糕。"伴着奶声奶气的童声由远及近，小孙女把蛋糕递到我面前。我忙接过蛋糕，顺势再吻了她的脸蛋，算是表达感激之情吧。

小孙女特别喜欢讲故事，这大概源于她有很好的记忆力。刚开始，是我讲给她听，随后是她复述给我听，像是一种角色的转变，而且吐字清楚，绘声绘色，表情丰富。难怪有时对我说：我已经长大了，你当满满（小孙女的小名），我当爷爷。即使看起来是一个笑话，先后顺序也要由她安排。但很明显，那

笑容慰我心

是为了图个新鲜，提醒我们彼此换位思考。当我为她点赞时，她自豪地对我说，以后要当故事大王，得意之情溢于言表。

小孙女故事讲得好，还能背诵许多诗歌。如《鸟鸣涧》《静夜思》《春夜喜雨》《山居秋暝》《望天门山》《早发白帝城》《望庐山瀑布》等，尽管她不识字，但一对明亮的眼睛，像美丽的珍珠在闪耀。她一只小手指着字，逐字逐句地朗读，看她那认真的样子，就像数着无数个愿望，有一种被幸福包围着的感觉。突然，从窗外蹦出来的太阳，带着温暖的光芒，洒在我们身上，也沁润到书里，我知道我看到希望了。

其实，一棵小树，只要有阳光雨露的滋润，就一定能长成参天大树；一个孩子，只要有社会家庭的温暖，就一定能幸福快乐成长，就一定能成长为有用之才。

唯愿小孙女茁壮成长，一天天长大成人，成为对祖国对社会有用之人。

世间有温情

遇见微笑

再相逢时，那家刀削面馆并没有多大变化。

依然是两间门面，人来人往，生意红火。然而，那位老大爷，却已不再做原来的收银工作，只干些擦桌子收碗的事情，说直白些，只是在店里的帮衬吧。

咱这个小县城，快餐店比比皆是。位于二中路上的刀削面馆便是其中一个。我去的时候，不是为了应急，便是换个口味。由于我去得不是太频繁，互相之间并不熟悉，但这丝毫不影响店主与客人的关系。

门面不算太大，但一次可容纳二三十号人。由于地处城市中心，加之方便快捷，像乡下的流水席，来一拨又一拨。星期天，不想做饭，一家五口便到那家面馆，成了新一拨走进店里的顾客。

那天天气干冷，里面却温暖如春，顾客更是络绎不绝。桌子上放有油辣子、大蒜、食盐以及醋，以便调整各自的口味。我们点过所需的面食，立即付了款。收银员是一位老大爷，面相并不严肃，他对我说："要给你找五块钱，这会没有零钱，等会给你拿去。"于是，我们便找个地方坐下。然而，我们用完了餐，老大爷并未找钱给我。只是五块钱，我也不太好问他。况且，房间热乎乎的，不就多座一会儿吗？其间，我曾注意过他的眼神，并有过碰撞，老大爷并没有反应。虽说他给我找钱不多，但是个原则问题，于是，我主动到收银台，直截了当地问：

"刚才你给我找五块钱哩。"话音刚落,不知为什么,老大爷立即吼了起来:"怎么可能,我早就找给你了。"

吃饭图的是心情,更犯不着怄气,况且这钱又不多,儿子也劝我算了。我向来不爱计较,便一同走出了面馆。但心想:做生意怎么不讲信誉,以后还怎么再来这里。推门出去,没走几步,一个三十出头的年轻媳妇跟了上来,并连连对我说:"可能是老人记错了,我给您赔个情,把五块钱退给你。"我正要解释,她却已将五块钱塞到我手里,然后转身回店里忙她的事情。当然,老大爷年纪大了,可能记性不好,我也不会怪他。

然而,俗话说:良言一句三冬暖。望着她进店的身影,想着她刚才的赔礼道歉,就像是风雨后的一道彩虹,冷凉的心头猛地一热。

人生在世,都会遇见一些人,一些事,原本只是生命的过客,或一面之缘,或相识相知,成了记忆中的常客。有了这次经历,我便常去那家面馆。

春风总能化雨,彩虹总能架桥。每次我遇见她,她总是抬起头,朝我微微一笑,像是一次次化解那次的尴尬。

《易经》说:以诚信为本,才是人生的大道。莎士比亚有句名言:如果要别人诚信,首先自己要诚信。我不由得想起了"店小二"——信誉为金,诚实做人。试想,如果都视诚信为做人之根本,视守信为事业的根基,那么,成功就会接踵而至,事业上顺风顺水。

转眼多年,不经意间,我方得知,那个总是微笑的年轻媳妇便是店主,更是生意上的行家里手。

古罗马的一位哲人说过,微笑着面对世界,世界也会向你微笑。说真的,我喜欢遇见那种微笑。

年年又清明

　　老家习惯性地把扫墓称为上坟。上坟在旧时农村是举足轻重的事情，因而，无论身处何地，离家多远，只要条件允许，到时候不管再忙，也一定要放下手头的事情，给自己已故先人的坟头添些新土，陪他们说说话，年复一年地表达着对先人的缅怀，取而代之到对亲人的追思，也是彰显子孙后代人丁兴旺的象征。

　　小时候，家在农村。正是麦苗返青的时节，到处桃红柳绿草长莺飞，充满着春天鲜活的生机。翻着台历，惊蛰、春分已过，清明将至，一大早，父亲扛着铁锨，母亲挎着盛有香纸、奠酒的篮子，我们紧跟其后，过田埂、穿菜地、蹚草丛，像要举行隆重的仪式一样，浩浩荡荡向坟茔走去，每个家族都是如此，要给老祖宗们去上坟。

　　"魂断最是春来日，一齐弹泪过清明。"来到坟地，母亲在坟前摆放两摞各六个馒头，远远望去，像两座灯塔，显得庄严而神圣，照耀着地下的先人。然后，不慌不忙地供奉酒肉，点上香蜡，烧些纸钱，培土的培土，磕头的磕头，最后燃放鞭炮，并不忘给坟头用土块压一张纸，这是坟已上过的标志，是给路人看的，知道此坟尚有后人。此时，纸钱已化为灰烬，墓前的香蜡还在燃烧，长辈们在坟头给小辈们指认：这是爷爷、奶奶。爷爷活着时怎么的辉煌，奶奶又是何等的辛劳，如此这般地讲一遍，目的是要小辈们认祖，记住祖先。记得江山文学网有这样一句话：上坟祭祖的过程是和祖先对话的过程，是给生命的树浇水施肥的过程。当然，长辈们还要说些吉祥如意的祝福话，一来可以寄托哀思，二来希望得到先人的保佑和庇护呢。

日月轮回，岁月如梭。天还是一样的天，地还是一样的地，风依然是一样的风，而转眼工夫，当年是陪父母给爷爷奶奶上坟，现在是我们给父母上坟。看着几根经年的枯草在风中摇曳，想着下边就是最亲的亲人，我的心一直揪着，有一种说不出来的滋味……是啊！昔日朝夕相处的亲人已远去，那份痛苦与无奈是任何东西都无法弥补的，但他们的言行教导仁义孝道，我们啥时都不能丢。

"清洗心灵的水，就是感动的泪。"清明即使无雨，上苍依然有意把天空涂抹成灰蒙蒙的一片，站在不远处的老树，孤零零地在发呆；小鸟在枝头心神不定地跳来跳去，不时地啼鸣；返青的小草顶着晶莹的露珠，仿佛我们眼里噙着的忧伤泪花。偶尔，风吼几声号子，虽不刺骨，但也嗖嗖发冷，像有意表达沉重的心情，发出阵阵痛苦的呻吟，不免让人感觉有些凄凉。看着几片纸灰飘然而起，轻轻地向四周散去，我知道，那是父母的灵魂所在，我仿佛听见了喋喋不休的教诲，看见了曾经辛勤劳作的身影，他们像老黄牛一样步履艰难，硬是靠晶莹光亮的汗珠，让瘠薄荒凉的土地长出庄稼，养育着下代人长大。后来，我也终于明白了，生命是一种轮回，生与死也是一种轮回。那么，就让我用泪感动自己、濯洗心灵吧。

有人说，坟茔是人生命的后院。想想也是，如果说活着在家园里劳作，死后就去了坟茔休息，这个生命的过程，就是从前院走向后院的轮回。因此，春分过后，清明之前，前院的儿孙们就要去后院看看祖先，清除院落里的荒草，修补一下房子，送点纸钱财物，陪他们说说话，让后院的祖先同世上的后人们一样，在另一个世界里日子过得红火兴旺。

因此，年年清明，只要有空，我都不忘回老家给先人上坟，既祭祀先人恩泽，又维系后人感情，向人间温情致以感恩，把那些美好的向往，变成内心世界的另一片风景。

致敬先生

古代称别人先生，有向别人学习的意思，正所谓"达者为先，师者之意"。

现在称别人先生，大多是对知识分子和有一定身份的成年男子的尊称。然而，此文的标题，没有直呼其名，主要是出于对先生的尊重。

我要说的先生是李汉荣，初识时是20世纪80年代后期。

那个年代，考学是唯一跳出农门的机会，我尽管喜爱文学，但读高中时，却阴差阳错地学了理科，最终又从学校重新回到了人生的起点。但自从邂逅先生后，他给我的印象刻骨铭心，也让我在文学的道路上逐渐变得成熟起来。

秋天，是一个收获的季节。或许由于我喜欢新闻写作，便被推荐到《汉中日报》参加新闻培训。当时，勉县的学员有五个：张汉红、熊建华、于建民、何伟，还有我。无意之中，得知先生在报社副刊做编辑工作。那时候，我对文学基本上没有涉猎，也没有什么概念，与先生更没有什么交集，偶尔在报社院子里碰面，只是礼节性地打个招呼，也没有轻易去打扰过先生。

道路是曲折的，人生更是如此。我在报社参加新闻与写作培训后，被推荐到县城企业工作。没过多久，我先是到河西走廊，再是去了华北地区。在市场经济的浪潮里，摸爬滚打，饱经风霜。有辛酸，有泪水，有欣喜，有荣光。短短几年，我尝遍了人生的苦辣酸甜，却无心与文学结缘。

时光飞逝，光阴似箭。后来，我调回总部办公室工作。2002年，我申请加入了县作协，也参加过一些文学创作培训采风活动。当时，吴全民主席创办了《定军山》报，对自己的触动比较大。于是，我一边读书，一边摸索文学创作。

那时，办公室的报刊比较多，有《人民日报》《陕西日报》《陕西工人报》《当代陕西》《汉中日报》等。近水楼台先得月，闲暇时间，养成了学习的习惯。同时，也经常读到先生的作品。当然，这里还有一个重要原因——先生也是勉县人。按常在外面跑的游子的惯例，应该是正儿八经的老乡。有时，我就想，与文学结缘也是与人的结缘。

其实，先生的作品语言简洁，通俗易懂，意境深远，耐人寻味，具有经典的品质。

"走出门，就与微风撞了个满怀，风中含着露水和栀子花的气息。早晨，好清爽！

不坐车，不邀游伴，也不带什么礼物，就带着满怀的好心情，踏一条幽径，独自去访问我的朋友。

那座古桥，是我要拜访的第一个老朋友……"

对于这段文字，许多人都不陌生。记得早在上学时，我从语文课本中《山中访友》得知了先生的名字，而且还记得文章开头的这几段。

先生的作品被选入教科书，而且至今都记忆犹新，说明什么？说明他是典范的汉语言作家。或许正是这些因素的触动，大约2009年7月，我才抱着试一试的想法，给先生写了一封信，希望能指点迷津。谁料，没过几天，果真收到了一封热情洋溢的回信，鼓励我多读书勤创作，让我激情澎湃万分兴奋。于是，我一边看书学习，一边苦练内功。

那时，没有打印稿，全靠一个字一个字地写。作品写好后，需装在信封，寄到《汉中日报》编辑部。不承想，《红苕情》被先生看中，刊登在《汉中日报》，对我是极大的鼓舞，也着实让我高兴了好一阵子。

时代的历史背景，造就了每个人的命运。我生在农村，长在农村，是家乡的土地养育了我。后来，尽管挤进了城里，但对故乡有着深厚的情感，我依然喜欢我的故乡，包括那里的山，那里的水，还有那里的人和事。我的大部分作品都是原汁原味的乡土记忆，甚至包括后来出版的散文集《乡村秘语》。不难看出，我对家乡的那份真挚情感无不流露在字里行间。从这一点上讲，我和先生有一个共同点——热爱自己的家乡，书写家乡的人文历史、风土民俗、田园风光、山水风情。冥冥之中，这或许都是缘分使然。

短短几年间，稿子无论在数量还是质量上，都有了大幅度的提升，还有作品获了奖，如《电视机的变迁》，在《汉中日报》举办的庆祝建国六十周年"家乡这些年"征文中获得了奖。再《走过太白》，在陕西省作协举办的全国征文中获得了三等奖，受到了表彰奖励。现在想起来，这都与先生的教诲分不开，但遗憾的是，由于多次搬家，保管不善，我把先生的回信都丢失了，留下的仅仅只是信封而已。

其实，我与先生的接触不多，仅有的几次也是在饭桌上。2011年10月21日，那是汉中市作协换届的时间，我记住这个日子如同记住先生一样深刻。先生戴一副眼镜，文质彬彬，温文尔雅，一看就具有文人的气质。先生是著名诗人、散文家，是汉中文学的杰出代表，当选为汉中市作协主席是众所期盼。

午餐时间，纯属偶然，我与先生同坐一桌，便主动做了自我介绍。先生和蔼可亲，立即与我握手，让我感到既惊喜又紧张。

那天，餐厅人多，气氛活跃，有领导讲话，有同仁褒奖。尽管我当时很激动，但向来不爱在公共场所说话，只是按礼尚往来的习惯，主动给先生敬酒。我不知先生酒量如何，但为了表示诚意，便给先生敬了两杯酒。一是首次给先生敬酒，二是对先生表示真诚的祝贺。先生很随和，也很亲切，碰了杯就喝，我深感先生的豪爽，就像他的作品充满真情实感，给人一种磁性的吸引力。方英文老师这样评价说："他博览群书，古今中外，仰观宇宙，俯察草木，面对一条狗，或一只鸟，或者一泓溪流，甚至一堆垃圾，他都能写出不同凡响的境界，常人难以发现的奇异。"或许，这也是我喜欢读先生作品的理由。

先生作为市作协主席，穿着没有过多讲究，质朴实在而不浮华。席间，先生曾冲我淡淡一笑：我在《汉中日报》刊发过你不少稿子。正当我回答感谢两字时，话还未到嘴边，先生像叮嘱小学生一样——只有潜心修行，捧出心窝子里的情怀，作品才能有真情实感赋予感染力……先生的一番肺腑之言，为我的文学创作注入了巨大的信心和决心。

罗丹说，生活不缺乏美，而是缺乏发现美的眼睛。童心未泯，童趣悠悠，是先生孩子一般的赤子之心。无论什么美，都需要感受，因为万物俱美，彼此含情，正如他在《万物有情》一辑中写到的《猫》《放牛》《蜗牛》《书虫》……还有《乡村鸟儿》《燕子筑窝》《伟大的猴子》《对一只蝴蝶的关怀》……是啊！只有发现别人发现不了的细节和过程，才能抵达每一座心灵宫殿的深处。

2019年3月16日，在全市各县区文联暨文艺家协会社团负责人培训班上，我再次见到了先生，他接着王若冰《解读秦岭》的话题，称赞若冰老师人如其名冰清玉洁，把秦岭交给若冰老师很放心。而且，高度认可若冰老师"秦岭之子"的昵称。细细品味，先生细致的观察生动的演讲，像在给我们上一堂地理课，让人听得津津有味，要不是工作人员提醒，竟然都忘记了吃午饭的时间。

时代在发展，社会在进步。有了微信后，我和先生偶尔在朋友圈谋面，但大多时候，只是默默地拜读他的作品，生怕影响他的工作或学习。那年端午节，先生头戴艾草编成的桂冠拍照发朋友圈，极像我们小时候一样天真活泼，风趣幽默，开心快活，不由得让人笑出声来。看得出，先生是在勉县养家河老家拍的照片，或许身边有三两好友陪同。我迫不及待打通电话，想尽地主之谊，邀请先生吃个便饭，而话筒那边说已回到汉中，不觉有些遗憾。

然而，人生谁没有遗憾，比这更遗憾的是未能参加先生的作品研讨会，极像丢失了一件永远无法弥补的东西一样，心里至今都忐忑不安难以平静。

我清楚地记得，2021年8月18日，那是汉中文学史上的一件盛事，先生的作品研讨会在陕西理工学院举行。这个消息最先由汉中市文联发布，迅速掀起了一阵热潮，因为文朋好友都期盼已久，尤其是汉中本土作家，早就等待着那一天的到来。我和文友曾多次交流，要一同前往聆听学习。

然而，生活像个陀螺，往往身不由己，谁料，这种千载难逢的机会，最终还是与我擦肩而过，但是，这丝毫不影响先生在我心中的美好形象，这也成了我想写此文的理由。

日月如梭，流年似水。那年先生光荣退休（后来才知道），却依然记着我，用他的话说就是：作品看人品，我是个可交的人。先生的话语不多，却意味深长。我并非有意说自己有多好，而是说先生退下来后，依然希望一名普通的作者能一如既往地给汉报副刊投稿。这看起来是一件小事，却让我内心充满感激。

　　"只要拥有一颗简单的心，清澈透明，温润如玉，这就够了，哪怕再苦再累的日子也能过得美满馨香。"读书村里婉君老师还说："《万物有情》是上品茶、中草药，品了就知道：有心坊，草木香，万物滋味长。"这个比喻恰到好处，我完全认同，写到这里，不知不觉地便引用了这段文字。

　　"空山新雨后，天气晚来秋。"一场浅秋的雨，覆盖了夏天来过的痕迹。这个周末，难得清闲，我再次捧起先生的《万物有情》，缓慢地打开，见字如见人，心里顿感一种温情，慢慢浸入我的灵魂……

忆建国弟

（一）

建国是我堂弟。

建国的父亲排行老三，我父亲排行老四。俗话说：一母生九子，九子各不同。建国的父亲当过几年兵，算是见过世面的人，在部队受到教育和熏陶，对祖国有着深厚的感情。因而，结婚生子，依次取名为建国和建华，希望他们长大了能够努力建设我们的国家。当然，这是我多年以后才知道的。

人生就像一场梦。2019年7月的一天，建国在帮助亲戚翻修房屋时摔了一跤，看似没什么大碍，但到了医院，阎王像没长眼睛一样，死死抓住建国不放，从此，他随阎王去了另一个世界，再也回不来了。

我一直清晰地记得，那天三大拉着我的手，心情沉重地说：建国才刚刚五十，太年轻了，太可惜了……朴实的话语中，饱含了惋惜伤感，可谓爱之愈深则伤之愈切。说真的，多想最后再看建国一眼，真的好想说一声再见，然而，哽咽让悲伤沉淀，成为我永远的纪念。

（二）

昨夜一场秋雨，满地树叶飘零，有黄叶，也有青叶。植物与人类一样，都有生命的归宿——生长在大地，最终还会归于泥土，这便应了老百姓那句：黄叶子在落，青叶子也在落。或许是睹物思人，我不由自主想起了建国，还有那些伤感的过往。

建国和我一样，从小都生长在农村。小时候，我们家离得比较近，加之年龄相差不大，又是同族，显得格外地亲切与友好。我们经常在一起跳绳、抓石子、踢沙包、荡秋千、老鹰抓小鸡、扇面包、斗鸡、玩弹弓、滚铁环、打陀螺、捉迷藏……一疯就是一天，常常乐此不疲，不时地发出清脆爽朗的笑声。

在记忆里，春夏秋冬，虽然季节在变，但我们始终形影不离——春天，草长莺飞，百花齐放，我们享受着大自然的美景，一起寻猪草、去放牛，甚至放风筝；夏天，麦浪翻滚，树木葱茏，我们用柳条编成太阳帽，去水库学游泳，到田里逮黄鳝，玩也玩了，还有不少收获；秋天，芦苇摇曳，瓜果飘香，我们像猴子一样，爬树偷果子，满足嘴馋，有时，也和大人们一道，采槐籽变成钱；冬天，大雪纷飞，银装素裹，我们顶着风雪，在场院垒雪人、打雪仗，还用筛子扣麻雀，用铁签做烧烤。总之，一年四季都"乐在其中"，远比现在加了薪、中了奖还高兴，时常连做梦也会笑醒来。

时光匆匆，到了上学的年龄。下午放了学，大家一约合，像走亲戚一样，似乎不分彼此，不是到你家，就是到我家，吃在一起，住在一起，晚上挤在一张床上。当然，我们彼此还能享受到走亲戚的额外"待遇"。建国只有兄弟两个，爷爷是手艺人，相比较条件要好一些，因而，我们最爱去他家，时常能获得一些吃喝。

那时，虽然物资匮乏，但人心离得很近，遇到谁家饭熟了，主人像对待自家孩子一样，会给盛一碗热腾腾的饭菜。即使有乞丐讨上门，也会给一口吃的。难怪常听老人讲，某某是吃千家饭长大的。这样的村庄，能不和谐吗！

不过，小孩子不懂事，为了图自己高兴，还会制造一些

"恶作剧"。如下雨天在路上设"陷阱"，甚至合起来欺负不合群的孩子。不过，那时家家户户孩子多，似乎人也皮实经摔打，况且父母把孩子看得淡，小打小闹谁都不计较，不像现在的人矫情，动不动就"翻脸"，甚至闹得鸡犬不宁。

乡村生活纯朴自然，却从来不缺乏诗情画意。"三夏"或"三秋"时节，学校要放几天假，大人们忙收割，我们也从未闲着，跟在大人屁股后面拾麦穗、捡稻穗。有了这些劳动经历，我们能够从生活中发现，在生活中思考，在生活中得到感悟，作文随心流露顺理成章，培养起对于文字的浓厚兴趣，并深深地影响了我的一生。

（三）

在那些不能忘记的记忆里，我一直对建国十分佩服，只因他有能拿得出的手艺——一手好字。在上初中时，就开始义务书写春联，算是村里小有名气的书法家，让人佩服不已。我刚参加工作，开始写新闻报道，打好底稿，便让建国誊写到方格纸上。建国办事有板有眼，一笔一画工工整整，让人打心眼里高兴。好多时候，贴邮票寄稿件，他都帮着我干。也许，由于建国的字迹工整，刚劲有力，常常收到编辑的回信并提出修改意见，从而，也提高了稿件的采用率。

老家那个小地方，地理条件比较差，经济十分落后，过去只有一条简陋的公路。人像笼子里的鸟一样，都想往外面奔。建国脑瓜子灵活，按现代人的话说，就是能与时俱进。在我进城不久后，建国通过亲戚关系，到县城一家国有企业干临时工。一个偶然的机会，我得到了这个消息，真的替他高兴，也为自己在城里多了一个伙伴而自豪。

城市那么大，却没有我的家。因而，没事就骑上自行车，到建国的单位去。那个时候，我们都很年轻，谈学习，谈理想，也谈各自的优越感，谈到情投意合时，便不约而同地开怀大笑。

有一天，我去找他的时候，他正在上班，穿着工作服，戴着口罩，像许多农民工一样，干的脏活重活，但在建国眼里，有一份活干就已经很满足了，这是中国农民的特点，出的力大，挣的钱少。有智的吃智，没智的出力，或许就是这么个道理。

时光匆匆，岁月无情。尽管那段时光我们彼此十分珍惜，但在我们见过不多几次面后，我却被单位安排到河西走廊从事销售工作，一干就是好几年。那时，交通、信息不发达，工作又繁忙，于是，几乎就没有再联系了。一晃多年，当我返回单位后，那家企业改制，建国被清退回家，为此，我伤心了好长时间，更责怪自己无能为力帮他。

时光，流逝着，岁月，沉淀着。我虽然在城里扎了根，但家乡过个大事小事，还会和建国见面，打个招呼聊聊天。建国朴实厚道，做人诚实。那年，他对我说，学没上出来，学了个瓦工。在农村人眼里，也算是门手艺。特别是"5·12"大地震以后，瓦工的身价不断攀升，工钱也不断上涨。建国翻修了房子，家里窗明几净，宽敞亮堂。当时，农村头一胎生女孩的，还可以再生一个，当然，许多家庭为了延续香火，最理想的就是二胎能生个男娃，建国就属于这种理想的家庭，一女一儿，觉得非常满意，日子过得挺滋润。

建国中等个子，人长得帅气，媳妇与他也般配，做事有里有外，把家里打理得井然有序，可谓是和和美美的幸福家庭。

（四）

建国勤劳善良，乐于助人。我在老家修房时，"帮忙"这个词已成为过去式了，谁家有啥活，请人得付真金白银，而建国说咱们是啥关系，依然要回归到过去意义上真心实意的"帮忙"，说啥也不收工钱。在物欲横流人心浮躁的年代，能初心不改，依旧维持过去那份情谊，主动帮忙，真让人很感动。

建国性格耿直，刚正不阿。那年，儿子想当兵，有人建议他去找关系，而建国认为，凡事都要顺其自然，不能托关系走后门，硬是又等了一年，儿子才去当了兵。

天有不测风云，人有旦夕祸福。2019年7月，在那个炎热的夏天里，建国发挥自己的一技之长，帮助亲戚翻修房屋时，摔了一跤，看似没什么大碍，但不承想，到了医院，就再也缓不过气来。

岁月苍老了容颜，时光变换着景象，春天不再追忆，夏天已成为旧事，又是一年秋风劲，又是一个秋雨长。就在这秋雨连绵的长夜里，在迷迷糊糊中，我做了一个梦，建国居住在一个缓坡地，两面环水，门楼像架子秋千，刚刷过油漆，高大而雄伟，威严而庄重，周边有树木，附近有庄稼……这些毫无声响的画面，深深地刻入了我的心田。

原来，安葬建国的那天，由于我有事没去送行，建国只好托梦，那里便是他最满意的地方。

秋天，是一个令人喜悦令人忧、让人感慨让人愁的季节。就在这秋雨里，就在这雨声敲醒的残梦里，我又见到了一直想念的建国弟。

长梦不多时，短梦无碑记。

是为记。

父亲一生坚强

（一）

"最多能坚持一个月，回去赶快安顿后事吧。"

医生把我叫到办公室，无可奈何地摇摇头对我继续说："这已是癌症晚期了。"

这突如其来的结果，犹如晴天霹雳，怎么能让人接受。

我宁愿不相信自己的耳朵，却明明就站在医生面前，聆听着生死离别的嘱托。

现实虽然残酷无情，但必须无条件接受。父亲在做完一系列检查后，我心如汤煮，但表面故作镇静，生怕言多必有失，只是违心地安抚父亲：没有什么大碍。

父亲冥冥之中感觉到了什么，但似乎丝毫没有怯场的表情，从艰苦岁月走过的人，啥事都经见过，啥事也没有怕过，看起来好像比我还镇静，什么话也不想说，只是让我送他回乡下的老家。

余华说：死，也要活着。内心的强大，是战胜一切困难的力量源泉。随后的日子里，父亲硬是凭着无畏的心态，坚强的毅力，一边干着力所能及的农活，一边找些土方子对症下药，与死神对抗，与生命赛跑，创造出了惊人的奇迹。

一贯坚强的父亲，又度过了整整三年时间。

多年以后，我把这个经历告诉医院的那位医生，她不由得瞠目结舌，都感到愕然。

（二）

　　人吃五谷得百病。父亲生病那年，饭量明显减少，身体逐渐消瘦。倔强的父亲生怕花钱，硬说自己的身子骨硬朗，但我们做子女的，看在眼里，痛在心里，催促再三，他才勉强答应去医院进行检查。

　　人常说：平时不生病，一病就大病。这就是我们常说的：孬罐罐耐过好罐罐。这话确实一点不假。父亲平时身体结实，感冒都很少得过，但到医院经过一系列的检查，其结果让人惊出一身冷汗，全身的汗毛都不禁竖了起来。我心怦怦直跳，沉默了半晌。

　　楼道里像静止了似的，空气也凝固了一般。然而，此时无声胜有声。步入成年的我，第一次默默地流泪了，但我生怕被父亲看见，迅速扭过身子，装作与妻子商量事情，才躲开了父亲的视线，生怕父亲看穿了我善意的谎言。

　　父亲一生辛勤劳作，连进城都怕耽搁了干活的时间，因而，没有事情，很少进城。于是，在我好说歹说之下，才在北门的国有食堂，请父亲吃了一碗他最喜欢吃的馄饨，而我借故以城里和农村的吃饭时间有差异为由，只是静静地观察着父亲的吃相。

　　父亲中等个子，穿着藏蓝色的旧中山装，面容清癯，满脸蔼然之色，显然缺少了从前的颜容和光泽，而两只不大不小的眼睛，却依然炯炯有神，头发梳得直直的，如同他的性格一样耿直。

　　或许，那是他一生吃得最香的一顿饭，他连汤都几乎喝光了。

　　"真香。"父亲微笑着对我说。当时，虽然只是一碗馄饨，父亲却分明感觉到了幸福。紧接着，为父亲买了一件白衬衣，我让他立即换上，明显精神了许多。我们满足了父亲的愿望，父亲自然会开心不已。

（三）

父亲为人和善，精明能干，除了干农活外，还学会了做砖做瓦，成为了远近闻名的手艺人。即使是三年困难时期，还娶了我的母亲，一边靠务农，一边靠手艺，维持着一家人的生计。

父亲出生在解放前，兄弟姊妹多，但家境还算过得去。可正当他享受着快活的童年时光时，爷爷偏偏英年早逝，家里的顶梁柱倒了，便出现了许多变故。先是二爸、三爸被送人抱养，再是父亲被过继到大爷名下，也就是后来我的爷爷。

爷爷家境相对宽裕，一生只有一个女儿，便把父亲当成了宝贝疙瘩。在父亲七八岁时，被送到学堂识文断字，无不让村里人羡慕。不过，在那个年代，英雄没有用武之地。识字与不识字，都得靠种庄稼吃饭。父亲上了完小后，依然像众多的老百姓一样，上山割柴，下地劳作，以解决生计问题。

咱老家地处丘陵，七沟八渠一面坡，得学会耕田打耙。父亲虽然扛不动犁头，可他悟性好。在爷爷的帮助下，照样子学会了犁地、施肥、播种等一系列农活，像他的祖辈一茬一茬地接过"接力棒"。

"越是困难越向前。"在有了我们兄弟姊妹四个以后，父亲不知从哪里捡了这句话作为座右铭，常常教育我们要靠勤劳的双手，顽强的意志，谋划着生活。父亲是这样说的，也是这样做的。20世纪70年代初，他毅然搬出了老宅，新修了三间大瓦房。20世纪80年代初，重修了一栋两层小楼，住房条件的改善，让村里人刮目相看。

榜样的力量是无穷的。或许是传承了父辈的血脉，到了我们这一代，先是享受到了集团公司的集资楼，后来，又买了一套三室两厅的大房子，窗明几净，宽敞舒适。在我们同龄人中，并不算落伍。

（四）

实干笃行，担当尽责，这是父亲一生最真实的写照。

在那个年代，生产队把公购粮交了，才进行统一决算。而分给各家各户的粮食，往往都还有"缺口"，这是当时农村的普遍现象，但大部分人只知道没白没黑苦干蛮干，却不懂得琢磨如何提高粮食产量，以解决吃饱肚子这个最现实的问题。而父亲是生产队长，又有点文化，他明白"庄稼一枝花，全靠肥当家"的道理，于是，父亲苦思冥想，鼓励群众打芥子、广积肥，逐步提高粮食产量。

机会总是留给有准备的人。有一次，父亲无意中得知了一个绝好的消息，有个单位试产期间生产了一批肥料，可以先赊账，等粮食收了，再用粮食抵账。这是个千载难逢的好事，稍纵即逝可能成为永远的遗憾。

然而，20世纪70年代，群众早已习惯了计划经济的套路，没有人愿意去承担任何风险。父亲年轻气盛敢做敢当，三番五次联系协商，做成了人生中第一单"生意"。功夫不负有心人。当年，粮食产量增长百分之三十。初战告捷，群众吃饭的问题得到了有效缓解。

事实胜于雄辩。群众看在眼里，喜在心头。当年秋天，生产队里包销了那批"试制品"。随后的几年里，生产队的粮食连年增产，在化肥还没有推广时，队里早已是粮丰仓满。邻村粮食接济不上，都经常求情借粮，有的一拖就是好几年，但父亲从来不去催还。对此，生产队里有的群众就提意见，而父亲总是笑着解释，谁都有过不去的坎，现在队里又不缺粮，何必把人家逼到南墙。父亲很有威望，只要他发话了，群众便不吱声了。

世间有温情

（五）

父亲的一生，只知道清清白白做人，堂堂正正做事，血脉里始终流淌着正直豁达，像汉江源头的溪流，清澈纯净，滋润着心田，也滋润着我干渴的心。

打懂事起，父亲留给我的印象总是吃苦在前，享受在后。在父亲当队长时，生产队分五谷杂粮，从来不用秤称，经常是刨堆垛。我们提上竹筐去等候，但父亲叮嘱我们，要先人后己，等别人都挑选了，剩下的那一堆就是自家的。群众的眼睛是雪亮的。久而久之，乡亲们嘴上不说，都打心眼里佩服。

有一次，邻居修房划宅基地，有人便给出主意，让大叔给父亲买条香烟。父亲知道后，就先发制人——划宅基地，是集体的事，只要符合条件，啥时需要啥时办，若买香烟，就甭提划庄基。父亲是个说一不二的人，以后就再没人提送礼的事。

有一年，大队修房子缺木料，要统一规划砍树。当时的政策是，除了农户自留地边的树木，其余均在被砍伐的范围。当时，同族的长辈当干部，提前把这个信息透露给父亲，让迅速把屋后的几棵大树砍伐了，免得后面会被别人盯上。当时，木料非常缺乏，时值家里准备制作家具，但父亲斩钉截铁地回答，你的好意，我心领了，但我这样做，不是在给你当干部的惹麻烦吗？事后，假如别人问起来，你咋提前知道砍树的消息？我将无言应对。父亲话语不多，但击中要害，没有人不服气。

（六）

俗话说：大树底下好乘凉。聪明能干的父亲，对我们像呵护小鸟一样，教我们捉迷藏、学游泳、逮黄鳝，甚至在田野里用水灌老鼠洞，让我们的生活充满了无限的欢乐和童趣。

在那个年代，割小麦歇气的间隙，突然有田鼠流窜，父亲用手去逮，而情急之下，我顺手用镰刀去猛击，谁料，老鼠没打着，却重重地拍在了父亲的手背上。当时，我几乎用尽了力气。那一镰刀拍下去，父亲的手明显地出了血，疼痛的样子能让我抽筋。我十分恐慌，本能的反应是会挨父亲重重的一巴掌，但是，父亲迅速用一只手按住受伤的手，并没有发出任何痛苦的声音，更没有一点责怪我的意思。事后，父亲幽默地说，我们的目的相同，都是为了除"四害"。话虽这么说，但我心内很惭愧。

在我考上高中后，还是票证的年代，父亲为了方便我上学，不知从哪弄了一张自行车票，连招呼都没打，便悄悄地出远门了。两天过后，当父亲骑着崭新的"飞鸽"回来后，我们一家兴奋不已感慨万千，我对父亲佩服得五体投地，感到他就是我们家里的神，我们永远都离不开他。

父亲性格直，脾气大，要是谁欺负了我们，他总是不依不饶。记得刚上小学时，在放学回家的路上，看见别的同学在路旁田坎摘青蚕豆吃。谁知一人嘴动十人嘴香，我也偷偷摘了几颗，不料，蚕豆还没吃到嘴里，就被主家撵上来打得鼻青眼肿。回到家里，我缩手缩脚躲躲闪闪，结果还是被父亲发现了，硬是逼着我说出实情。父亲不声不响在自家地里摘了一筐子蚕豆，气冲冲地领我找那个人算账，说蚕豆可以赔，但打人是不行的，必须要当面承认错误，结果吓得那个年轻人没敢露面。虽然我受了莫大的伤痛和委屈，但觉得父亲给我挽回了面子。

（七）

父亲一生勤劳务实，品德高尚，为的是家庭的幸福，子女的安康。

在"割资本主义尾巴"的年代，为了能供我们兄弟姊妹四个都念书，农闲之时，父亲两头不见亮。天麻乎乎的时候怀揣干粮出门，深一脚浅一脚地到后山里，像贼娃子似的偷一捆竹子，待天一擦黑，才喘着粗气溜回家。

夜深人静，等别人家都休息了，他才在昏暗的煤油灯下编织筐子。第二天麻麻亮，趁市管会的人还没上班，便在"黑市"偷偷地完成交易，变成现钱，购买家里所需的日用品，以及我们的学习用品。就这样，日复一日年复一年，生活还算过得去。在我疲惫的中年，有时，我就想，自己没有什么背景，生活过得平实淡泊，是不是父亲的气质和血性传承给了我？那么，既然走不出父亲的苦难，就让我延续父亲的坚强和韧性，适应这个社会。

那年，父亲在外地当铁路工人，虽然衣食无忧，待遇也不错，然而，他时常想到家里上有老下有小，总是照顾不上，不能尽到一个男子汉的责任。于是，他思前想后，毅然决定回乡下老家，可单位领导舍不得他离开，怎么也不答应他的请求，无奈，父亲在一个月黑风高之夜偷偷地离开，辗转奔波好几天才"逃"回老家。

父亲没有豪言壮语，但他明白家的含义，知道自己的责任和担当，要为家里撑起一片天，为家人遮风挡雨，更不能让家人受伤。在农村，重男轻女的观念很严重，因而，有人建议把小妹送给缺孩子的人家，但父亲说手心手背都是肉，女子照样能顶半边天。从此，再也没有人提这个话题。

在我进城落脚后，父亲隔三岔五要看望孙子，而且每次都要给买点吃喝。我知道，那是父亲的一片心意，我从没有拒绝，而当我提出在餐馆吃顿饭时，他找种种借口，都婉言谢绝了。

在父亲的一生中，先后两次修了新房，使居住环境大大改善。待子女都成家立业后，按说可以松一口气了，但他坚持要种好自家的责任田，待新粮归仓后，他骑上自行车，亲自带上新米，给子女和亲戚送上门，说是自己种的粮食，吃起来放心。现在想起来，不论是酷暑还是严寒，父亲骑几十里的路，纯粹是一种亲情，一种牵挂，不觉就湿润了眼睛。

(八)

父亲为人厚道，朴实善良。父亲向阳而生，从不给别人设套，更不会落井下石。村里两邻居吵架，由于一个小孩失手，无意中酿成大祸，按理非要追责不可。父亲了解实情后，三天两夜，举一反三，耐心说服，终于取得了对方的谅解，没有再深追下去。时过数年，两家人握手言和，亲如一家人。

我工作的第一站，是到某部门工作，紧接着当了农技员，再后来去教书。生活可以说是顺风顺水，然而，这哪是父亲要的结果，他的期望值更高。用他的话说就是前人强不如后人强，在我成家立业后，按照农村的习俗，先是逼着要分家，再是支持我走出农村，到外面的世界去闯荡。不久，我在城里谋了一份工作，加之领导器重，工作如日中天，不仅入了党，还成为销售上的"状元"，被评为全县优秀购销员，受到了县委、县政府的表彰奖励，县电视台还进行了宣传报道。

父亲心里装着别人，唯独没有他自己。父亲生病，奇迹般地好转后，我们的经济状况也逐渐富裕，便经常给他点零花钱，让他除了买药外，再改善一下生活，但从艰苦年代里走过来的父亲，怎么也舍不得花，后来，我才知道，他都悄悄关心了老人和下一代。父亲病重后，亲戚朋友看望他，给他买的补品，他除了牵心高寿的婆婆外，还毫不吝啬地让左邻右舍的孩子分享。

(九)

其实，我们普通人没有过多的奢望，只想着家庭顺顺当当平安无事。可就这么点小小的愿望，却往往都成了遗憾。

一晃过去了三年。1996年盛夏，父亲还不到六十岁，正是干事的年龄。可是，死神瞅准了这个令人心烦意乱的季节，像恶魔一样渐渐地逼近了父亲。而一贯坚强的父亲，并没有悲观失望，强忍着痛苦，与病魔抗争，实在抑制不住了才发出一两声呻吟。有时，疼痛使他满身冒汗，但他紧握拳头，死死地顶在胸前，甚至慢慢地失去了知觉。我们着实心疼，可又无法分担。当他再次缓过来后，对看望他的亲戚朋友，依然像平常一样问长问短，关心他们的家庭和生活，无不让人百感交集。真的，我不忍心把那一幕幕揪心的场面再现，只是疑惑，父亲与病魔搏斗的那股韧劲，是不是一直都隐藏在骨子最深处。

人过留名，雁过留声。当父亲被安葬时，许多乡亲都落了泪，说父亲是个好人呀！

乡土味浓郁，村民们朴实，他们没有太多的赞美语言，但最朴实无华的句子，往往是最有力量的话语，诠释了父亲的一生。

我心底柔软，一直都相信，好人有好报。有时，我想，以父亲的秉性，或许，他更希望人间越来越美好，后辈能越来越有出息。

写到这里，不知不觉，早已是泪水汪汪，模糊了我的双眼。

夜深人静，是心最疼时分，我仿佛又看到了父亲向我微笑，那坚毅而深邃的目光，曾经照亮了父亲艰难而顽强拼搏的一生，又在照亮着我不断奋进的路程。

草 帽 上 的 阳 光

我有两个婆

在我的故乡陕南农村，一般都把祖母称为婆，不同于城里人把祖母称为奶奶。我自小在农村长大，也就喜欢婆这种叫法，叫起来既亲切又顺溜。

我的婆有两个。按照血缘关系来讲，二婆才是我的亲婆。然而，世事难以预料，由于她家庭的变故，父亲从小过继给了大婆家。这样，大婆便成了我的婆，亲婆却被称为二婆。

大婆，我的婆

对婆的印象，说起来很惭愧，竟然没有一件记忆清晰的事情，全是些零星片段的拼凑。

记忆里，婆的身材修长，面目清秀，勤劳善良，勤俭持家，拥有两间大瓦房，还带一个偏厦子，算是当时条件比较好的。懵懂的年龄，有好吃的、好喝的、好玩的，婆都惦记着我，生怕受吃亏。逢年过节，婆都要送礼物，尤其是大年三十，不光有新衣服穿，还有几毛钱压岁钱，这让我兴奋不已。走亲戚时，我就跟在她的后面，像她的尾巴一样形影不离。婆的人缘好，走哪都会受到热情款待，自然我就会得到许多好处，兜里时常装满了糖果、花生、瓜子，让别的小伙伴羡慕不已。

童年是甜美的，是快乐的，是无忧无虑的。左邻右舍说，在我出生后，婆欣喜若狂，逢人就说添孙子啦！脸上乐开了一朵花。听大人们讲，婆对我百般疼爱，除了母亲喂奶外，大都由她照顾，如换尿布，喂米粉，缝衣裳，做鞋子，样样在行，还教我学说话学走路。盛夏季节，摇着蒲扇驱赶蚊子；隆冬时节，在堂屋里生火取暖。即使织布纺线，干家务活，生怕把我丢了似的，从不让我离开她的视线，连推手磨也要把我背在脊背上，好像我就是婆的亲孙子。

其实，婆只生育了一个女儿，由于受传统观念的影响，便早早地抱养了父亲，并像亲儿子一样对待。到了上学的年龄，父亲便被送进了学堂，只是受当时条件所限，只读了个小学，尽管这样，也不知让村里多少人羡慕。

20世纪六七十年代，家家户户一大堆孩子。小朋友在一起玩耍，免不了口舌，还会打架。婆看见了，从不呵斥孩子，但要是谁受欺负了，便从手绢里取出一颗糖"补偿"，逗得别的孩子眼馋，更让"作恶"者既后悔又羡慕。然而，婆这一小小的举动，像一堂生动的"政治课"，让孩子们深受教育。天长日久，乖孩子越来越多，打架的现象却逐渐减少。尽管我被婆宠爱着，但随后的日子里，孩子们自然能和睦相处。

婆吃苦耐劳，心灵手巧。不光针线活做得好，还会编织草帽。每年五月，小麦一收割，婆白天挑选好麦秸秆，晚上在昏暗的油灯下开始编织。现在街上卖的草帽，都是清一色。而婆编织的草帽上有许多图案，那是用彩色丝线织成的，如小草、树叶、小鸟，无不让人瞩目。更让人高兴的是，婆让隔壁的银匠打几只小铃铛，系在草帽顶上，就像古塔上的风铃，一旦有走动，就丁零丁零地响起来，像在奏一曲音乐。小时候调皮，我第一次戴草帽，因为稀罕，不知不觉地就跑起来。谁料，速度越快，铃铛的节奏就越快，惹得大家开怀大笑。

婆虽然宠爱着我，但对我要求很严。盛夏季节，即使没有太阳，仍然让我戴上小草帽，但当时并不明白，长大了才知道，铃铛的声音像无形的线一样，一头系着我，一头连着她，生怕我走远了不安全，便尽量控制在她设置的范围。我长大成人，从婆身上学到了不少书本上学不到的东西，受益匪浅。

婆艰苦朴素，勤俭节约，心里时常装着的是别人，唯独没有她自己。大妈怀孕时，婆自己有病还在调理，却想尽千方百计，托人在山里买了一块腊肉，又称了两斤白糖去看望。这样的实例不胜枚举，赢得了村民们的敬重。

婆脾气耿直，为人忠厚，能与邻居和睦相处。她常说："谁家不缺个啥。"有人借东西，宁可自己受委屈，也从来不推辞。有一次，邻居家来了亲戚，要借两碗大米蒸面皮，可家里偏偏只有煮一顿饭的粮食。婆二话不说，就满口答应了。婆虽解决了邻居的燃眉之急，自己却只好吃杂粮将就。后来，村民们知道了婆的为人，不由得竖起来了大拇指。就是这样一位受人爱戴的婆，身体说垮就垮了。依然在一个麦收的季节，婆在与病魔痛苦的纠缠中，结束了自己年轻的生命。

那时，我还小，虽不能充分理解死究竟意味着什么，更不知道这就是所谓的生死离别，但我能想到的就是，最疼最爱我的婆走了，以后再也不会有婆了，再也不会有人塞给我糖果吃了。于是，我不由得伤心地哭了……

童年像一阵风，有时是温暖的风，有时是刺骨的风。失去了婆的呵护，心里有一种莫名的难受。婆啊婆，大集体的年代，父母天天要下地挣工分，而你却把我视为心肝宝贝，让我沐浴着快活的时光，享受着幸福。谁料想，我敬爱的婆啊！昨天你还活蹦乱跳有说有笑，突然就两眼一闭撒手而去，让我情以何堪，只能把思念深深地埋在心底。

婆在世时，一直对我无微不至地照顾、包容和疼爱，温暖我的心灵，让我刻骨铭心，可我从没有说过感恩。

婆过世后没多久，我们搬出了老屋，在斜对面的缓坡修了三间瓦房。其实，离开老屋，也许只是对痛苦情绪的暂时缓解，但从此，我再也没有戴花草帽的机会了。

二婆，我的亲婆

励志作家耿帅说：人生所有失去的一切，都会以另一种方式归来。没有了婆的宠爱，又一个婆却走进了我的生活，那就是我的二婆。

当时，不知不觉我已到了上学的年龄，也明白了家族一些事情的脉络，加之爷爷不时地"提醒"，于是，就改口把二婆也叫婆。

其实，对于称谓的改变，我并不太在意，但婆似乎很重视这个称呼，她似乎感到这种叫法，完全还原了自己身份的本真，表情呈现出从未有过的满足。我似乎也能感觉到，婆在答应我的瞬间，内心是多么的高兴和自豪。

婆中等身材，体型偏瘦。在艰苦的岁月里，爷爷过早就撒手人寰，生活像一架沉重的车辕，完全靠婆一个人掌舵，免不了受尽生活的磨砺，不是纺线织布，就是缝缝补补。然而，在吃不饱穿不暖的年代，即使拼死拼活地蛮干，也养不活六七个子女。于是，婆毅然把老三、老六，包括我父亲送人养活，拣回了一条条命不说，日子也算过得去。

我们住进新房后，除三大依旧居住在老屋北侧外，其余一大家人都陆续安顿在一面缓坡上，往南依次为大爹、五大、二大，这显然具备了中国民居群聚的特点。因而，有时一个户族就是一个生产队，如我们十二队，二三百人，都是王氏家族，没有杂姓，一直延续至今。

皇帝爱长子，百姓爱幺儿。婆顺理成章应该住在五大家里。但在农村，讲究辈分，五大比我父亲小，于是，我们就一直称五大为佬佬。

人生之路虽然荆棘丛生，却处处充满阳光雨露。在刚刚解放后，有人提出二大曾被地主抱养，应该严厉惩罚，但婆婆凭一双小裹脚和两条细腿，到处跑到处找，认为旧社会是地主强行把二大领走的，现在解放了，娃还是自家的娃，必须得把娃领回来。通过几个月不辞辛劳的奔走，凭着坚韧而刚毅的性情，找大队找公社，软磨硬缠，赢得了领导的理解和同情，最终二大才免遭一劫。

人常说："事在人为，境由心造。"按村民们的话说，婆没有办不成的事。有一段时期，流行佩戴毛主席纪念章，婆懂得小孩子的心思，像变魔术似的，给我们兄弟姊妹每人弄了一个纪念章。当时，别提我多开心了。暗地里，我真的十分佩服婆的能耐。

婆心地仁爱，善解人意。出于贫穷，姑姑早早地嫁人了。姑姑和婆一样，家里吃饭的多，挣工分的少，日子过得紧巴，尤其是青黄不接时，婆省吃俭用，宁可吃糠咽菜，也要接济姑姑一家人，在方圆团转树立了榜样，左邻右舍都为之动容。

婆大字一个不识，但很关心我们读书。在我读高中时，肚里依然缺少油水。周末回家，婆早早就在我家门口等候，大襟衣裳里藏着一小罐猪油，让我在学校把米饭打好后，剜一坨猪油，趁热加在饭中，以补充油水。每每提起，我依然能感觉到那种扑面而来的清香气息，它不光刺激着我的味蕾，还激发着我的学习热情与兴趣。现在偶尔写点文字，与婆不无关联。

婆性格直爽，应变能力极强。除了具备艰苦朴素勤俭治家的中国妇女传统美德，居然还有着仁慈宽厚的说服能力。当时，村里谁家闹矛盾了，她点石成金，举一反三，靠眼面前的真人真事，不用吹灰之力就能化解矛盾。遇到调皮捣蛋的孩子，谁见了都感到头痛，有些家长束手无策，就纷纷向婆"求救"。婆虽然没上过学，但说的话句句在理，处理的事情没有人不佩服。

婆吃苦耐劳，任劳任怨，白天再忙，晚上也睡得很迟。在场院里、大树下、磨盘旁、屋檐下、火塘边，只要有她的声音，我们就像一群小鸭子，叽叽喳喳围过去。记忆里，婆有一茬没一茬地讲故事……这些听来都是那么新鲜，那么有趣，那么动人。一个个故事讲完了，我们仍然不愿离开。每当这个时候，婆像说书人一样，总要幽默一下：请听下回分解。天长日久，我们习惯了这个结尾，才依依不舍地回家。

婆豁达乐观，助人为乐。在经济条件好转后，哪家过个大事小情，都有她忙前忙后的身影。别人给我介绍对象时，就像是婆在过事，她跑前忙后来回穿梭，如沐春风笑逐颜开，直夸不是一家人不进一家门。后来，妻子对我说，婆的眼里有水，还是应了她的预言。

20世纪八九十年代，先是母亲受重伤，再是父亲得重病，尽管我有弟弟妹妹，照管不存在问题，但婆总是放心不下，不论刮风下雨，还是酷暑寒天，几乎每天都要去一两趟，不是嘘寒问暖，便是陪聊聊天，让我们一家人深受感动。

岁月不饶人，刀刀催人老。婆脸上那一道道深深的皱纹，无不见证着岁月的沧桑。婆最繁忙、最辛苦，腰早早就累弯了，为的是支撑一家人的生活。女儿出嫁了，儿子结婚了，相继都有了自己的家。这个"家"中就婆单独居住，日常家务也就落到她一个人柔软的肩头。而婆逢人便说，除了忙家务活，没有其他擅长，就种了一片蔬菜，纯粹是自给自足。她每次见到我们，一副和蔼可亲的样子。即便在她生病的时候，还保持着乐观向上的心态，从未有过任何抱怨。

岁月不居，时节如流。我在城里站稳了脚跟，婆与老实巴交的佬佬住在一起。那时，农村环境大为改观，生活质量逐步提高。我像小时候婆对我一样，逢年过节，买些吃的、喝的，去看望她。有时出差，顺便带点土特产，让婆尝个鲜，算是一点孝敬之意。然而，这怎么能抵上婆的言传身教，还有一生为我们的辛勤付出！

秋雨蒙蒙，暮色霭霭。在婆九十三岁时，她也终未躲过宿命，去了另一个世界。但村里人说，高龄的老人去世，是一件喜事，我也相信婆享福去了，心中自然少了些伤感。

每当夜深人静，关于婆那一幕幕画面，那一副副表情，时常会浮现在我的面前，仿佛在护佑着子孙，让人感动不已终身难以忘怀。

婆婆，我最深的思念

俗话说：十里不同风，百里不同俗。尽管故乡习惯把祖母称为婆，但或许因了我有两个婆，记忆里，大多时候，我却把婆字重复着叫婆婆。

我是一个不善于表达情感的人，内心柔软而敏感，看到感人的场景，自然会泪流满面，难以释怀。

静坐光阴角落，细数清浅岁月。我始终没有忘怀一个时代女性对家庭的付出，以及对家人的关爱。在婆婆艰苦朴素勤俭持家的感召下，换取了我们这些做晚辈的在生活中的无忧无虑从从容容，婆婆成为我们这个大家庭的灵魂支柱。

"那些被时光过滤了的记忆，总是在寂寥的时刻，叩响心扉，在潮起潮落的时光里，为灵魂取暖。"我是一个喜欢念旧且有点多愁善感的人，或许心里珍藏的回忆实在太多，已逝去的往事历历在目，久久不能从记忆中抹去。我也很后悔，当初，婆婆活着的时候，为什么不能多陪陪她，安慰她那颗孤独的心呢？

很喜欢这段话：春去秋来，花开花落，几许心酸，几多无奈，在岁月中拾零，挽着悠长的诗韵，品味似水的流年，总有一段记忆无法抹去。我的两个婆婆，便是珍藏在我生命里的精彩段落，便是留在内心最深处的思念。

岁月无声，人生如梦。让我们感慨的，又岂止是记忆。此刻，我写下这些文字，轻梳过往，但愿我的两个婆婆都能够看见，但愿我的两个婆婆在另一世界相伴相依，还在用最温暖的目光关注着我，这便了却我的心愿，从此也不再遗憾。

1317号病房

隆冬时节，天寒地冻。而这里却温暖如春，人来人往。

这里是医院的内三科，是内三科的1317号病房。

医护人员匆匆忙忙穿梭病房，患者心事重重缓慢地在走廊散步，护理者有条不紊地打水送饭，病房不时会发出痛苦的呻吟，这些动作和表情的不断叠加，就像影视剧的剪影，常常让人有一种莫名的惆怅，甚至会产生一种揪心的痛。

而我，也是这些患者中的一员，一想到这，我的心里就五味杂陈百感交集。

内三科的1317号病房，一个放慢时光的地方，一个察看肺腑的地方，一个疗养内在的地方，一个检修生命的地方，而我，正是1317号病房的一名住院患者，就在这里，对身体之内的病患进行着维修。

或许是季节的原因，内三科早已是人满为患。在通常情况下，病房只是两张床位，而在这个特殊时期，就住了三个患者，我就是+10床。

不知不觉，我走到病房的窗前，向南眺望，只见城区车水马龙霓虹闪烁，不远处的五星红旗高高飘扬。忽然想起，这天正值元旦佳节，是举国上下万家团圆的喜庆日子。

然而，病来如山倒。在连续咳嗽了两周之后，终是未能抵御过感冒病毒的侵袭，不得不遵循医生的吩咐，住进了县红十字医院。之所以选择这家医院，一来离自己家比较近，二来离

世间有温情

单位也不远，更主要的是这是一家新办的民营医院，口碑极好。

在经过一系列的检查后，我住进了内三科病房。护士陈佳文很是热情，自我介绍是责任护士，主治医生是李春强，当然，这些都是在打点滴时才告诉我的，但当时接诊的是女医生杨玉云。紧接着，开了药，嘱咐了注意事项。当然，这都是医院按部就班的程序。

俗话说：有啥别有病。刚开始，头昏脑涨，咳嗽痰多，胸闷气短，呼吸困难，整天昏昏沉沉，感到浑身不舒服。其实，人和机器一样，一个部位出现故障，就影响正常运行。更为严重的是，有时，咳嗽得上气不接下气，甚至连腰都直不起来，好像身子骨都散了架，那种痛不欲生，真正才叫度日如年。

在我住院的数日里，每天上午和下午得打好几瓶点滴，还要喝五六次药。我和其他病号一样，一天吃三顿饭后，什么事都无法做，也不想做，只有通过看电视打发时间。每每想起这些，就愈加痛苦，憋闷得难受死了。而这一种深刻的无奈与无助，如果没有亲身体验，根本感受不到。

我身体单薄，但很少住院，既然遇上了，就得"修复"。好在医生责任心强，天天询问情况，对症下药，护士热情又有耐心，像家里陪护人一样，自然减轻了许多病苦。住院的第三天，病情已明显好转，但仅仅过了一个晚上，第四天病情又开始反复，就像刚刚修复的设备，一试机，便卡壳了，依然像刚入院那阵子一样痛苦，那种滋味让人左也不是右也不是，甚至根本无法抗拒，更无法转嫁到别处。

办法是想出来的。医生通过检查会诊，进行了药物调整，为我驱赶着病魔。又过了两天，到了第六天，除了咳嗽气短依然比较顽固外，大部分症状几乎逐步消失，我们不得不相信医学的力量。

草 帽 上 的 阳 光

当然，这也离不开护士的辛勤付出。她们每天凌晨五点多开始工作，不是量血压，就是抽血。上午八九点钟，跟着医生查房后，还要打点滴送药，时常风风火火连走带跑。有时，连饭都顾不上吃，一熬就是一天。遇到重症患者，晚上十一二点，根本不得休息，但谁也没有怨言。然而，又有多少人能理解医护人员的艰辛呢？人常说：细微之处见真情。经过几天的观察，我深深地被她们的敬业精神感动了。在我病情严重时，是护士关心我、问候我，不时地提醒要吸氧，还特意叮嘱，身体有什么不适，要立即告知。

一滴水，可以折射出太阳的光辉，一件小事，可以反映出一个人的品质。的确，在当今紧张的医患关系下，我心里感到了另一种天地，另一种滋味。或许，这就是白衣天使的伟大——忘却自己只为利他。

在医院，只叫床号，不喊姓名，像我们上学点名一样，老师给学生排好座位，就直接叫号，从不喊姓名。刚入院，我对病房号并没在意，直到单位领导亲戚看望、朋友同事问候，才想起病房是1317号。

"三九四九，冻破茬口。"这个时节，是冬季最寒冷的，内三科的走廊里，依然是人满为患。医护人员绷紧了一根根弦，他们夜以继日，不辞辛劳，送走了一批批患者，又迎来一批批患者，就像庄稼地里的弱苗，既要有农人的精心呵护，又要接受阳光雨露的滋润，这些救死扶伤的英雄，让无数人死里逃生，重现生机与活力，让我们为他们深深地致敬！

早晨，当第一缕阳光洒在病房间的地板上，都能闻见太阳的味道。我住院期间，有那么多领导和亲朋好友关心问候，让我看到了人心善良，感到了人间真情。我能早日治愈出院，也是他们关怀的结果，我永远忘不了他们，也祝福他们永远健康！

1317 号病房，沉淀了我的一段时光，修缮了我的肺腑，也让我对健康对生命有了新的认识。走出 1317 号病房，我已焕然一新，足以与新时光一起，继续书写人生新的篇章。

麦地里的姑父

　　惊蛰一过，气温回升，草木发芽。一场春雨过后，空气格外清新，那一抹湿润，很快就蔓延成一片葱茏绿意。正在拔节的麦苗儿，生机勃勃，厚如绿毯。

　　在这绿毯里，在一个叫蔡家坡的地方，姑父仿佛赴了前世的约定，选择了他一生热爱的麦地，作为最后的栖息地。

　　尽管男儿有泪不轻弹，但看着坟头上白色的幡幡在空中飘荡，身穿孝服的人群缓步走动，想想此时已与姑父阴阳相隔，心绪起伏不已，泪水早已模糊了我的双眼。

（一）

　　那是一个周末，忙碌的人们，期盼着能睡个懒觉，这似乎成了现代人不可多得的享受。一大早，清脆的手机铃声响个不停，把我从梦乡拉回到现实。我顺手从床头取过手机，是小妹打来的电话。我预想可能有什么事情发生，思绪在脑海划过的那一瞬间，手机那边果然传来了哽咽而低沉的声音："哥哥，我大大（父亲）走了。"霎时，悲痛、惋惜一下子涌上心头！我语无伦次："春节见到姑父时，不是还好好的吗，怎么说没就没了呢？"

　　按照老家的风俗习惯，姑父静静地躺在堂屋中间，和所有在鬼门关前走过的人一样，脚下点着两盏长明灯，只为在另一个世界不会黑暗。或许，他生前已料想到了这一天。可不，寒冬腊月数九寒天都挺过来了，在这立春过后草木蔓发的时节，却被夺去了生命。难怪民间有：老牛老马过一冬，最怕二月里的摆条风。这对于姑父来说，再贴切不过了。

姑父头朝堂屋里，脚朝家门口，他是不能自己走出去了，但灵魂会找到这个出口，走进年前自己看好的那块麦地。姑父两旁跪着晚辈，不时有孝子烧钱哀悼，我也不例外，重重地叩了三个头。看着姑父的清瘦的面容，像冬日里太阳底下打盹一样安详。要不是他躺在竖起铺的稻草上，我宁愿相信是他忙碌后的小憩。

（二）

人生最大的悲痛莫过于生离死别。以后姑姑一家人的凡尘俗世里，不会再有姑父的影子，怎么能够接受眼前的现实！

此刻，姑姑脸色蜡黄，像丢了魂似的，呆呆地坐在小板凳上，佝偻着瘦弱的身子，像旁边斜放着的拐杖，如果没有墙体作依靠，随时都有可能倒下去。现年八十四岁的姑姑，在解放后的第二年嫁到蔡家。她和姑夫相依为命生死与共，一旦丢失生活中的另一半，就像天平失去了平衡、大厦面临倾斜，真的让人难以接受。

"你姑父有病二十年了，我照顾他吃喝，病情严重了，陪着去吊针，还要端屎端尿，我已经尽力了。"乍一听，姑姑像她的性格一样硬气，但我分明感到那是自我安慰。她诉说着姑父生前的事迹，表情与从前大相径庭，恰似我此时沉重悲伤的心情。

姑姑始终把我当作娘屋里人，我也从不让她有半点失望。尤其在最近几年，她耳朵听不见了，活也干不动了，我只要有空，就前去看望他们。姑姑感到有面子，姑父也觉得高兴。有时，我们全家都去，除了买些营养品，就是陪着说说话。姑姑见了我们自然亲热，不断地谈柴米油盐家长里短。而姑父耳聪眼明，知道我们忙，怕耽搁时间，不断地阻拦，可姑姑说跟娘屋里人谈闲，不让姑父掺和。

俗话说：宰相肚里能撑船。姑父的宽容、豁达、大度，亲戚朋友了如指掌，整个村里没有谁不知晓。姑父明白做人的道理，更清楚家里不是讲理的地方，即使偶尔受到责怪埋怨，为了逗姑姑高兴，也尽量让着她。姑姑像年轻时漂亮的样子，脸上时常乐开了花。为了尽量逗姑姑高兴，我只是在必要时点头或摇头。尽管这些动作简单，但姑姑却心满意足。

（三）

早年间，姑父家境殷实，人丁兴旺。仅从周边的地名便略知一二，如蔡家湾、蔡家坡、蔡家坪、蔡家梁等，地域广、土地多，属于旺族。只是闹"长毛贼"时，遭受了灭顶之灾。后来，只好花一些银两，在王家坪买了三间大瓦房，单家独户繁衍生息。

姑父是地地道道的农民，一辈子靠土地养活一大家人。那时，姑父一家有十几亩坡地，却没有水田，只能靠天吃饭，日子过得恓惶。然而，姑父很注重三个儿子、四个女儿的教育，凡儿女到了上学的年龄，哪怕是从牙缝里省出一点钱，也要供上学，最孬的也读到了初中。子女中有的当了工程师，有的在企业做高管，有的还开了商店，因此，村里人都夸他有远见。

其实，姑父算是有点文化的人，既能写又能算。在他未成家前，就是村里的后备干部，以至于后来当过会计、出纳、队长，村里的事儿样样不挡，得到了大队和群众一致认可。

在匆匆流逝着的生命中，谁不想满怀信心阔步向前！就如我的姑父，他也希望能奔向一条光明大道。然而，一切事物的发展变化，却在一个悄悄的时刻悄悄地酿成，或者说在一个悄悄的时刻神秘地酿成。有时，你觉得不该是你的命运，却偏偏走进一片荆棘之中。

在20世纪60年代初，上面的工作队硬说姑父的账面少了三千斤粮食，短了一千块钱现金。天啊！这可是天文数字。姑父心里有数，也自知委屈，可他相信上面的人，只好一边悲凉怅惘，一边自我疗伤。

那是一个靠工分生存的年代，尽管家里劳力多，但年底仅有的一点红利，只能用来抵"账"。一家人眼巴巴盼了一年，队里一点粮食都没有给分。年复一年，连续好几年，没有粮食，就只能靠亲戚接济，没有钱花，就带上子女像做贼一样，偷偷上山割竹子割柴卖钱，维持一家人的生计。

年轻时的姑父，虽然力气单薄，但意志顽强，要是一般人，早就被逼得走上了绝路。面对这样残酷的现实，姑父不但没有失去生活的勇气，反而靠并不宽厚的肩膀扛起了沉重的担子，永不绝望含辛茹苦拉扯七个孩子长大成人。忽然想起奥斯卡·王尔德的诗："我们都生活在阴沟里，但仍有人在仰望星空。"姑父是一个小老百姓，他就像无数个阴沟里的人，但来自生命的原动力，如同一棵树向往天空，一条河向往大海，不停地寻找生命的出口、存在的方向，像写作的我一样，向往着诗和远方……

过了几年，上面派来驻队的人撤了，多年的"债务"也水落石出了。这时，上面的人又给姑父做工作，让他重操旧业当会计。

姑父纯朴善良，凡事有求必应。只要有人找上门，三句好话当钱使，不帮的忙也得帮。上面的人到家里做工作，亲戚朋友都极力阻止。但不知为什么，他好像觉得上面人的话语传进了他的身体，一点点渗进了神经。随后的日子里，姑父把上面人的话当"圣旨"，一干又是几十年。然而，让人庆幸的是，世道在变，人也在变，那个时代一去不复返，亲戚朋友不再为他捏出一把汗。

"啥时候也不能对不起公家，更不能对不起自己的良心。"姑父勤于做事，少于言语，话虽不多，但很深刻，很管用，正如这朴实的话语，为我做人做事铺就了底色，划定了底线。他对于晚辈的谆谆教诲，使人无不为之动容。

（四）

多年来，乡村里，岁月与时令、节气、风霜雨雪交织，时光与空落、寂寞、苍凉肃穆叠印，成为大地上运行的情境、形态、神韵，更像大树的根须一样，盘扎在我的心灵深处，留下抹不掉的印痕。

姑父一生任劳任怨，除了忙生产队的事情，便在自家的自留地里刨食。他十几岁就与土地打交道，学会耕田犁地，从小麦播种、冬灌、施肥、收割，每一道程序都像经管自己的儿女一样，丝毫不敢马虎。我曾陪姑父到地里，看过麦苗拔节、抽穗、扬花，直到成熟收获，打麦扬场，颗粒入仓，拉麦秆回家烧火做饭。每一个时节，每一个场面，至今都历历在目，让人难以忘怀。

有一年，姑父按往常在坡地里撒下麦种，由于雨水适节，肥料充足，麦苗出得又齐又密，为了防止疯长，冬日，他蹲在地里，把小麦疏成行，通风透气，利于作物生长。那一年，小麦夺得了高产，亩产增收一百多斤，被队里当作经验推广。姑父逢人就说：功夫没有白费了的。

为了挣工分，他和姑姑起早贪黑在队里劳动，几个孩子年幼没人带，天天都靠"大带小"，在自家屋里玩耍。突然，一个几岁的表弟，生病发高烧，小孩子不懂事，还以为睡着了，也没有当回事，等姑父收工回来，却发现已经停止了呼吸。每次姑父谈起这件事情，懊悔不已十分痛心，就好像自己做了天大的亏心事似的。

男耕女织的中华淳朴民风，在我们家乡体现得非常典型。姑父耕种劳作、出力挣钱、养家糊口，撑起家庭的一片天。姑姑纺棉织布、碾米磨面，还要侍候老人、养育孩子、打理家务，饲养家畜家禽，兼顾家里的土地。每到夏秋大忙时节，姑姑要下地帮姑父抢收抢种。尽管这样，勤勤恳恳任劳任怨，无休无止四季辛劳，却一年到头，地里产的粮食，除了交公粮，分到家里的微不足道，喂不饱嗷嗷待哺的孩子。那些日子实在太苦，苦得看不见希望，没有任何盼头。

（五）

日子一天天地过着，熬到了改革开放后，姑父开过商店，承包过加工厂，子女也陆续各自成家，日子开始有所好转。特别是随着打工潮的兴起，农村劳力像孔雀东南飞一样，开始纷纷外出务工了，曾经被老百姓视为续命的土地，就像前些年代的小孩，也逐渐被看得很淡了。而老年人，就像姑父，无论生活受到怎样的搅拌，土地是永远的宿命和归依。看到队里有些土地荒芜，惜土如命的姑父急在心头，他"捡"了十几亩田地，能栽秧的栽秧，能种苞谷的种苞谷，每年收获粮食一两万斤，也贴补了家里的收入。在他快八十岁时，子女都不忍心让他再种土地。但他说田地荒了太可惜。面对家人的劝阻，嘴上答应不种了，却偷偷地又安顿了庄稼。我曾劝过，姑父推辞说是姑姑的主意。我问姑姑，却又说是姑父愿意种地。其实，我明白，他们在这片土地上繁衍生息，早已与土地结下了深厚的情谊，就像姑父和姑姑，谁都不愿离开谁，一旦姑父不在了，姑姑仿佛失去了依靠，心里五味杂陈，有一种说不出的滋味。

姑父的一生，品格端正，助人为乐。小女儿盖房子在外借了点钱，因暂时无力偿还，为此，家里经常拌嘴。姑父知道后，他明白欠债还钱的道理，分期分批替女儿归还了借款。无债一身轻，一家人又和好如初。待女儿经济好转，硬要归还那笔钱，但姑父明白女儿的家境，说家都有过不去的坎，不要再旧事重提了。

姑父的一生，乐善好施，矜贫恤独。贫穷的年代，大家都吃不饱穿不暖，但只要有讨饭者上门，他宁可自己饿着肚子，也要给人家一碗饭吃，许多人都感到不可思议。村里有个特困户，由于子女不在身边，姑父经常给端饭吃。遇到春节，还多备一些年货给送过去。诚然，他的一言一行赢得了村民的夸赞。

姑父的一生，为人忠厚，尊老爱幼。为了鼓励孩子读书，只要考上大学，都要亲自进行物质奖励。每逢春节，姑父要给孙子重孙子发红包，让孩子们开心快活地过年。这样的待遇，我小时候也享受过。如今，我当爷爷了，也照样给孙女发红包。就这样，中国的许多传统习俗，像一个民族的根脉一样，不知不觉就被传承下去了。

姑父像老黄牛一样，到了步履蹒跚的时候，已经拉不动那沉重的犁铧。这时，几个儿子都争着赡养他们，想让他们享受一下良好的居住环境，过几天儿孙绕膝的悠闲生活。而姑父推辞说，老房子虽然陈旧，但生活习惯了，依然坚守在解放前的三间大瓦房里。这瞒得过别人，却瞒不过我。因为姑父曾给我说过：人老了，行走不方便，手脚不灵活，免得给娃们添麻烦。

怎么是添麻烦呢！俗话说：你养我小，我养你老。自古以来，这是天经地义的事情，尽管我曾多次当过"说客"，但并没有说服二老，不过，我更明白了天下父母的用心良苦。

（六）

夏夜，朦胧的月光下，我在牛圈边上，伴随着老黄牛有滋有味的咀嚼声，嗅着稻草散发的淡淡清香，专心致志地聆听着姑父一遍又一遍地给我讲故事，这是我童年最美好的时刻。

是啊！我的童年不能没有姑父，甚至我孩童时的记忆，就是从刻入姑父的影像开始的。小时候，由于我们离姑父家不远，下午放学后，只要没事，就到姑父家去耍。尤其是寒暑假，大部分时间都是在姑父家度过的。

出生在艰难岁月里的姑父，一生都在生存的底线上挣扎，但性格温和待人热情，见人总是笑嘻嘻的，我就喜欢他那种快活乐观的表情。印象中，有无数个夜晚，我都在倾听姑父给我们讲故事，如《杨家将》《铡美案》《三滴血》《白毛女》《红灯记》，等等，姑父讲得绘声绘色，我听得津津有味。

当然，姑父也讲家族的兴衰演变过程，为了躲避匪患才来到现在村子里的传奇经历，包括自己幼时所遭受的苦难，还有蔡家梁祖坟的由来。时间久了，姑父的故事就烙在我的心坎上，像一泓清泉，流过沉寂的土地，像初春的雨滴，敲响紧闭一冬的窗棂，更像一盏明灯，激发一个孩子能够在知识匮乏的年代去了解过去、了解社会、去学习新知识的求知欲。以至于我现在写文章的时候，偶尔也写点他和姑姑的故事。有时，我想，如果没有姑父的传道授业解惑，或许就没有现在如此丰富多彩的业余创作素材。

回忆虽然苦涩，但往往温暖人心。小时候，嘴很馋。要是遇到放电影，我就软磨硬缠让姑父拉着我一同去。其实，姑父心里明白，悄悄塞给我几毛钱。在电影开演前，我同表哥表妹买点瓜子、花生，心里便乐开了花。有时，还故意在人多的场合显摆。

姑父平时很忙，一般情况下，他不会真正陪我玩，比如打秋千、滚铁环，但有表哥或表妹陪我去，自然都高兴得不得了。但确实有一次，姑父陪我见识了一场宏大的场面。那是20

世纪70年代初，阳安铁路正在修建，大表哥是大队的民兵连长，他嘴里吹着哨子，指挥着千军万马。随着"呼嘿、呼嘿"的喊叫声，把沉甸甸的铁轨摆成了一条望不到头的直线。我惊讶之余，想着长大后也能呼风唤雨，但对于我们普通老百姓，那只是一个梦想而已。可毕竟让我见识了什么叫人海战役，什么叫人心齐泰山移。多年以后，我负责一个部门的工作，懂得了团结产生力量，就竭尽全力想方设法，激发大家工作的主动性和创造性，促进了整体工作的顺利推进，也赢得了领导的表彰。

幼年的时光里，我到姑父家，被视为走亲戚。于是，常常得到姑父的照顾，姑姑也常为我改善生活，就连一日三餐，都是让我们这些孩子们先吃。那时不懂事，只知道贪吃，我找各种借口把弟弟妹妹带上，享受走亲戚的优厚待遇。本来，姑父家就一大堆孩子，我再带上几个，小孩子一多，事情就多了。比如去放牛，都争着骑在牛背上。有一次，我骑在牛背要跨过一条沟，牛像跳远似的跨过去了，我却掉在水沟里，弄得落汤鸡一样。姑父让姑姑给我换上了衣服，却责怪二老表没把我照顾好，差点挨一顿打。二老表为了报复我，吓唬我说，晚上没地方睡，把你挂在桩桩上。当时一听，我傻眼了，不敢吭声，也不敢动。不知谁向姑父告了密，他赶紧把我搂到他怀里。顿时，我感受到了春天般的温暖，享受到了无微不至的关怀。

姑父伴我成长给了我太多的欢乐，如果说父母是我成长的太阳，那么姑父就是太阳余晖褪去后的月亮，用并不耀眼但能供我一生汲取营养的光辉，照耀我踏平坎坷勇往直前……

（七）

我常常看书写字，懂得老人孤单时的心情。因此，我只要有空，就去看望姑父、姑姑。虽然没有什么贵重礼品，但他们人老了，就成老小孩了，像我们儿时喜欢大人的陪伴一样，姑父、姑姑也希望晚辈陪伴。我们拉家常、话家事，回顾往昔，老屋里不时传出爽朗的笑声。

姑父重情重义，每次我们去看他，都要让姑姑去"烧喝的"，给我们煮荷包蛋吃。其实，我们生怕给二老添麻烦，但读过几天书的姑父说："礼尚往来，我还是懂的。现在我们老了，去不了县城，但汤水必须要尝一口。"我曾到厨房，坐在灶前，烧起柴火，儿时快乐，依然清晰，恍惚间，回到了那个童年时代，一群孩子像燕子一样，叽叽喳喳围在灶台边。是啊！这古老的灶台，像沧桑的老人，养育了好几辈人，也温暖着我们的心。

在我孙女办满月宴时，我知道二老行走不方便，就有意不告诉他们，可二老硬是捎了几百块钱。后来，才听姑父说，这又是下一代人了，一点心意别嫌少。后来，二老身体状况越来越差，尤其是八十多岁的姑父，吃"老本"已经好几年了，我真的过意不去，但又不得不顺从。

岁序更迭，四季变换。那年春节过后，姑父突发重病，为了延长生命，子女只能哀求医生想方设法，帮助减轻痛苦。但每当病情稍稍缓解，姑父总说没事，一次次让子女把他送回家。

（八）

勤劳善良的姑父，就像一头老黄牛，在黄土地上播种收获，与这片热土结下了深厚的情谊。有一年大年三十，姑父在给先人上坟时，不声不响就坐在麦地里不走了。子女们隐隐约约感到：姑父自知就要上路，却比我们要平静得多。直到生命终结，他依然爱着麦地，把灵魂交付给大地，并深深地扎根在那里，见证着蔡家梁这片沃土上小麦扬花吐穗丰收在望，甚至是再现热火朝天的劳动场景。

当往事成烟，姑父的后事按生前嘱托，安放在蔡家坡他曾经坐过的麦地里。只是，这里包含了亲人对他的无尽哀思。

一阵微风拂面，忘却了寒冷的惆怅，我的心也随之萌动，我似乎听见那句絮语叮咛：天气变暖，野草萌发，牛羊就有吃的了，要不了多久，人也就有吃的了。老一辈的朴实教诲，演绎了淳朴善良的人生故事，传承了德仁处世的优良家风。这不正是我们学习的典范吗！

俗话说：人过留名，雁过留声。如果没有机会向天再借五百年，那么，唯有精神的印痕像乡愁一样，随着时光的流失得以延续、延伸、永恒。我零零碎碎写下这些文字的时候，仿佛又看见了麦地里的姑父，正弯下腰仔细地查看着一株麦苗的长势，脸上露出了欣慰的笑容。

秋雨之寒寒彻骨

这个秋天，阴雨连绵，送来一层深过一层的深深寒意。

比秋雨更寒的是不该出现的噩耗在人猝不及防时悄然袭来。

那天晚上，得到春祥走了的消息后，像冷冷秋风瑟瑟吹进了身体里，像寒意深深的秋雨一点一滴全都灌进内心一样难受！

当时，我和妻子就打算去送他一程，但处理完手头的事情，尽管紧赶慢赶，还是未能如愿，成了一个永远的遗憾。

秋雨之寒寒彻骨，独自倚窗眺望着，忽见遍地飘零的黄花，或许是见物思情，眼眶不由得开始潮湿起来，又勾起了那些伤心的往事……

我和春祥是同乡，都曾在勉七中读高中，而且是一个班。每次放学，我们要走十几公里的路，但同学们有说有笑，从来没有感到路途遥远。令人难以忘怀的是，哪怕山湾里的一树枫红，高天上的一朵流云，都成了我们向阳而生的梦想。

然而，人生不如意事十有八九。春祥上了不到一年，就突然辍学了。后来，他写信说去当了兵，农村人把当兵看得很神圣，我也着实为他高兴，我们共同珍惜着同学的那段美好时光。

同学情谊深厚，别人无法替代。记得他参军后，我看到照片上他英姿飒爽，更是为他骄傲和自豪。与此同时，心中突发奇想，要是有一顶军帽，也能炫耀一番。春祥直言快语，乐于助人，我了解他的秉性，于是，我便写信给他，希望寄一顶军帽，能满足一下好奇心。果不其然，他很快回信了，满足了我的小小愿望。当我收到那顶草绿色的军帽，高兴了好长一段时间，也让村里的同龄人羡慕不已。

可惜，在为生活的不断奔波中，我先后几次搬过家，那顶让我很是自豪很是珍惜的军帽就在世事变迁中再也不见了踪影，流失在了过去的时光中。不过，春祥爽快答应寄军帽之事，至今都记忆犹新难以忘怀。

20世纪80年代初，我读完高中后不久，到乡政府多经办工作，春祥也退伍回到了家乡。我工作的地方离他家不远，便有了更多的交集，并经常去他家耍。那时我们都年轻，谈理想谈未来，谈婚姻谈家庭，有时，兴趣来了，意犹未尽，半夜都不睡觉。

尽管当时血气方刚信心满怀，但理想和现实之间总会有些差距，我们都未能走出乡村，都在乡下陆续成家，都脚踏实地勤勤恳恳，在广阔的田野里务农，但日子还算过得去。

人常说，为难之处见真情。不久，我遇了点事情，急需用点钱。于是，我想起了春祥，便直奔他家，开门见山直截了当，希望他伸出援助之手，以解我的燃眉之急。春祥热情大方，立即到信用社取钱，交到我的手上，并说我们是老同学，若有困难就直接说。当时，我就佩服他耿直的性格，能伸手相助。或许，这就是一个军人的风范，让我感受到了人间的友情与温暖。

时光如梭，岁月如歌。后来，一个偶然的机会，我像成千上万的劳动大军一样，伴随着咱们工人有力量的歌曲，踏进了城里工厂的大门，梦想着实现美好的未来。20世纪90年代初，我被派往春祥曾经当兵的河西走廊搞销售，一待就是许多年。其间，我还去过他曾经当兵的部队，并见过其他几个同学，也算是对部队有所了解。我把这个消息告诉他，他为自己当过兵而感到无比荣耀。

斗转星移，时光交替。到了20世纪90年代末，我被调回总公司办公室，春祥却靠在部队学的烹饪手艺，在一个单位里谋了一份职业，而且发挥得淋漓尽致，按现在的标准衡量，生活可谓打理得井井有条，日子过得蛮不错。

有一年，他家种了早稻，特意骑自行车带了几十斤新米，让我们一家人尝个鲜。说实在的，虽然大米并不值钱，但是他的那一份心意，确实让人心里感动。

市场经济逐渐活跃后，人就像陀螺一样，忙得不亦乐乎。公司的日常事务繁杂，业余还要读书创作，因此，我们联系的机会并不多，但遇到大事喜事，如子女结婚成家，都相互凑个热闹，既增添了人气，又多了一个交流的机会。当然，这个时候，交通信息已经比较发达，我们偶尔也打电话互相问候。

一天，春祥突然打来电话，说受疫情影响，城里班车很少，让我送他回家。听音如见人，我满口答应。于是，便火急火燎赶往目的地，但我还未赶到，他却打电话说乘班车走了。当时，由于彼此正值中年，就没有问他身体是否安康。

起起落落为人生，喜忧参半是生活。初夏的一天，又接到春祥的电话，说是得了病。人常说，谈癌色变。我不由得一惊，简直不敢相信自己的耳朵，于是，就故作镇静，听他仔细述说自己的病情……我心里明白，他之所以告诉我，那是彼此的一种信任，别人根本无法理解和替代，简单的安慰后，便择日携妻子去看望他。

初夏的天气，不热不冷。我们见了面，他除了有一点消瘦外，依然满面春风，哪像是个病人。精神是人的支柱，我鼓励他乐观生活，做精神的强者。况且，医学这么发达，应该有所好转。春祥格外高兴，不停地点头答应。

冬怕"三九"，夏怕"三伏"。通常情况下，这个时节是对病人的严峻考验。那年的盛夏，酷热难耐，异常干旱，我却一直未接到过他的电话，有时也想去看望或问候他，但一则是工作太忙，二则是估摸着他的病情可能有所转机，就没有去打扰他的生活。

秋风拂过山野，漫过岁月长廊。秋，令人喜，也令人忧。经历春华秋实，树叶开始变黄了，草趋向干枯了。生活无常，现实残酷，美好的时光往往像易碎物件，一不留神便会被击破，过往的种种只不过是一个梦而已。

有一天，我突然接到春祥妻子的电话，说春祥已住进了勉县医院重症监护室。因为一些事情，我和妻子无法前去探望，唯一能帮忙的是做一些流食，让其送到医院，希望增强抵抗力，能延缓他的生命……

的确，人生有太多的酸楚。壬寅年秋天，淡蓝色的天空，浸透忧伤。人哀秋犹，似这秋叶，让人感觉到人生的短暂，与此相对的，却是自然的轮回——生命的这种无奈，谁都无所把握。正如生死病老、喜怒哀乐是人生的一部分一样，风雨雷电、阴晴圆缺更是大自然不可或缺的一个重要组成。

"人生一世，草木一秋。"最终，春祥未能转危为安，未能熬过这个多愁善感的时节，永远离我们而去了。

当我安慰春祥的妻子和儿子儿媳时，他们拿出了一张歪歪扭扭的"遗书"，那是他在重症监护室写的，如同人生的密码，谁也无法解读。其实，我们还是应该感到欣慰，因为他该做的都做了，该留下的都留下了。春祥他应该有自己的念想，何必要让别人看懂呢。

窗外的雨淅淅沥沥，呼啦啦的狂风，肆意摇撼着树枝，并发出沙沙的喊响，使这个季节过于悲切，让人有一种说不出的心情。

时值寒露，天气转凉，秋雨连绵，将眼前的景色染上阴郁而潮湿的色彩！

就在这秋雨淅沥里，我依然不愿相信春祥的离世，反倒担心起他的冷暖。秋雨之寒寒彻骨，但有人思念就会有温暖，唯愿，春祥在另一个世界里，与自然同构，能产生通感——以我的思念，驱散风雨温暖自己，熬过秋天迎来春阳，在时光里常青，永远在春天里吉祥如意！

见到姨姨想起妈

"我妈下坝里啦！……"

突然接到表弟的电话，让我感到有些意外。表弟的妈妈，就是我的亲姨姨，母亲的亲姊妹。虽然我家住的地方不是一马平川，但还是四里八乡所谓的坝里，姨姨家却居住在秦岭大山深处的徐家崖。我们两家相隔着几十公里，山路崎岖，交通不便，往日里也只有两边婚丧嫁娶，才互相走动。这些年，虽然交通条件改善了很多，可是姨姨享不了清福，因为坐上车就晕车，还是无法下坝里，更别说出远门了。

姨姨一家忠厚老实，靠务农为生。表弟结婚成家前后，姐姐和妹妹也陆续出嫁，他就成了家里的顶梁柱。那些年，他靠几亩薄田，勉强维持生计。后来，国家政策宽松了许多，农民不再束缚在土地上，表弟便在平川的镇上谋了一份工作。工作地点离我家不远，日子还算过得去。表弟一共生育了三个孩子。表弟为人诚实，吃苦耐劳，踏实肯干，乐于助人。领导非常照顾他，破例给他分了一间房，让他们免费居住。可是表弟媳妇身体欠佳，一个人要照看三个孩子，就有些力不从心。表弟思前想后，只能让自己的母亲下山来帮助照顾。不过这事还是让他有些犯愁。姨姨年事已高，况且还晕车，下坝里来自然成了个问题。姨姨得知表弟生了双胞胎，既欢喜又焦急，整晚睡不着觉。第二天，她没有通知表弟就自带干粮，凌晨五点多从家里出发，走走歇歇，走了七八个小时才到镇上找到表弟家。表弟给我打电话说起这件事的时候，让我百感交集。这可能是姨姨一生中第一次下坝，或许也是最后一次下坝。第二天恰逢周末，艳阳高照，碧空如洗，我和妻子买了礼品，去看望久未见面的姨姨。

时值寒冬，我们见到姨姨的时候，她慈祥地坐在圆形的火炉旁，怀里抱着一个可爱的小男孩，表弟媳抱着一个女孩。两个孩子正是刚出生不久的双胞胎。已经上小学的大男孩，在沙发上独自玩耍。

身体瘦小的姨姨，短发齐耳，瓜子脸，深眼窝。她坐在那里，一直没有动弹过，也很少说话。我们主动与她拉家常，她只是偶尔回答一句，又照顾起哭闹的小男孩。小孩子确实不好经管，不是这个哭，就是那个闹，表弟媳忙得不亦乐乎，不是冲奶粉，就是换尿不湿。如果不是姨姨帮忙搭把手，一定会腾不开手。

姨姨见到我们，话语虽然不多，却不时地露出微笑。看着那张熟悉的面容，不知不觉，我的眼前浮现出了我妈那张轮廓分明清癯干净的脸庞。虽然我妈离开我们很久了，可是她平静而祥和的容颜，令我们久久不能忘怀。

我妈和姨姨一样，都是地地道道的农民。我妈嫁给我大（父亲）以后，把几亩田地当作命根子，和老黄牛一样的我大，拼命在土地里刨食，勉强维持一家人的生活。过去挣工分的年代，我大是生产队长，经常忙着队里的工作，虽然都是鸡毛蒜皮的事情，却忙得马不停蹄。我妈白天忙着挣工分，晚上还要浆洗缝补，照顾一家老少的吃喝拉撒。我妈出工或收工时，沿途用铲子采些野菜，如荠荠菜、野葱、麻什子，然后装进筐子，这样，一家人就不会饿肚子。槐树开花的季节，我妈采来给我们蒸着吃、炒着吃、做汤吃，还会腌制一些盐菜，以满足我们的味蕾。后来包产到户，我妈便在坡坡坎坎上点瓜种豆，磨豆浆、点豆腐、做豆豉，改善一家人的伙食。

小时候，我妈教我们怎样打板栗、夹槐籽，然后拿到集市上变卖成钱，不仅攒足学费，还有了零花钱。现在想起来，我妈不仅教会了我们生存的技能，也让我们懂得了做人的道理。

我妈诚实待人，踏实肯干。村里谁家大事小情，不管再忙再累，我妈都会主动帮忙。庄邻院舍遇灾受难，尤予周济，特别是红白喜事会一帮到底。我妈常说：人心换人心。她一直教育我们要懂得知恩图报。这样，当自己有困难时，别人也会伸出援助之手。其实，我妈帮助别人，从来是不求回报的。她宁肯自己吃亏，也不让别人说她一个"不"字。我长大后才明白，我妈虽然不识字，不懂大道理，但是她的教诲，却足够我们受用一生。

记得有一年农忙，场院里忙得不可开交，本来我妈正要用筛子，但邻居要借用，我妈二话没说，停下手中的活计，就借给邻居先用。当邻居还回筛子后已是黄昏，我妈怕麦子受潮变质，便借着月光，连夜筛选麦子。第二天，邻居得知实情后，有点过意不去，我妈却笑着说，谁叫咱们是邻居呢！

在村子里，我妈几乎没跟谁红过脸。有一次，村里一个媳妇听到一个闲话，便莫名其妙地找碴儿与她吵架，我妈忍性好，没与她计较，默默地进屋去做家务活去了。那人吵闹了一阵，没人接话茬，自己感到无趣，只好灰溜溜走了。天长日久，消弭了误会，随后又和好如初。我妈经验似的说：左邻右舍常打交道，免不了鸡毛蒜皮的事情，但根本没有什么深仇大恨，有矛盾了，看开一些，忍一时，和一世。

天有不测风云，人有旦夕祸福。在我成家后不久，我妈不慎从二楼摔了下来，致使双腿麻木，由于当时的医疗条件有限，

世间有温情

再也没有站起来。往后的日子，她就只能在床上度过。

我妈心灵手巧，即使卧床，还做一些力所能及的活路，比如纳鞋垫，帮我们照顾孩子。可谁料，没过几年，病魔突然夺去了我妈的生命。出殡那天，许多人都主动为她送行。乡亲们没有过多的语言表达，只是默默地低下头，泪水早已模糊了他们的双眼。此时无声胜有声。其实村民们根本用不着说什么，他们饱含的热泪，沉重的心情，无疑就是对我妈一生的崇敬和怀念。

"慈母手中线，游子身上衣。"姨姨何尝不是如此，她头顶着寒霜，跋山涉水走了几十公里，心里一直牵挂的是儿孙们。这是一种最平凡、最深沉的母爱，它无可替代，也无人能比，直抵人心。

姨姨从未见过世面，也是第一次走出大山。临别时，我叮嘱她抽空去街上转转，看看集市，感受一下热闹，也算不虚此行。姨姨不善言辞，只是不停地点点头。或许，这就是她最诚挚的表达方式！此时此刻，尽管劳累辛苦，她脸上依然洋溢着慈祥的笑容，心里一定比蜜还甜。

午后，太阳越升越高，阳光越来越暖。我们离开的时候，回望姨姨远去的背影，我再一次想起了我妈。她们瘦小的身影，在冬日的阳光里，敦厚而又温暖，伴着我们一路前行。

寒松傲骨　冰雪从容

"纯真心灵，干净世界"。

在赏读寒松的冰雪画后，清华大学岳石教授奋笔疾书，题写了八个清新自然浑厚而有力的大字，并在落款处题诗："丹青高手如森林，唯见布衣是纯真。笔下只见冰世界，世上无有天上寻。"最后还这样评价："石寒松的冰雪画已经形成了自己特有的面貌，有了自己的独创性，有创造性就有顽强的生命力。"这既是对寒松倾情于冰雪世界的冰清玉洁，不畏艰辛艺术人生的高度肯定，又形象而诗意地对他作品的思想深度和艺术境界进行了概括。正所谓：寒松傲骨自从容，冰清玉洁显风流。

石寒松，原名史寒松，出身农门，命运一波三折，跌宕起伏。寒松少儿时期，在乡下与奶奶相依为命。八岁与在汉水源头张家河支边的父母团聚，十四岁在陕甘两省三县交界的仙山坪小学当民办教师。青年时期从城师毕业，被派往穷乡僻壤的陈仓古道二道河教书。在从人生低谷向巅峰上升之时，他走出了古道交错条件更艰苦的长沟河，最终回到了县城继续从事教育事业，精研书画，开始了他崭新的艺术人生。

阅读寒松人生的经历，我们就不难发现，勉县北部秦岭山区的张家河、长沟河、二道河，这看似是三道河，实质上是三座大山，看似风马牛不相及，却有着某种神秘的联系，甚至成为他人生的三个驿站，陪他度过了大半个人生。或许，正是由于山区特殊的地理环境，让寒松的性格变得内向孤僻，不善言辞，少和别人交往。好在他从小痴迷绘画、音乐、文学，他把这些特长运用到教学中，增添了孩子们的学习情趣，给山乡播下了文明的火种，改变着一代山里人的命运。

寒松长期生活在封闭落后的大山里。大山苍茫厚重，苍岚流云，雪漫群山，玉树琼枝，随着时光的流转，让他愈加钟情于大山。他热爱这片土地上的山山水水，一草一木，岁月枯荣，深深映入脑海；风俗人情，世态百相，收藏在了心底。这极大地丰富了他的内心世界，为自己找到了生活的乐趣，也开拓了他的艺术视野，为日后的艺术创作积累了素材。

纵观寒松的作品，涉猎广泛，绚丽多姿，纯净新鲜。人物动物，花草树木，云雾缭绕，鸡鸣犬吠，劳作场景，包罗万象。凭借感性的图形，表达丰富的情感，传达生活的感受和生命的体验。他的作品《晨曲》，惜墨如金，简洁明了：妇人举帕召唤，女儿摇手撵路，男人扶犁回首，一呼一应间，把简单而丰厚的生活表现得淋漓尽致，达到一种简洁朴素的艺术境界。因此，作品荣获陕西省第二届青年美展一等奖。

"艺术是有生命的，生命就意味着无穷无尽地吐故纳新，进取创新，艺术如果没有创新就必定式微衰颓，艺术如果停止探求创新，艺术生命就会枯萎。"寒松如是说。对于画家，对人物、景物的描摹写实，要想充分表达自己对生活对艺术的见解，必须要有独特的艺术语境。20世纪七八十年代，寒松在秦岭深山里教书育人。每逢冬季，大雪覆盖后的山川河流，晶莹洁净，宛如童话世界。大雪重压下的松林，千姿百态，玲珑剔透，玉骨冰肌，令人惊心动魄。在那种严寒而艰苦的环境下，厚重的山水情趣、冰清玉洁的冰雪世界，深深地烙印在他的记忆深处。更让他忘不了的是高山密林中四十多个村民，从事着刀耕火种的原始农业，虽然生存条件十分严峻，生活极端贫瘠，却有着松树一般的顽强和韧性，还有他初为人师的12名学生，像白雪一般的洁净和纯朴……那片清新洁净的天地，给他人生启迪与激励。在无数次的艰难抉择之后，他毅然决定，以山河为伴，与松雪为伍，描绘山乡壮美河山，塑造独树一帜的艺术高峰。

冰雪压劲松，傲骨自从容。2007年，他毅然走出大山，走出勉县，去往北京中国艺术研究院学习深造，师从著名冰雪画家于志学先生。由于他具备良好基础，上进好学，经过导师的点拨教诲，在吸收学习前辈冰雪画艺的基础上，尝试用新的技法来描绘山乡冬景。经过两年多的潜心实践和艰苦探索，在别人眼里本来黯淡无奇的冰雪世界，在寒松的画笔之下显得光亮、活跃，暗与淡的巧妙融合，色彩与线条的相互交错，显示出了生命的厚重与艺术的崇高。

寒松把家乡秦巴山区的乡土风貌引入自己的冰雪山林画，创作出了独具一格的冰雪山林画体系。比如作品《红梅迎春》，把红与白色彩的完美搭配，本身就是天地之气和人文气息的交融，增添了一抹神秘的质感。这让我想起了梅花的特性，凌寒飘香，铁骨冰心的崇高品格。这正是寒松内在的品质，也是他对艺术孜孜不倦的追求，更是他冰雪画的魅力所在。中央美术学院谯达摩教授说：寒松在艺术探索上，把"画山无石、画林无树、画树无枝"的"三无"冰雪画法，与传统山水画的主要元素，加以巧妙融合，巧妙重组，从而使皑皑白雪、冷冷冰霜、莽莽丘壑、淙淙流水、层层梯田、乡村风光、古寺塔影，迎面而来，这种强大的视觉冲击力，让人为之震撼。因此，国内外收藏界和书画同行对他的作品给予了充分的肯定。其中，620×220cm的巨幅国画《雪里行军情更切》《沁园春·雪》，长期陈列在国防大学教育基地"毛主席手书馆"内，因其高度的艺术感染力，受到观众的高度评价。

寒松不仅是画家，还是作家、音乐家，虽然生活经历坎坷，但他对艺术的追求永不止步。他的画作构思简洁，清新自然，技法流畅，具有很强的感染力。他的画作运用传统技法，融合现代元素的色彩，把美学思想融入艺术创作，表现出浓郁的人文情怀。他的成名作《绝尘》，画的是一个纯朴厚道的小山村，一个干干净净的小天地。为了表现秦岭北部山区的偏僻、与世隔绝，画面中景的两座大山挤在了一起，没有人户更没有车水马龙霓虹闪烁，最远处依然是重重叠叠的大山。画面里看不见人家，但石碾子、挑水女孩隐示了人家的存在……由此可见，他把自己身边的生活状态，以及人生感悟用一支画笔，用更深沉的绘画艺术形式，极力突显出了"净"与"静"。因此，《绝尘》这幅作品曾经被《汉水》副刊作为刊头，寒松还以此作为自己出版文学作品集的书名。

三十年风雨路，成就了他的艺术人生。走进寒松的画室，环境幽静，布局讲究，作品琳琅满目，超凡脱尘，一派澄明气。看似寥寥几笔的勾勒与渲染，微妙视觉感应和心灵感知，这就是对生活的思考与体悟，是对艺术形态的认知和精神的延伸。他内心奔涌的万千意象，成了他永恒的艺术魅力。几十年来，寒松先后在俄罗斯、加拿大、韩国等举办了十八次巡回画展，并有许多作品在国内外获奖。2021年，他发起成立了"陕南画派研究会"，并被推选为会长。同时，还成立了"石寒松艺术馆"。寒松现为国家一级画家、中国画院签约画家、中华书画协会理事。壬寅岁末，他入选"中国当代百名优秀品牌艺术家"，成为家乡人民的骄傲。

冰清石如玉，寒松人高洁。纵观寒松的作品，透视出空灵静寂、气蕴勃发的意境，自然飘逸，清新淡雅，高洁宁静，自成格局，洗去了心灵的浮华，除去了世间的喧嚣，给世界一片干净美丽，因而，其艺术价值和精神内涵就显得弥足珍贵。

这就是我对寒松作品的一点粗浅的感观和理解。

执着 绚丽的花朵

我认识小红是二十多年前的事了。

二十多年来，小红始终坚守着自己钟情的理发店，做着自认为是世界上最整洁的工作，让城乡接合部的人们，显现出本来的体面。

在市场经济的浪潮里，"这山看着那山高"的大有人在，而小红二十年如一日，执着地走下去，执着地干好这个行当，成为"执着"这个词最好的注解，也让这个词为自己的人生绽放出了最绚丽的花朵。

小红中等个子，身材匀称，皮肤白皙，手如柔荑，肤如凝脂，容貌清秀，轮廓分明，尤其是那甜甜的微笑，像是绽放的花朵，更像一幅朴素自然的画。

俗话说：干啥的务啥。或许是由于职业的缘故，小红把一头飘逸亮丽的头发，像变魔术似的，打理成动感时尚卷发、清新纯美直发、呆萌空气刘海、俏皮可爱内扣，按时髦的话就是能与时俱进，使人感到一股充沛的生命力量。我联想到当下的一些广告，依然感到了小红的独具慧眼，难道这不是理发者的"模特"吗?!

小红从学校毕业后，人生的第一个职业就是理发，之后就再也不曾改变，以手艺立身处世，在世事变迁中，以不变应万变，以执着创出了自由的天地。

那是二十多年前，小红还是个大闺女，虽生长在农村，却长相靓丽，有人建议她走出农村，到城里吃青春饭，干一些轻省的工作。当时，农村已经实行了生产承包责任制，大家忙着在地里找饭吃，只有傍晚才能打理一下头发。虽然去城里看似不远，可靠两条腿走路的时代，依然很不方便。于是，小红便选择了干理发的行当，也算顺应了当地需求。

小红的理发店就在老川陕公路的旁边，门面并不显耀，像她追求自然一样，没有刻意花钱装点，靠的是技术这个"硬指标"，单打独斗苦心经营。

随着城镇化的推进，小红不得不搬了新店，自己也成了家，找了一个工作比较稳定的职员做伴侣。后来，有了娃，既要顾店，又要顾家，于是，便开始招"助手"，带徒弟，一直坚持自己的追求。

我认识小红，大约是千禧之年。那时，我骑车出县城到公司去上班，川陕公路是必经之路。一个偶然的机会，便成了她店里的常客。当时，城里理发是三四元，而小红收费却是一半，也就是说，在小红那里理发，可比城里节省一半的钱。后来，物价上涨了，理发的价格也随之上涨，这就是所谓的水涨船高，只要有"参照物"，往往都会跟风，但小红说，做生意确实是要赚钱，但更重要的是落个好名声。在城里理发的价格涨到十元，而自己依然只收城里价格的二分之一。当人们生活条件不断提高后，她花巨资改善了理发店的环境，按常理说，装修档次提高了，可适当提高收费，但小红坦率地说，改善条件是顺应时代的发展，绝不是提高收费的砝码。说实话，这可能就是小红的经营之道，但我更看重的是她细致入微的服务和高超的技能。

小红服务周到，待人热情。我每次到她的理发店，她除了热情的招呼外，还会主动泡茶，给人一种回到家的感觉。时间长了，我们无话不说，常常聊新媒体、谈新闻，但更多的是谈我的作品。小红经常留下精彩的点评，成为鼓励我写作的动力源泉。一天，房东给她端了一盘水果，正好我在等待理发，她硬要让我尝尝。我知道，她不达目的不罢休，只好爽快地答应。因而，这些年来，除特殊情况，一般不会到别的地方去理发。

　　小红不光待人热情，手艺更是过硬，什么样的造型都敢下手。让我来个现身说法吧。许多人头发都比较柔软，剪得差不多了，用吹风机或发胶就能定型，看起来自然完美，顾客也很满意。而我的发质粗硬，不太好打理。而小红确实是高手，先是用推子由下往上推，而后反手再从上往下推，极像小时铡草皮一样，一切便顺理成章，十分自然。我每次想起那个动作，都感到她的与众不同，那才叫真正的手艺，也常常受到同事的称赞。久而久之，我也成了活广告。

　　小红的生意好，时常是顾客盈门。特别是节假日，大都得排队。俗话说：萝卜快了不洗泥。但小红从来不这样想，始终坚持优质服务理念，不断提升服务水平。她常说，既然顾客相信我的手艺，就尽可能让顾客满意。或许，正是她履行着自己的诺言，才有了在这个行业的坚持。偶尔，有人理完发，才发现自己没带钱，但小红微微一笑：乡里乡亲的，下次理发时，补上就是了。小红的大方，密切了与顾客之间的关系，许多人都成了店里的常客。

　　前些年，手机还不流行，顾客等待时只能看看书，以便打发时间。有一年，我出了一本散文集《乡村秘语》，由于小红的理发店在城乡接合部，我便赠送给了小红一本，目的是让她随便看看。小红把书收下了，却说出书有成本，硬要照价把钱给我。我尽量耐心解释，不是自己变相推销书。最终，小红坚持为我免费理了一次发，并在朋友圈转发我的作品。

　　小红勤劳善良，乐于奉献。对于经济状况不太好的村民，会实行免费理发。特殊情况更是如此，前不久，村里一位女兵回家探亲，到店里打理了头发付钱时，小红却说，你为了祖国的和平安宁，不远万里保家卫国，是我们的骄傲，就算是我义务理发。

大千世界，色彩缤纷，不免会遇上不顺眼不如意的事，关键是从容面对，保持内心坦然，妥善处理矛盾和问题。有一次，一个顾客见小红的徒弟如花似玉，总是东张西望左顾右盼，不料，刮胡子时弄了一道小口子。那位顾客不是省油的灯，胡搅蛮缠非要讨个说法。女人也柔中带刚。小红镇静自若地说：你躺在椅子上，却转过头去瞧我徒弟，店里的人都能从镜子里看到，这能怪谁？顿时，大家不约而同从镜子里盯着那个人，他看着大家的表情，只好默默作罢。

这几年，我两鬓发白，不得不焗油。有一次，我焗油时，小红不慎把我的白衬衣领弄了一丁点黑色，她过意不去，不仅不收钱，还发微信道歉。从此，小红成了我的铁杆粉丝。这虽然只是一些小事，而我把它记录下来，像是在描写一棵树的细枝末梢，但我固执地认为，小红必将会长成一棵参天大树。

李叔同说：奋斗之心人皆有之。人的一生，谁都有追求。而小红以执着把自己的追求坚持了下来，在平凡的岗位，干出不平凡的事业。

四十岁的小红坚信，艺多不养人。既然选择了理发行业，就要执着地走下去。她的话语不多，这铮铮誓言，掷地有声。

小红的这一份执着，一定能在岁月中开出绚丽的花朵！

世间有温情

身边就是远方

——《草帽上的阳光》后记

五月明媚的阳光，将故乡引入了盛装的季节，一帧帧田园风光如诗如画；五月丰收的田园，让大地镀上了辉煌的金光，小麦一片金黄，麦浪流金溢彩，风中洋溢着丰收的热潮；五月忙碌的夏收，给农人戴上了洁白草帽，承接着阳光的心跳，标注着乡村收获的喜悦。

就在每天新鲜的阳光下，工人做工，农民种田，用勤劳履行诺言，任岁月匆匆过，展示着岁月的美好。金秋十月，农人秋后播下种子，小麦便生根发芽，历经风霜雨雪，默默生长，盼来春天，抽穗灌浆，在夏风里走向成熟，向人类贡献着一生的青春年华。

就在播种收获的耕耘中，就在这与庄稼的深情相依中，乡亲们与大自然和谐相处相依为命，不仅收获了食粮，还用自己的智慧将一根根秸秆编织成了草帽，在烈日炎炎的时候，为自己撑起一片阴凉，送去一分清爽，营造一片生活的空间。现在想起来，农人呵护着庄稼，庄稼反哺着农人，这就是天人合一道法自然。其实，只有人与大自然和谐共生，才能迎来世间的幸福时光。

大地辽阔、天空宽广，目光之外还有无尽的远方。可生活很现实，日子很琐碎，我们都习惯了两点一线，总是脚下生风，匆匆忙忙，就像走不出故乡一样。故乡就在秦岭巴山之间，南有定军山，北有天荡山，中间夹着一条汉江河。山是大地的骨骼，水是大地的动脉，鲜活着生命的绽放。从家到单位，再从单位回到家，不到两公里的路程，大都是由自行车、电动车驮着我往返。就在这每次往返之间，我从这山水间行走，不论是山也好，水也罢，一年四季，就像春夏秋冬更换着衣裳，让大地更妩媚，人间更美丽。也许，生活在都市里的人都是这个感受。稍不留神，就会发现，身边就是远方，远方就在眼前，就在当下，足足陪伴我们一生，也让我们沉浸在绵绵回忆之中。

人在路上，路在回忆中延伸，伸向无尽的远方。而回忆，就是一本书，写满了人生的痕迹，写满了人生的过往，尤其在写作者的作品中，大多数都有自己的影子。我也毫不例外。从乡村到城市，从漂泊到回巢，都有一些浓墨重彩的瞬间，让人心生感动，让人铭记，让人启迪。于是，在2017年8月，我出版散文集《乡村秘语》时，就把坐标选定在了故乡。

之后，生活在继续，写作也在继续，不断有新的作品呈现，就计划再出一本集子，但由于事务缠身，一搁就是几年。适逢春天，文友相聚，再次提起这件事，便有了一种冲动，用业余时间将近几年来的作品整理成册，既对过往进行回顾，又对生活进行归类，好让自己的灵魂有一个暂时的归宿。

其实，我和许多人一样，出生在农村并在农村长大。我寻过猪草，放过牛，种过庄稼，也教过书，但深深地感到，一个村庄就是一片小天地。年少时，像恋窝的小燕，很少走出家乡。只有去乡政府办事，到街上赶集，才走出村庄。偶尔，看到那长长的火车，希望连同梦想能被带到遥远的地方。特别是懂得了鲤鱼跳龙门的道理，心里便埋下了诗和远方的种子，期待有阳光雨露的滋润，一定能生根发芽，开花结果。

心有念想，必有回响。20世纪80年代中期，由于常常写作，不时发表一些文章，或许是机缘巧合，被一个领导欣赏，便在城里扎下了根。不久，被派往外面奔波打拼了七八年，也去过不少地方，但都是工作所需，顺便沾了一点光，到处走走看看，了解外面的世界。外面的世界很大，也很精彩，愉悦了心情，激扬了文字。同时，也改变着我的认识，储存着更多的能量，期待某一天能够发酵。这就像深情的土地，埋下一粒种子，还要有阳光雨露的滋润，才能开出花朵并结下果实。

　　人生一世，草生一春。人生的道路，其实就是一个过程，而生命的真正意义在于不断耕耘。谁不是这样呢？只是由于环境不同，条件各异，生存方式不同罢了，其余的几乎大致相同。我从小生活在秦岭南麓脚下，少不懂事时，除了上学，便是玩耍。当然，这个阶段谈不上耕耘，也就省些笔墨吧。到了十几岁的年龄，除了学习便帮家里干点力所能及的事情，磨炼了自己，也储存了记忆。孔雀东南飞的年代，出现两种情况，一种是想跳出农门，端公家的饭碗，另一种情况是走出农村，到都市里去谋生，过几天城里人的生活。可以这么说，我就属于后者，二十来岁到企业，摸爬滚打了三十年，饱尝了酸甜苦辣，体会了人间百味，但我感恩企业给我提供了人生舞台，使我从基层员工进入管理岗位，实现了人生的华丽转身，赢得了大家的肯定和尊重。公司的事业节节高升，我也在文字创作中耕耘出一片广阔天地。

　　不要因为走得太远，而忘记为什么出发。相对来说，我在城里是比在故乡待的时间长，但农村感染力太强，一草一木，一人一物，入耳入眼深刻，让人情不自禁地用文字的形式，留住乡风乡韵乡愁，展示乡村振兴的成果，书写历史文化的传承，于是，便有了眼前这本《草帽上的阳光》散文集的诞生。

乡愁是一朵云，乡愁是一生情。《草帽上的阳光》共收录65篇作品，分七个部分：时光总多情、故园风也亲、山水含神韵、草木皆可爱、乡村正振兴、笑容慰我心、世间有温情。收集整理作品的过程，更是对作品的回忆，通过对每篇作品深情的串联，像一挂光彩夺目的项链，引入一种趣味盎然的境界，浸透着丰厚的人生况味，美丽而动人。《草帽上的阳光》字里行间都沾着泥土的芬芳，展示着四季轮回，完全根植时代变化，谋篇行文质朴无华，情真意切耐人寻味。在《草帽上的阳光》中，不论是一颗星，还是一株树；不论是一朵云，还是一棵草；不论是一块稻田，还是一只飞鸟，每一篇作品都将像山间的清泉，清纯灵动，更像大地的一块块碧玉，晶莹剔透，都营造着独特的乡村音符，透露着对故乡的无限情怀，传递着对乡村的热爱、真诚、美好……

读着，写着，思考着，人生因此快乐着。多少年来，这一直是我的梦想。看来，舞文弄墨习惯了，不愧为人生一大幸事。因了文学的陪伴，我的岁月满是芬芳；因了文学的陪伴，我的生活满是力量。我一字一句写下的文字，已成为旧时光里最美的记忆，亦有着经年落花的味道，虽平淡但鲜活。于是，我毅然决定，要把这65篇作品汇聚成散文集，这既是对过往的持续书写的整理，又是对堆积已久的精神内存的清理，这一种整理与清理，是封存是回望是告别，更是释然是放空是起程。或许，这就是过往与当下，抑或是远方与眼前，有一种说不清道不明的不舍与牵绊。忽然，想起"火心空，人心实"的道理，我把这些文字整理出来汇集成书，就是在督促自己不断出发，不断进取，不断写出新的作品，把心里填得更实在一些。说直白些，就是咀嚼过往的历程，捡拾曾经的美好，一边生活，一边写作，像儿时一样，追寻永远的诗与远方。

身边就是远方

五月的太阳，明晃晃的有些刺眼，我仿佛又看到金黄的小麦，由近及远，延伸到天边。父亲独自一人弓着身子，挥汗如雨收割着小麦。那顶熟悉的草帽遮挡着明亮的太阳，脸上显出灿烂的笑容，像编织着一个又一个梦想。

身边就是远方，当下就是未来。不求与人攀比，但求超越自己。我的远方就在身边，就在眼前，就在五月乡村的麦浪里，就在五月乡村金色麦浪里的那一顶草帽上，就在那顶雪白的草帽上正在跳动的阳光中。草帽上的阳光，闪烁着我的人生记忆，放大着我的乡村情结，跳动着我的文学梦想，明亮着我收获时的欢悦！

特别值得一提的是，著名作家、诗人丁小村老师在百忙之中，为此书作序，对我更是莫大的鼓舞与鞭策，借此机会，表示衷心的感谢！

另外，《草帽上的阳光》的结集出版，花山文艺出版社从策划到编辑，都付出了辛勤的努力，在此一并感谢！